中國語言文字研究輯刊

三 編

許錟輝 主編

第 3 冊

漢字科學化理論與應用系統（下）

The system of scienceized theory and application of Chinese charaters (III)

陳明道 著

花木蘭文化出版社

國家圖書館出版品預行編目資料

漢字科學化理論與應用系統（下）／陳明道 著 — 初版 — 新
北市：花木蘭文化出版社，2012〔民101〕

目 6+242 面；21×29.7 公分

（中國語言文字研究輯刊　三編；第3冊）

ISBN：978-986-322-048-0（精裝）

1. 漢字　2. 漢字改革

802.08　　　　　　　　　　　　　　　　　101015851

ISBN-978-986-322-048-0

9 789863 220480

中國語言文字研究輯刊

三　編　　第三冊　　　　　　　ISBN：978-986-322-048-0

漢字科學化理論與應用系統（下）

作　　者　陳明道
主　　編　許錟輝
總 編 輯　杜潔祥
出　　版　花木蘭文化出版社
發 行 所　花木蘭文化出版社
發 行 人　高小娟
聯絡地址　新北市永和區中正路五九五號七樓之三

　　　　　電話：02-2923-1455／傳眞：02-2923-1452

網　　址　http://www.huamulan.tw 信箱 sut81518@gmil.com
印　　刷　普羅文化出版廣告事業
初　　版　2012年9月
定　　價　三編18冊（精裝）新台幣 40,000 元　　　　版權所有・請勿翻印

漢字科學化理論與應用系統（下）

The system of scienceized theory and application of Chinese charaters (III)

陳明道　著

目
次

第十一節　左右型

一、定　義

9H 左右型（Hands）→兩個字根左右分布者，其排列方向與垂地線平行，位置爲一左一右。

左右型位於 IXEFSOPYTH 十構字型之第十序次，字皆由相切或相離且與垂直線平行的兩個以上字根構成，在《中文大辭典》49905 字中有 32082 字，佔 64.28614%，居第一位。

左右型字有幾個特點（1）字數最多：其中大部分爲形聲字，約佔 98％；（2）有離涵字型：如旌旗旖旅從扒，如斷崖之形，本系統爲保留並凸顯形聲字的特色，特移列原厓型；（3）書寫順序異於他型，有兩種：①從左而右──如"組織排列"，②由中而旁──如"小小水承承火"。

二、釋　名

左《說文》：「ナ手相左也，從ナ工。」右，《說文》：「助也，從口又。」ナ、又指左、右手。

左右，《詩。大雅。常武》：「左右陳行。」《禮記。曲禮。上》：「左右有局。」均指左右兩側，所以「左右型」意指字根一居左側，一居右側。譯成英語 Horizontal arrangement from left over right hand，簡化作 Hands，取其頭一字母 H 爲代符，數字 9 爲代碼。

三、分　類

左右型下依字根結合關係分爲切合、分離二狀。

91 切合狀→左右排列之字根依"距切"方式組合，宛如圓與其切線關係，中間密合「無空隔／隙」。它的特徵是：一筆之頭或尾端爲"矛"，刺觸另筆"盾"之中腰，形成ㅏ、ㅓ、十、ㅐ等角框複合筆畫者，所以切合又稱「矛盾結構」。

切合狀下分：「盾起」「矛起」兩軌。

910 盾起軌→相切結構以切線或盾起筆者。為便於與上下、傾斜型同軌區分，又名「右佑軌」（右從口，可視口字像盾形助記憶）。有卄、卜兩體。

9100 卄體

91000 首盾為一元格

910001 首盾為丿樣

9100011 卅態：卅（淵從卅）肅（又列交叉型）

9100012 卄態

91000120 虛涵種：卄（齊）

91000125 實涵種：宋（齋）灰（齋）貪（齏）届（齏）貪（齎）──又列匣匡型

9101 卜體

91010 左盾為一元格

910100 丨樣

9101000 右矛為 態：卜（业）

9101001 右矛為、態：卜

9101002 右矛為－態：卜（上止夢舊芊）

9101003 右矛為 亅 態：卜（關聯屮）

9101004 右矛為 ＝態：卜（乍）

9101005 右矛為 ≡ 態：卜（非韭澁纖）

910101 丿樣：片刀（別成万）

910102 乀樣：飞（飛）

910103 ㇆樣：片（鼎）

911 矛起軌→相切結構以圓或矛起筆者。為便於與上下、傾斜型同軌區分，又名「左佐軾」。下分┤、十兩體。

9110 ┤體

91100 右盾爲一元格

911001 右盾爲｜樣

9110011 左矛爲一元態

91100111 左矛爲、種：丶（业州）

91100112 左矛爲一種：┤（夢灌觀舊懵芏左上從┤）（至於╮列傾斜型）

91100113 左矛爲乚種：屮（關聯收糾叫從屮）

9110017 左矛爲傾斜態

91100171 丷科種：丬（壯狀）

9110018 左矛爲上下態

91100181 左矛爲 ＝種：彐

91100182 左矛爲 ≡ 種：彐（韭瀣纖）

91100183 左矛爲乚種：屮

911002 右盾爲丿樣

9110021 左矛爲◢態：丿（班州辨）

9110022 左矛爲 ≡ 態：彐（非）

911003 右盾爲亅樣：丬（材姊弟矛）

911004 右盾爲乚態：屮（鼎）

9111 十體

91110 中盾爲｜格→水水忄小承列分離狀。

911101 木樣：木（木未末來禾朱束從木）

911102 丰樣：丰（懷犀遲）

911103 朩樣：朩（逯鰥）

92 分離狀→以六書結構爲主判，凡形聲會意合體字皆列「分離狀」。其次，以筆畫之幾何結構爲輔助，凡左右排列結構，中間有明顯隔罅（Gap）或溝壍（Gullet）者列入「分離狀」；左半邊字根爲首儀，右半邊字根爲尾儀；如有三排以上，最左邊稱第一排，以次類推。

從形聲角度觀察："形"與"聲"本身是一道天然的空隙和分隔線——形符通常居左，如"江棚"；小部分居右，如"鴻鵬"；聲符反之。形聲字必列分離狀；非形聲字通常列切合狀，但有明顯「空隙」者仍列分離狀。

形聲分隔與幾何分隔是相容的且各司其職，其分隔法則如下：

（1）將形聲字以形、聲分隔為二部，然後依位置畫分：居左邊位置者稱為「首儀」，居右邊位置者稱為「尾儀」。如非形聲字，則以「幾何空隙」分隔為二部，然後依位置畫分：居左邊位置者稱為「首儀」，居右邊位置者稱為「尾儀」，如有三排以上分離字根者則選擇最左邊的分隔線為「主空隙」，仍隔為二部。其左、右邊亦依十字型逐級細分類。

（2）一字中既有切合結構又有分離結構時，列「分離狀」。而把切合結構視為分離結構的一個緊密部分。分離狀可分為：涵離與隔離兩軌。涵離軌如：殼穀轂、於旌旅幹翰斡、倏條修移入原匡型，間闇閉閈問聞閔、鼎、鬥鬧鬩鬮鬭移入匣匡型，所以隔離軌實即等於分離狀。

分離狀（隔離軌）依組成分子之同、異，區分為四駢、四散兩軌。

921 四駢軌→四散軌之對，係由相對、相同、相夾、相傍四個駢偶字根聯立成字者。分為：一對、二同、三夾、四旁計四體。

9211 一對體：由相向、相背、相反、相衝、相犄、相錯等相對字根，左右各半合成一對分立並聯排列者。它必須兩個「半」根相伴配成「偶」始合為一字，故名「伴偶體」；只有半根的叫「孤獨體」。如門由"𨸏""𨸏"相向成對出現始合為"門"字；孤獨體的"𨸏""𨸏"，不列在此。又因與「角度」密切相關，所以又名「對角體」。分為：對映、對轉、對旋三格。

92111 對映格→將字根映照鏡中左右成對排列者，或將字根反摺後與原字

根左右對稱排列者，又稱對摺格、反映格。分爲：背角、八角、向角
三樣。

921117 背角樣→將字根反摺，使左右相背離而角口向外者。如「益」上之
　　ヽヽ與八。又如“率求泰彔录”之彳與く，水承永永氷兩旁之彳く係フ
　　與く左右反摺。下分中狹、平行兩樣。

9211171 中狹樣：フく（水永丞承）

9211172 平行樣

92111721 同形反向態

921117212 首根爲匣匡種：𠁣

921117214 首根爲迂迴種：𠃉（弗戲古文）

921117216 首根爲巴巳種：丩卩（卯古文）

921117218 首根爲上下種：𣅀（鄉從𣅀）

921117219 首根爲左右種：屮屮（舊夢從屮屮，又礦古文）　彐卜（韭纖瀿）

92111722 變形反向態

921117220 首根爲一元種：儿

921117223 首根爲原厓種：北兆

921117226 首根爲巴巳種：卯卯兆（瞀古文）

921117227 首根爲傾斜種：邜（𣅀隸變，鄉從邜）

921117229 首根爲左右種：非屮卜（關聯）

921118 八角樣→將傾斜直筆左右反摺呈八字形崖角排列者，亦即左右字根
　　相犄如漏斗，整體呈八字形。有斷裂崖角包涵另字根時歸入原厓型。
　　下分二態：

9211182 下狹態：ヽノ（羊差並）

9211188 上狹態：八八（父公兮益從八歸原厓型）癶（發）癶（祭）分（腳）

921119 向角樣→將有角的字根朝內反摺，使左右相向分立，合成斷裂框角
　　者。亦即左右字根皆角框形結構，較長的線條在外，開口在內，且左

與右互爲反折相向，整體如"門"字形，有虛框角，依左或右單一結構分五樣。

9211192 匣匡樣：[ ]（兜）臼（叟）𦥑

9211193 原厓樣：𦥑（學與興輿）

9211194 迂迴樣：𦥑（爲古文）鼎（鼎）

9211196 巴巳樣：𦥑門鬥

9211199 左右樣：𦥑（肅淵）

92112 對轉格→將字根旋轉若干角度後與原字根成對排列者，又名「相犄格」。依旋轉之角度分爲：銳角轉、平角轉、直角轉三樣。

921127 銳角轉樣：字根旋轉一個銳角（約 70 度）後與原字根成對排列者，簡稱「銳轉」。（左右型無字）

921128 平角轉樣→字根旋轉一個平角（180 度）後與原字根成對排列者，簡稱「平轉」。

9211282 首根爲匣匡態

92112820 勿種：𣲗（出越王劍銘，見《東周青銅器銘文選》）

921129 直角轉樣→字根旋轉一個直角（90 度）後與原字根成對排列者，簡稱「直轉」。（左右型無字）

92113 對旋格→將字根旋轉若干角度後再 反映 而成之形，與原字根左右成對排列者。係對映與對轉的結合，故又名「映轉格」。如"降"右旁夅從夊旋轉 45 度後再反映成𢧵之形。夊與𢧵上下成對分離排列成"夅"。（左右型無字）

9212 二同體→由二個以上完全相同字根從左而右並聯分離排列者。依排列方向分爲竝同、疊同兩格。

92121 竝同格→兩個以上二同字根，從左而右水平竝排者。所謂水平竝排，係指從左而右呈平行、等寬、等距分布。下依字根數分爲二、三、四竝樣：

921212 二竝樣→有兩個二同字根左右分排。
9212121 左右全同形態
92121210 第一排爲一元種：巛
92121211 第一排爲交叉種
921212111 平交類：十十　艸 双 力力　孖　井井
921212112 切叉類：林　林　來來　大大　犬犬　奻　果果　旡旡　夫夫　棘 東東

92121212 第一排爲匣匡種
921212121 左下向開口類：夕夕（同多）句句
921212122 下向開口類：朋 㔾㔾 ㄗㄗ 瓜瓜
921212126 右向開口類：區區
921212128 上向開口類：屾

92121213 第一排爲原厓種
921212131 左下向開口類：羽 刀刀
921212132 下向開口類：僉僉　倉倉
921212133 右下向開口類：斤斤　厎厎 虤 矴
921212139 右上向開口類：比比

92121214 第一排爲迂迴種：弓弓　弱 馬馬　火火
92121215 第一排爲圜圍種：口口　吅 目目　田田
92121216 第一排爲巴巳種：巴巳　聑 戶戶　白白
92121217 第一排爲傾斜種：从 幺幺　ㄙㄙ　入入 牪
92121218 第一排爲上下種
921212181 切合類
9212121810 盾起筆科：琞 幵 王王 豩 皕 千千　手手 秝 竹 甡 先先　欠欠

9212121811 矛起筆科：玄玄 市市 辛辛 絲 予予 矛矛 土土 去去 赫 顚 尢尢 虫虫

昔昔 彔彔 首首 止止 齒齒

921212182 分離類：競 誩 享享 客客 畾畾 鬲鬲 祘 古古 兢 囍 喆 奇奇 炙炙

桼 号号 邑邑 賏 覡 男男 魚魚 巢巢

92121219 第一排爲左右種

921212191 切合類：片片

921212192 分離類：雔 杰

9212122 左右略同形態：儿 行 犭犬（獄旁）

921213 三竝樣→有三個一同字根左右分排。大部分爲古字偏旁。

9212130 第一排爲一元態：艸（絲受愛從艸）川巛

9212131 第一排爲交叉態：孖 艸 林

9212133 第一排爲原匡態：羽 竹

9212134 第一排爲迂迴態：弜 驫

9212135 第一排爲圓圍態：皿皿 皕

9212137 第一排爲傾斜態：ㄠㄠㄠ 从

9212138 第一排爲上下態：舙 蟲 猋 譶 蟲 壵 棘 喆 覞 絲

9212139 第一排爲左右態：楙 雔

921214 四竝樣→有四個一同字根左右分排。

9212140 第一排爲一元態：灬（杰無魚燕鳥鳥顯從灬）

92122 疊同格→三個以上二同字根，成三角或矩陣形排列者。大部分列入
上下型，只有少數列左右型。依字根所成形狀，可分爲：品疊、矩疊
共二樣。

921223 品疊樣：又名「晶疊樣」，三個相同字根呈∴或◁（‧：）形從左而
右疊合排列，本師孔仲溫先生名爲「品字形排列」。以首字根之字型分
類。

9212231 首根爲一元態：丷（心恭慕必從丷，無單獨出現者）

9212234 首根爲迂迴態：焱

9212235 首根爲圜圍態：唱

9212224 矩疊樣→左右字根相同，共四個以上，呈 2×2 矩陣分離排列。以
　　　　第一排首字根之字型分類。

9212240 首根爲一元態：＝＝（脊上從＝＝）ミミ（雨）

9212241 首根爲交叉態：爻爻（爽爾從爻爻）

9212247 首根傾斜態：灸（傘從灸）

9212249 首根左右態：燚（從兩炎左右並列）

9213　三夾體→由一對、二同體居兩側，中間夾一字根宛如三夾板
　　　　（Three-ply）或三明治（sandwich）者，又稱「夾中體」。換言之，就
　　　　是一對、二同體之眾字根中央位置，參夾另一字根合成三根分立新字
　　　　者，所以又名「參夾體」，參有三、摻、參加義，夾有輔、兼、相雜、
　　　　鑲嵌義。本系統從字型觀點以一對、二同體爲新合體字之首儀，所夾
　　　　或參加者爲尾儀.依首儀形態分爲：對夾、同夾兩格。

此體各字書等所示書寫順序不一，有三種：

第一法，係先寫中央，後寫兩旁，如：小水承永變樂業並兼；

第二法，同一般筆順，由左而右從上而下書寫，如兜學興輿與辦班攀鬱亘
置；

第三法，先寫兩旁後寫中央，如叟臾。

92131 對夾格→一對體居左右兩側，中間參夾另一字根合成新字者。分爲：
　　　　對映夾、對轉夾、對旋夾三樣。

921311 對映夾樣→左右對映字根居兩側，中間鑲夾另一字根合成新字，簡
　　　　稱「映夾」。下分：背角、八角、向角夾三態。

9213117 背角夾態→背角字中央夾另一字根。以背角字分種。

92131171 儿種：胤𪚲（帶從𪚲，𪚲爲一所交插）川（流）

92131172 北種：北（燕）

92131173 夕阝種：鄉

92131174 卯種：卿

92131175 彳く種：氺（泰求隸從氺）

92131176 ㄋく種：水氺氺（永）氶（丞蒸）承丞（函）

92131177 吕邑種：𨞜（鄉古文）𨞜

92131118 八角夾態→八角字中央夾另一字根。

92131182 厓角口下開種：个（視為從ハ丶，中央位置鑲嵌字根丨）小（視為
　　　從ハ，中央位置鑲嵌字根丨）小（亦赤）

92131188 厓角口上開種：火（視為從丶丶，中央位置鑲嵌字根人，又列迂迴
　　　型）屮（光）艸（业業叢）

9213119 向角夾態→向角字中央夾另一字根。

92131191 等高種→向角字與中央所夾另一字根等高。

921311911 臼類：𦥑（鬱古文從𦥑）𦥑（學覺）𦥑（與）𦥑（興釁釁釁）𦥑
　　　（興）𦥑（盥）申（叟）𦥑（狒農遷篆從𦥑）

921311912 〔〕類：𦥑（兜）

921311913 𦥑類：𦥑𦥑（隘古文）𦥑𦥑𦥑

92131192 不等高種→向角字居兩旁較短，中央所夾另一字根較長。

921311921 E∃類：臾

921312 對轉夾樣→左右對轉字根居左右兩側，中間鑲夾另一字根合成新
　　　字，簡稱「轉夾」。（左右型無字）。

921313 對旋夾樣→左右對旋字根居左右兩側，中間鑲夾另一字根合成新
　　　字，又稱「映轉夾」，如夆字。（左右型無字）。

92132 同夾格→二同體居左右兩側，中間夾另一字根合成新字者。下分：
　　　竝同夾、疊同夾二樣。

921321 竝同夾樣→左右竝同字根居兩側，中間夾另一字根合成新字，簡稱

「竝夾」。下分二竝夾、三竝夾兩態。

9213212 二竝夾態→二竝排同字根居兩側，中間夾另一字根。

92132121 左右全同形種

921321211 交叉類

9213212111 平交科

92132121111 車居兩旁門：轟 轆 辮 輼　車光車　　車旁車

9213212112 切叉科

9213212111 木居兩旁門：楸 楸 櫢 樴　木言木　木疋木　木田木　木足木　木農木　木盍木

　　木亻木

9213212112 米居兩旁門：米夕米

921321213 原厓類

9213212131 石居兩旁科：石木石　石水石

921321214 迂迴類

9213212141 弓居兩旁科：弜 粥　弓酉弓　弓古弓　弓鬲弓　弓耳弓　弓番弓　弓鸞弓

921321215 圜圍類

9213212151 日居兩旁科：日頁日

9213212152 田居兩旁科：田木田

921321216 巴巳類

9213212161 鳥居兩旁科：鳥身鳥

921321217 傾斜類

9213212171 幺居兩旁科：樂（樂）

921321218 上下類

9213212181 切合科

92132121810 手居兩旁門：掰 掰

92132121811 禾居兩旁門：穌

92132121812 干居兩旁門：干弓干

92132121813 王居兩旁門：班 斑　王車王

92132121814 辛居兩旁門：辦 辯 辨 瓣 辮　辛冫辛　辛水辛　辛忄辛　辛心辛　辛必辛　辛

文辛　辛刀辛　辛片辛　辛月辛　辛目辛

92132121815 羊居兩旁門：羊寘羊

92132121816 糸居兩旁門：䜌（戀變蠻彎巒鸞孿）䜌（彎）

9213212182 分離科：

92132121820 畐居兩旁門：䟒 䭇

92132121821 男居兩旁門：勰

92132121822 言居兩旁門：譶 讟 誩 䜪

92132121823 爻居兩旁門：㸚

92132121824 邑居兩旁門：䢞 䣊

921321219 左右類

92132121912 水居兩旁科：㳘 㴱 㳄 㴘

92132121922 隹居兩旁科：雔 雦

92132122 左右微變形種→有儿行兩類

921321220 儿類：巛（荒流從巛）

921321221 行類→以中央字根分科

92132121221 中央為交叉科：術

92132121223 中央為原崖科：銜

92132121227 中央為傾斜科：衍

92132121228 中央為上下科

92132122180 一元起筆門：衝 衕

92132122181 交叉起筆門：街 衛 衒

92132122185 圓圍起筆門：衢

92132122187 傾斜起筆門：衡

92132123 左右全變形種：獄

：

9213213 三竝夾態→三竝排同字根居兩側，中間夾另一字根

92132131 川夾態：州

921322 疊同夾樣→左右疊同字根居兩側，中間夾另一字根合成新字者，簡稱「疊夾」。

9213223 品疊夾態→品疊字根分居三角，中間夾入另一字根合成新字，簡稱「品夾」。依第一排根字型分種。

92132230 一元種：心（又列迂迴型）小（恭慕）

9213224 矩疊夾態→矩疊字根分居四角，中間夾入另一字根合成新字，簡稱「矩夾」。

92132240 一元種

921322401＝居兩旁類：火（脊）

92132242 圜圍種

921322421 呂居兩旁類：𱁬（囂）𱁬（囂）

9214 四旁體→將一對、二同、三夾共三體參加於另字根之上、下、左、右四旁者。依參加者身分分爲：對旁、同旁、夾旁三格。

92141 對旁格→一對體或相對（含相向、相背、相反、相衝、相犄）結構字，居左旁位置，與右旁字根合成新字者。下分：對映旁、對轉旁、對旋旁三樣。

921411 對映旁樣：對映字居左旁位置，與右旁字根合成新字者。左旁對映字爲首儀，右旁爲尾儀。下分：背角旁、八角旁、向角旁三態。

9214117 背角旁態→背角字居左旁位置，與右旁字根合成新字者。

92141173 左根爲原匡種

921411731 首儀爲北類：邶 北｜

921411732 首儀爲兆類：頫 兆｜ 兆卜 兆見 兆隹 兆頁 兆鳥 兆蓳

92141176 左根爲巴巳種

921411761 首儀爲卯類：卯

921411762 首儀爲卯類：孵

92141179 左根爲左右種

921411791 首儀爲非種：荆　非皮　非鳥　非頁

9214118　八角旁態→八角字居左旁位置，與右旁字根合成新字者。最具代
　　　　表性者爲左從氵之字。

92141181　左旁爲氵種→依右旁字根之字型分類。

921411810 右旁爲一元類

921411811 右旁爲交叉類：凍 決 冲

921411812 右旁爲匣匡類：凋

921411813 右旁爲原匡類：冷

921411814 右旁爲迂迴類：馮

921411818 右旁爲上下類

9214118181 切合科：冱

9214118182 分離科

92141181820 一元起筆門

921411818201 ╱起筆綱：淨

921411818202 、起筆綱：涼 凜

92141181821 交叉起筆門

921411818211 平交起筆綱：凌 淸 淒

921411818212 切叉起筆綱：湊

92141181825 圓圍起筆門：況

92141181827 傾斜起筆門：冶

921411819 右旁爲左右類

9214118191 四騈科

92141181911 背夾門：冰

9214118192 四散科

9214118192O 第二排爲一元起筆門：准 冽

9214118192I 第二排爲交叉起筆門：漸

9214118192З 第二排爲原匡起筆門：凝

9214119 向角旁態→向角字居左旁位置，與右旁字根合成新字者。

9214119I 左旁爲門種：門人（至於左旁以"閒閜"起首者列入「左旁爲匣匡型」類）

921412 對轉旁樣→對轉字居左旁位置，與右旁字根合成新字者。左旁對轉字爲首儀，右旁爲尾儀。

9214121 首根爲交叉態

9214121O 右旁爲鼕種：鼕

9214122 首根爲匣匡態

9214122O 右旁爲昷種：昷頁

921413 對旋旁樣→對旋字居左旁位置，與右旁字根合成新字者。左旁對轉字爲首儀，右旁爲尾儀。

9214131 步態：頻　步阝　步瓜　步戈（又列四散式）

92142 同旁格→一同體居左旁位置，與右旁字根合成新字者。下分：竝同旁、疊同旁二樣。

921421 竝同旁樣→竝同體居左旁位置，與右旁字根，合成新字者。左旁竝同字是首儀，右旁爲尾儀。下分：二竝旁、三竝旁兩態。

9214212 二竝旁態→竝同體有二節，居左旁位置，與右旁字根，合成新字者。下分：傾斜、上下、左右竝旁三種。

9214212Ｉ 傾斜竝旁種：傾斜竝同字有兩行居左旁位置，與右旁字根合成新字者。屬同向依傍。取其一根依十字型分類。

921421272 首根爲匣匡類

9214212721 首儀爲多科：夠夠 䬀 多刂 多㔾 多支 多殳 多冉 多尢 多咼 多勻 多句 多圣 多占 多台 多它 多灰 多羊 多羽 多吉 多角 多東 多亥 多冗 多果 多周 多辛 多邑 多邕 多貴 多鳥 多農 多頁 多舟 多在 多妥 多孚 多委 多其 多音 多阝

92142128 上下竝旁種→上下竝同字有兩列居左旁位置，與右旁字根合成新字者。屬同向依傍。取其上根依十字型分類。

921421280 首根爲一元類

9214212801 首儀爲二科：次 二刂 二兄

921421281 首根爲交叉類

9214212811 首儀爲戔科：戔刂 戔斤 戔虎

9214212812 首儀爲姦科：姦干

9214212812 首儀爲叒科：叒刂 叒攵

921421282 首根爲匣匡類

9214212821 首儀爲芻科：雛鄒皺鶵 芻刂 芻欠

9214212824 首儀爲彐科：彐鳥 彐阝 彐多 彐番 彐辛 彐羊 彐垚 彐隹

921421283 首根爲原厓類

9214212831 首儀爲哥科：歌 哥令 哥戈 哥弋 哥阝 哥瓦 哥咨 哥鳥

921421285 首根爲圜圍類

9214212850 首儀爲昌科：昌斤 昌鳥

9214212851 首儀爲畾科：畾累 畾堯

921421287 首根爲傾斜類

9214212871 仌科：俎 仌疾 仌厓 仌膺 仌鳥 姘 仌水

921421288 首根爲上下類

9214212881 首儀爲圭科：封卦邽刲 圭支 圭力 圭又 圭邑 圭欠 圭犬 圭瓦 圭句 圭羽 圭鳥 圭黽 圭龍

9214212882 首儀爲貴科：貴刂 貴攵

921421289 首根爲左右類

9214212891 首儀爲柔科：柔刂　柔攵

9214212892 首儀爲炎科：剡　郯　頪　烄　欻　覡　炎毛　炎占　炎舌　炎鳥　炎酉　炎丞

　　炎甘　炎苦　炎軍　炎昏

92142129 左右竝旁種→左右竝同字有兩排，居主分隔線左旁位置，與右旁
　　字根合成新字者。屬同向依傍。取其左根依十字型分類。

921421291 首根爲交叉類

921421292 首儀爲切叉科

9214212921 木門

92142129211 首儀爲林綱：彬郴　林頁　林辛

9214212922 朩門

92142129221 首儀爲　林　綱：林攴（散從樧）

921421292 首根爲匣匡類

9214212921 首儀爲月科：鵬　朋斤　朋疋　朋攴

921421293 首根爲原厓類

9214212931 左下向開口科→有习

92142129311 首儀羽門：𦑣　翍　翖　𦑮　翂　翀　𦒜　䎥　𦒴　翭　𦓏　狚　羽攴　羽夫

　　羽象　羽氏　羽阝　羽攴　羽舟　羽朱　羽旬　羽各　羽也　羽干　羽白　羽曳　羽足　羽辛　羽沓　羽馬

　　羽鳥　羽慧　羽耴　羽弋　羽巴　羽戍　羽世　羽戈　羽只　羽包　羽友　羽冉　羽戈　羽敵　羽差　羽甫

　　羽廷　羽兒　羽青　羽戔　羽或　羽奄　羽隹　羽爰　羽匋　羽皇　羽是　羽舌　羽專　羽聿　羽軍　羽彗

　　羽惠　羽堯　羽喬　羽矞　羽異　羽寬　羽合　羽厷　羽畐　羽東　羽罙　羽矣　羽飞

9214212939 右上向開口科→有匕

92142129391 首儀爲比門：比卩　比欠　比攵　比皮　比攴

921421294 首根爲迂迴類

9214212941 弓科

92142129410 首儀爲弜門：弜百　弜攵　弜酉

92142129411 首儀為弱門：弱攴 弱鳥

921421295 首根為圜圍類

9214212951 左根為目科

92142129511 首儀為睸類：睸鳥

921421297 首根為傾斜類

9214212971 傾側科

92142129711 切合門

921421297111 首儀為从綱：戕

921421297112 首儀為幺幺綱：鷭

92142129712 分離門

921421297121 首儀為行綱：行鳥

921421298 首根為上下類

9214212981 切合科

92142129810 盾起門

921421298101 首儀為开綱：雁鴉 邢 瓶 頫 覒 皼

921421298102 首儀為牪綱：牪刂

92142129811 矛起門

921421298111 首儀為并綱：艵頯邽 并叉 并瓦 并鳥

921421298112 首儀為垚綱：垚刂

921421299 首根為左右類

9214212992 分離科

92142129921 首儀為冰門：欯

9214213 三竝旁態→竝同字有三節居左旁位置，與右旁字根合成新字者。
　　依竝同字型分為：傾斜、左右竝傍二種。

92142137 傾斜竝旁種→傾斜竝同字有三行居左旁位置者。

921421371 左旁爲彡類：須

92142139 左右竝旁種→左右竝同字有三排居左旁位置者。

921421391 左旁爲川類：順

921421392 左旁爲巛類：巛刂 巛隹 巛粦

921422 疊旁樣→疊同字居左旁位置，與右旁字合成新字者。左旁疊同字是首儀；右旁尾儀。分爲：品疊旁、矩疊旁兩態。

9214223 品疊旁樣→品疊字居左旁第一排位置，亦爲首儀，與右旁字根合成新字者。

92142231 首根爲交叉態

921422311 第一排／首儀爲劦種：勰 劦欠

921422312 第一排／首儀爲姦種：姦馬

921422313 第一排／首儀爲森種：森頁

921422314 第一排／首儀爲猋種：猋風

92142235 首根爲圜圍態

921422351 第一排／首儀爲晶種：晶阝 晶攴 晶隹 晶鳥

92142236 首根爲巴巳態

921422361 第一排／首儀爲聶種：顳 聶欠 聶瓦 聶風 聶攵

92142239 首根爲左右態

921422391 第一排／首儀爲叕種：叕毛

9214224 矩疊旁樣→矩疊字居左旁位置，與右旁字根合成新字者。

92142241 首根爲交叉態：剟 毲 歠 敪 鵽 ⿰叕巴 ⿰叕出 ⿰叕兌 ⿰叕豕 ⿰叕皮 ⿰叕舀 ⿰叕頁

92143 夾旁格→三夾字居左邊，其右依傍另字根組成合體字者。下分：對夾旁、同夾旁樣。

921431 對夾旁樣→下分映夾旁、轉夾旁、旋夾旁三態。

9214311 映夾旁態→對映夾字居左，其右依傍另字根組成新合體字者。分爲：背角、八角、向角夾旁種。

92143117 背角夾旁種→背角夾字居左，其右依傍另一字根，組成新合體字。水等居左旁者屬此。

921431171 水類：𣲏 水八 水月 水坐 水鳥 水尻

921431172 承類：承丁

921431173 永類：昶（又列原厓型）

92143118 八角夾旁種：八角夾字居左，其右依傍另一字根，組成新合體字。有氵火忄等居左旁者屬此。

921431187 傾斜類：有氵

9214311871 左旁爲氵科→依右旁字根之十字型分門

92143118711 右旁爲交叉門

921431187111 平交綱：沌 沖 沸 泄 油 泌 津 浦 減 滅

921431187112 切叉綱：汝 沐 沫 決 浹 汰 沈

92143118712 右旁爲匣匡門

921431187121 左下向開口綱：汐 洶 淘

921431187122 下向開口綱：洞 潤 瀾 澗

921431187128 上向開口綱：汕

92143118713 右旁爲原厓門

921431187131 左下向開口綱：河

921431187132 下向開口綱：汾 洽 淪 滄 渝 澄 潑

921431187133 右下向開口綱

9214311871331 整齊厓目

92143118713311 接觸厓別：派 涯 源 瀝

92143118713312 交叉厓別：波

92143118713313 距切厓別：汲

9214311871332 參差厓目

92143118713321 附切厓別：渡 濂 澹 濾

921431187139 右上向開口綱：涎 漣

92143118715 右旁爲圓圍門

921431187151 整齊圍綱

9214311871511 接觸圍目：汩 泅 泗 涸

921431187152 參差圍綱

9214311871521 分離圍目：涵

9214311871522 附切厓目：泊 洦

92143118716 右旁爲巴巳門

921431187161 整齊巳綱

9214311871611 接距巳目：泥 渥 漏 潺

9214311871612 匡矛切目：洱 渦 沮

921431187162 參差巳綱

9214311871621 附切戶目：浪 淚 滬

92143118717 右旁爲傾斜門：泡

92143118718 右旁爲上下門

921431187181 切合綱

9214311871810 盾起目

92143118718101 丿起筆別：沃 泛

92143118718102 一起筆別：汀 汗 酒 汪

9214311871811 矛起目

92143118718110 一元起筆別：沛 注 泣

92143118718111 交叉起筆別：沽 法 洪 湛 淇 溝 浬

92143118718119 左右起筆別：洋 涉

921431187182 分離綱

9214311871821 四駢目

92143118718212 二同別：淡 淺

92143118718211 四旁別

92143118718211 8 上下起首屬

92143118718211 82 二同起首階：沅 淆

92143118718211 83 三夾起首階：溢

92143118718211 9 左右起首屬

92143118718211 91 一對起首階

92143118718211 917 背角起首級：溜 灌

92143118718211 918 八角起首級

92143118718211 9180 八起首層：沿

92143118718211 9181 丷起首層：涕 湔 滋

92143118718211 92 二同起首階

92143118718211 921 竝同起首級

92143118718211 9210 一元起首層：淄 灑

92143118718211 9211 交叉起首層：漠 濛 瀟 潛 濟

92143118718211 9213 原厓起首層：濯

92143118718211 922 疊同起首級：澆 澡 滲

92143118718211 93 三夾起首階

92143118718211 931 小起首級：沙 消 淌

92143118718211 932 戀起首級：灤 灣

9214311871822 四散目

92143118718220 一元起筆別

92143118718220 1 丿起筆屬

92143118718220 11 千起首階：活

92143118718220 12 釆起首階：潘

92143118718220 13 爪起首階：浮 淫 淨 滔 溪

92143118718220 2 丶起筆屬

92143118718220 20 丶階：泳

92143118718220 21 ㇐階：涼濠液滂滴漳潼滾灕濟

92143118718220 22 宀階：沱淙渲滓溶演濘濱潘瀉

9214311871822 03 一起筆屬：涇溼湮漂潭添濡

9214311871822 1 交叉起筆別

9214311871822 11 平交屬

9214311871822 110 一直交階：溢濤瀆

9214311871822 112 匣匡交階

9214311871822 1124 左向開口級：浸

9214311871822 1128 上向開口級：漢滿

9214311871822 115 圓圍交階：潰濃澧

9214311871822 118 上下交階：清漬溥凄漕

9214311871822 119 左右交階：港滯

9214311871822 12 切叉屬

9214311871822 121 人切階：淹潦湊

9214311871822 122 厶切階：流

9214311871822 123 土切階：渚

9214311871822 124 木切階：漆

9214311871822 2 匣匡起筆別

9214311871822 22 下向開口屬

9214311871822 221 整齊匡階

9214311871822 2211 接觸匡級

9214311871822 2111 宀起首層：沉渾深

9214311871822 222 參差匡階

9214311871822 2221 附切匡級

9214311871822 2211 起筆層：澳

9214311871822 0222 分離匡級

9214311871822 02221 贏層：瀛

9214311871822 228 上向開口屬：湍

9214311871822 23 原匡起筆別

921431187182231 左下向開口屬：沼

921431187182232 下向開口屬：浴

921431187182238 左上向開口屬：滇

92143118718225 圓圍起筆別：況 涓 混 湯 渴 漫 瀑 渭 潔 溫 澤 濁

92143118718226 巴巳起筆別：滑

92143118718227 傾斜起筆別

921431187182271 傾側屬

9214311871822711 ㇀階：汽 海

9214311871822712 勹階：沒 渙 漁

9214311871822713 攵階：洛

9214311871822714 牜階：洗 浩

921431187182273 斜敘屬

9214311871822731 厶階：治 沈 浚

9214311871822732 マ階：涌 湧

92143118718229 左右起筆別

921431187182291 切合屬：沾 潘

921431187182292 分離屬：漾 潔 濫

92143118719 右旁爲左右門

921431187192 分離綱

9214311871921 四駢目

92143118719211 一對別：澀

92143118719212 二同別：淋 溺 洲

92143118719211 三夾別：沁 淵

9214311871922 四散目：依第二排字根之字型排列

92143118719221 第二排字根爲交叉別

921431187192211 平交屬：浙

921431187192212 切叉屬

9214311871922121 木起筆階：淅 淞 湘

9214311871922122 束起筆階：漱 瀨

9214311871922123 犭起筆階：漪

92143118719223 第二排字根為原匡別

921431187192233 右下向開口屬

92143118719223 31 分離匡階

92143118719223311 攸級：淤 游 漩

92143118719223312 攸級：滌 瀚

92143118719223313 軓級：瀚 澣

92143118719224 第二排字根為迂迴別：泓 漲 瀾

92143118719225 第二排字根為圓圍別：渺

92143118719226 第二排字根為巴巳別

921431187192261 尸起筆屬：澱 涮

921431187192262 皀起筆屬：溉

92143118719227 第二排字根為傾斜別：縱

92143118719228 第二排字根為上下別

921431187192281 切合屬

9214311871922810 盾起筆階

921431187192281 01 丿起筆級：湃 淮

921431187192281 02 一起筆級：冽 鴻

9214311871922811 矛起筆階：溯 淑 瀨

921431187192282 分離屬

9214311871922821 交叉起首階：湖 潮 渤 澎 澈 灘

9214311871922823 原匡起首階：凝

9214311871922825 圓圍起首階：濺 測 激

9214311871922829 左右起首階：瀏

921431189 左右類→有忄火

9214311891 左旁為忄科→依右旁字根（聲符）之十字型分綱

92143118911 右旁為交叉門

921431189111 平交綱：忖 怖 恢 懺

921431189112 切叉綱：快 忱 怵 快 悚

92143118912 右旁爲匣匡門：恫 惘 惆 憫 愜 忙

92143118913 右旁爲原匡門：愫 恰 愉 愴 慷 惦

92143118914 右旁爲迂迴門

92143118915 右旁爲圓圍門：怕

92143118916 右旁爲巴巳門：恨 恤

92143118917 右旁爲傾斜門

92143118918 右旁爲上下門

921431189181 切合綱

9214311891810 盾起目：恇 恆 恬 性

9214311891811 矛起目：怯 悴 悵 悌 恍

921431189182 分離綱

9214311891821 四駢目

92143118918212 二同別：儸

92143118918214 四旁別：悅 憎 憒 慌 懂 愕 憚 懼 惱 悄 憤 慘

9214311891822 四散目

92143118918220 右旁爲一元起筆別：恬 悸 悴 憧 憶 懍 懷 惋 悟 懦 慄

92143118918221 右旁爲交叉起筆別：恃 悖 悽 惰 慎 憐 怪 憾 慣 情 惜

92143118918222 右旁爲匣匡起筆別：惚 懊 惴

92143118918225 右旁爲圓圍起筆別：悍 惕 惺 慢 憬 愣 慍 惶 愧

92143118918227 右旁爲傾斜起筆別：悔 愎 恪 怡

92143118918229 右旁爲左右起筆別：悼 憔

92143118919 右旁爲左右門

921431189181 切合綱

921431189182 分離綱：惟 愀 慨 慚 慟 懈 懶 惻

9214311892 左旁爲火科→依右旁字根之十字型分門

92143118921 右旁爲交叉門

921431189211 平交綱：烤

921431189212 切叉綱：煉

92143118922 右旁爲匣匡門：灼 炯 爛 燜 炬

92143118923 右旁爲原厓門：燈 爐 燧

92143118924 右旁爲迂迴門

92143118925 右旁爲圓圍門

92143118926 右旁爲巴巳門：煽

92143118927 右旁爲傾斜門：炮

92143118928 右旁爲上下門

921431189281 切合綱

9214311892810 盾起目：炳 炸 炊

9214311892811 矛起目：炫 灶 烘 烊

921431189282 分離綱

9214311892821 四駢目：燒 燥 炒 爍

9214311892822 四散目

92143118928220 右旁爲一元起筆別：炕 焙 熔 燻 煙 煩

92143118928221 右旁爲交叉起筆別：燐 燎 煤

92143118928223 右旁爲原厓起筆別：燴

92143118928225 右旁爲圓圍起筆別：焊 煜 煬 爆 燭 煌 熄

92143118928226 右旁爲傾斜起筆別：烙 烽 焰 煥

92143118928229 右旁爲左右起筆別：燃 燦

92143118929 右旁爲左右門

921431189292 分離綱：燬 熾 燉

92143119 向角夾旁種→向角夾字居左，其右依傍另一字根，組成新合體字。
漢字此類字較少，只臾 肅等字，至於以門鬥鼎等居左旁者 則移入「四散式」之左旁爲匣匡型。

921431191 臾科：臾斗 臾欠 臾鳥 臾隹

921431192 肅科：肅刂 肅攴 肅欠 肅史 肅羽 肅鳥

9214312 轉夾旁態→轉夾字居左旁位置，與右旁字根，合成新字者，如韜字。左旁轉夾字為首儀（第一字根），右旁為尾儀（第二字根）。

92143121 韋種：依右旁／尾儀之字型分類

921431211 右旁為交叉類：韍韯 韋必 韋弗 韋內 韋畢

921431213 右旁為原匡類：韌韐

921431214 右旁為迂迴類：韋風

921431216 右旁為巴巳類：郼

921431218 右旁為上下類：韍 韜 韇 韓 韞 韛 韘 韗 韕 韋攵 韋攴 韋華 韋蜀
韋蔑 韋鬼

921431219 右旁為左右類：韋羽 韋段

9214313 旋夾旁態→映轉字居左旁位置，與右旁字根，合成新字者。左旁對轉字為首儀（第一字根），右旁為尾儀（第二字根）。漢字無映轉字居左旁位置者。但有居右旁者，如夆（古文降，從阝從夆，夆從夂從工從屮）

921432 同夾旁樣→同夾字居左，其右依傍另字根組成合體字者。下分竝夾旁、疊夾旁態。

9214321 竝夾旁態→竝同夾字居左，其右依傍另字根組成合體字者。

92143219 左右竝夾旁種

921432191 棥類：欜

921432192 絲類：絲鳥 絲女

9214322 疊夾旁態→疊同夾字居左，其右依傍另字根組成合體字者。

92143228 上下疊夾旁種

921432284 矩疊夾旁類

9214322841 器旁科：器攴 器皮 器攵

92143229 左右疊夾旁種

921432293 品疊夾旁類

9214322931 心旁科：心凶 心可

922 四散軾→四駢軾之對。由不相對、不相同、不相夾、不相旁等四「不
　　相」的異字根散聚而成者，又稱「肆異軾」。凡隔離狀字不歸入一對、
　　二同、三夾、四旁軾等四駢軾者即納爲四散軾／肆異軾。"肆"義爲
　　放恣、雜亂，又假借爲數字四，有「四分五裂」涵意。

四散軾指完全相異之字根從左而右分裂隔開排列者，其分類原則：從左而
右層次排列筆畫，將同型、同形者匯聚一起。

排字順序：四散軾據左方第一排字根依 IXEFSOPYTYH 十字型順序。

9220 第一排爲一元體

92201 第一排爲丿格：鳥　熙　顧

92202 第一排爲乚格：以

92203 第一排爲了格：了鳥

9221 第一排爲交叉體

92211 平交格→　相交兩結構均非相切者，如十七九力中弔丰卅等　居左旁
　　者。先依「被交插者」形狀分成：一直交、匣匡交、原匡交、迂迴交、
　　圜圍交、傾斜交、上下交、左右交樣。

922110 第一排爲一直交樣→有十ナメ

9221101 第一排爲十態

92211010 虛框種：協博　十十　十阝　十吕　十馬　十力

92211015 涵實種：斗兆 斗蜀

9221102 第一排爲ナ態→有　ナ有右左灰

92211025 涵實種

922110250 犮類：犮鳥 犮頁 犮首 犮隹

922110251 有類：郁 有見 有或 有彧 有戚 有复 有鬼 有鳥 有龍

922110252 右類：右頁 右隹

922110253 厷類：雄翃 厷風 厷鳥 厷谷

922110254 左類：左隹

922110255 灰類：灰鳥 灰頁

9221103 第一排爲乄態

92211030 虛框種：刈 㸤 鶏

92211035 涵實種：熲

922112 第一排爲匣匡交樣→有 巾 丹 冉 冄

9221121 下向開口匡被交插態

92211210 關匡種→有 丹 冉 冄 舟

922112100 整齊匡類

9221121001 丹類：彤鵬 丹山 丹蔓 丹黃 丹忩 丹曷 丹殳 刑刂 丹龍

9221121002 冉類：冉甲 冉阝 冉罒 冉頁 冉羽

9221121003 冄類：冄阝 冄毛 冄頁 冄龜 冄羽

922112101 參差匡類

9221121011 舟類

92211210112 右旁爲匣匡科：舢

92211210113 右旁爲原匡科：舨 船 艙 艇

92211210115 右旁爲圜圍科：舶

92211210118 右旁爲上下科：舫 舷 航 舵 般 艘 艦

92211211 開匡種→有巾

922112111 巾類：帷 帆 帕 幗 帳 帖 幅 帽 幀 幌 幛 幔 幢 幟 巾瓦

9221124 左向開口匡被交插態

92211240 關匡種→有尹

922112401 尹類：尹頁

9221128 上向開口匡被交插態

92211280 關匡種→有廿甘

922112800 廿類：廿頁

922112801 甘類：邯 甘干 甘犬 甘瓦 甘舌 甘代 甘弋 甘炎 甘者 甘兼 甘庶 甘邑 甘覃 甘

閣 甘鳥 甘甘

92211281 開匡種→有屮

922112810 屮類：艸 艸

922113 第一排為原匡交樣→有 力又戊寸七必匕也世弋武

9221131 左下向開口匡被交插態

92211311 直角匡種

922113111 力類：加 加阝 力乚 力左

92211312 銳角匡種

922113121 又類：劝 对 戏 难 艰 欢 邓 又阝 又乚 又頁 又鳥 又見

9221133 右下向開口匡被交插態→有戊皮肀

92211331 戊種→有戊成戚咸類

922113310 戊類：頨

922113311 成類：郕 成瓦 成頁 成鳥

922113312 戚類：顑

922113313 咸類：咸鳥 咸頁 咸羽

92211332 皮種：皰 頗

92211333肀種：段

9221137 左上向開口匡被交插態

92211372 銳角匡種

922113721 寸類：寸阝

9221139 右上向開口匡被交插態

92211391 直角匚種

922113911 七類：切 七鳥 七隹

922113912 必類：必尸 必阝 必文 必欠 必見 必鳥 必賓

922113913 乜類：乜叟

922113914 也類：也見 也支

922113915 世類：世欠

92211392 銳角匚種

922113921 弋類：弋鳥 弋隹

922113922 武類：鵡 武瓦 武虎

922114 第一排爲迂迴交樣→有九丸子弗

9221140 九態：鳩 九戈 九虎 九言 九頁 九酋 九叟 九隹

9221141 丸態：丸山 丸鳥 丸頁

9221142 子態：孔 孤 孩 孜 孫 孺 孢

9221143 弗態：弗阝 弗彡 弗刂 弗攵 弗大 弗犬 弗毛 弗邑 弗色 弗韋 弗頁

922115 第一排爲圜圍交樣→有甲中申由曲母屯

9221151 接觸圍被交插態

92211510 甲種：鴨 甲夾 甲帚 甲欠 甲羽 甲鬼 甲毒 甲冒

92211511 中種：中鳥

92211512 申種：暢 申寸 申斗 申東 申柬 申勻 申勺 申登 申欠 申隹

92211513 由種：邮 由鳥 由頁

92211514 曲種：曲支 曲攴 曲足

92211515 母種：母子 母也 母巴 母鳥 母隹

9221152 分離圍被交插態

92211521 屯態：頓邨 屯攵 屯攴 屯瓜。

922116 第一排爲巴巳交樣

9221161 身態：躬射躭軀躱躺瑕 職 翷 鄉 姚 耻 身阝 身小 身付 身凡 身少 身支 身丹 身矢 身朵 身呂 身廷 身亥 身委 身尙 身果 身奇 身夸 身匊 身良 身康 身貧 身

壽 身畀 身攴 身攵 身豈 身重 身勞 身單 身鳥 身蜀 身豐 身只 身及 身本 身骨 身冉 身

亢 身戈 身丘 身只 身立 身令 身出 身國 身寶

922117 第一排爲傾斜交樣→有扌戈戒幾曳史

9221171 扌態

92211710 右旁爲一元種：扎

92211711 右旁爲交叉種：抖 找 扶 抉 拌 拂 抹 拔 拷 抽 押 拇 拭 拽 捕 挾 揀

92211712 右旁爲匣匡種：拘 掬 掏 扔 攔 擱 擱 抓 拒 拙

92211713 右旁爲原厓種：扼 折 扳 拓 披 抛 挺 撻 扮 拎 拴 拾 捨 掄 搶 揆 撥
　　　　拆 振 捱 搪 據 擴 擔 擴

92211715 右旁爲圜圍種：扣 拍 捆 摑

92211716 右旁爲巴巳種：把 抿 抎 掘 握 搗 摒

92211717 右旁爲傾斜種：抱

92211718 右旁爲上下種

922117181 切合類：打 抨 扭 扯 扛 拉 挂 摘 托 抒 技 拈 捉 括 捶 撲 換 撫 掉

922117182 分離類

9221171821 一對科：挑 排 扒 捫

9221171822 二同科：拼 批 撬 攝

9221171824 四旁科

92211718241 對旁門：搓

92211718242 同旁門

922117182421 竝旁綱：揩 描 搭 揉 摸 撞 摺 撈 撰 攫

922117182422 疊旁綱：撓 操

92211718243 夾旁門：拯 捎 抄 撐 擋 搜 攪

9221171825 四散科

92211718250 一元起筆門

922117182500 、綱：抗 接 撞 掠 搞 披 擁 擠 攘 撣 擦 按 挖 搾 控 摔 擅

922117182501 一綱：捂 擂 擾

922117182502 丿綱：探挣授援插播

92211718251 交叉起筆門：持拮拱措搏搔撼攫捲捷掃捧揍掩撩挫

92211718252 匝匡起筆門：搖探揮抵揣摧攜

92211718253 原厓起筆門：捻擒撿攬指

92211718254 迂迴起筆門：投

92211718255 圓圍起筆門：拐捐揖損提揚揭捏撮擇擺

92211718257 傾斜起筆門：抬挨拖挽攪揉

92211718259 左右起筆門：撚

92211719 右旁爲左右種

922117191 四旁類：掛

922117192 四散類：推抑拗揪搬挪掀撤撇撕撒擬擲攤攏攤

9221172 戈態：划

9221173 戒態：戒虎

9221174 幾態：幾气

9221175 曳態：曳鳥

9221176 史態：史毛

922118 第一排爲上下交樣

9221180 上爲一元交態→有乇丰半半甫車事

92211800 乇種：乇阝 乇頁

92211801 丰種：邦 丰頁 丰土 丰邑 丰各

92211802 半種：韌 剕

92211803 半種：判叛頻 半斗 半号 半邑

92211804 甫種：甫阝 甫刂 甫攴 甫頁 甫鳥 甫隹 甫面

92211805 車種

922118050 右旁爲一元類：軋

922118051 右旁爲交叉類：軌軸軾輔

922118053 右旁爲原厓類：斬 車刀 軔軛軻 車石 輪輸輾

922118057 右旁爲傾斜類：軼

922118058 右旁爲上下類

9221180581 切合科：軒 軟 輕 輛 車瓦 車頁 車色 車夂

9221180582 分離科：較 輻 輻 輯 轄 轅 車青 轉轔輟轎 車鬼 輓

922118059 右旁爲左右類：輒轍 車隹 車刂

92211806 事種：事刂 事力

9221182 上爲匣匡交態→有聿

92211824 聿種：聿刂 聿力

9221185 上爲圓圍交態→有畢

92211850 畢種：畢夂 畢皮 畢鳥

922119 第一排爲左右交樣→有井冊

9221190 井態：㓝 井阝 井刂 井鳥

9221191 冊態：刪 冊頁 冊戈 冊阝

92212 切叉格→左旁之相交結構係由距切組合者，如"大"爲相切結構
　　　　"人"與一相交而成。依相切結構之形狀分成傾斜、上下、左右叉樣。

922127 傾斜叉樣→有人人態

9221271 人態→有大夾爽㚒㚒夫種

92212710 大種：大鳥

92212711 犬種：犬鳥 犬軍 犬欠

92212712 夾種：頰郟鵊 夾昝 夾刂 夾支 夾瓦 夾欠 夾毛 夾扁 夾多

92212713 爽種：爽鳥 爽瓦 爽頁 爽辰

92212714 㚒種：㚒斗 㚒阝 㚒毛 㚒頁

92212716 夬種：夬刂 夬隹 夬鳥 夬羽

92212717 央種：央皮 央色 央瓦

92212718 夫種：規 夫風 夫阝 夫鳥 夫支 夫無 夫隹

9221272 人態→有尤尥尢旡種

92212721 尤種：尤鳥

92212722 尥種：尥鳥 尥頁 尥隹

92212723 尢種：鵁邜 尢力 尢殳 尢卩 尢攴 尢欠 尢瓦 尢隹 尢頁 尢魚

92212724 旡種：旡咼 旡京

9221273 入態→有內肉種

92212731 內種：內皮

92212732 肉種：肉女 肉牛 肉丸 肉卩 肉鬼 肉守 肉夆 肉臽 肉安 肉奄 肉希 肉卷 肉罒 肉

　　　　　 賈 肉去 肉莫 肉皆 肉少 腳腳

922128 上下叉樣→有山 土態

9221280 盾起態→有彳手宀種

92212801 彳種

922128011 存類：郁

922128012 隹類：鶴 隹羽

92212802 手種

922128021 我類：鵝 我享 我隹 我頁 我馬

92212803 厂種

922128031 女類

922128031 右旁為交叉科：娥 奴 好 她 妹 姆 姍 妯 姊 姨 姥

922128032 右旁為匣匡科：奶 妁 嫻 嫺 姬 嫗

922128033 右旁為原匡科：娠 嫉 孅

922128034 右旁為迂迴科：妃 娛 媽

922128035 右旁為圓圍科：如 姻

922128036 右旁為巴巳科：妒 娘 妮 娓 媚 姐 孃

922128038 右旁為上下科

9221280381 切合門

92212803810 盾起綱：妖 奸 妍 姪 媒 嫌

92212803811 矛起綱：妨 嫡 妓 姑 妞 娌 婊 媾 妤

9221280382 分離門

92212803821 四駢綱

922128038211 一對目：姚

922128038212 二同目：娃 娟 姘 姚

922128038214 四旁目

9221280382141 對旁別：娣

9221280382142 同旁別：嬋

9221280382143 夾旁別：妙 嫂 嫦

92212803822 四散綱

922128038220 一元起筆目：嬌 媛 姣 婉 婷 嫁 嬪 嬸 孺 嫖 嫣 婿

922128038221 交叉起筆目：婦 婢 嬉

922128038222 匝匡起筆目：婚

922128038225 圓圍起筆目：娟 媼 㿯 媲 媳

922128038227 傾斜起筆目：娩 始 嫵

922128039 右旁為左右科：娜 嫩 婀 姒

9221281 矛起態→有土

92212811 土種

922128111 孝類：教 孝鬼 孝言 孝鳥 孝鷹 孝子

922128112 者類：都 覩

922128113 老類：老毛 老鳥

922128114 考種：考瓦

922129 左右叉樣→有⼳亻朩氺態

9221291 ⼳犭態

92212911 右旁爲交叉種：狹猓

92212912 右旁爲�匡種：犯狗狐

92212913 右旁爲原厓種：猶獗獷

92212916 右旁爲巴巳種：狙狠狼

92212918 右旁爲上下種

922129181 切合類：狂狸

922129182 分離類：狡狩狽狷猜猛猖猙猾猩猥猿獐獨獰獲獵玀

92212919 右旁爲左右種：狄猴獅獺

9221292 亻態

92212921 牙種：邪鴉雅

92212922 朩種：朱刂 朱見 朱犬 朱盍

9221294 朩態

92212940 一元結構被交插種→有木米來

922129401 木 類

9221294010 右旁爲一元科：札

9221294011 右旁爲交叉科：村材杖枕柑柚柵株械棣棟棵榷

9221294012 右旁爲匣匡科：枸桐楓欄橺橺框柩樞櫃

9221294013 右旁爲原厓科：析板松柯桅栓梔梃植榆槍櫥槌橙

9221294014 右旁爲迂迴科：杞

9221294015 右旁爲圓圍科：相柏梱

9221294016 右旁爲巴巳科：杷根

9221294017 右旁爲傾斜科：杉

9221294018 右旁爲上下科

92212940181 切合門

922129401810 盾起綱：柾梗杯朽柄杵枚柞橡

922129401811 矛起綱：枋 柱 梓 柿 杜 枝 枯 棋 楠 構

92212940182 分離門

922129401821 四駢綱

9221294018212 二同目：棧 桂 橇

9221294018213 三夾目：桓

9221294018214 四旁目

92212940182141 對旁別：梯 樣 權

92212940182142 同旁別：模 樺 檬 櫂 楷 櫛 櫻

92212940182143 夾旁別：梢 檔

922129401822 四散綱

9221294018220 一元起筆目

92212940182200 丿別：橋

92212940182201 、別：校 核 杭 棕 棺 榨 榕 榜 槁 樟 檀 檸 檳

92212940182202 一別：梧 極 標 槓

9221294018221 交叉起筆目：桔 櫝 梳 棲 椅 棒 榛 椿 樓 槽 橫 機

9221294018222 匝匡起筆目：楹

9221294018223 原厓起筆目：檢 樽 檜 檻 欖

9221294018225 圜圍起筆目：枴 楫 桿 棍 楊 榻 楞 棉 槐

9221294018227 傾斜起筆目：格 櫓 桶 橘 梭 梅

9221294018229 左右起筆目：棹 楨 樺 樵 楔 榴

9221294019 右旁為左右科

92212940191 切合門：朴

92212940192 分離門

922129401921 四駢綱

9221294019211 一對目：桃 柳

9221294019212 二同目：枇 栩 棚

922129401922 四散綱：椎 梆 椒 椰 榔 樑 榭 概 樅 橢 橄 樹 橄

922129402 米類

9221294021 右旁為交叉科：料

9221294023 右旁爲原匡科：粉 糖 糠 糙

9221294026 右旁爲巴巳科：粗

9221294028 右旁爲上下科：粒 粽 粹 粳 糯 糟 精 糧 糕 模

9221294029 右旁爲左右科：糊

922129403 來類：勅郲鶆 來夂 來毛 來犬 來台 來矣 來見 來頁 鶇

92212948 上下結構被交插態

922129480 首爲一元交插種→有耒本末末柬束東柬

9221294801 首爲丿被交插類

92212948010 耒科：耕耦耙耜耘耗

9221294802 首爲一被交插類

92212948020 本科：本羽

92212948021 末類：末阝 末見 末頁 末刂 末彡刂

92212948022 末類：末皮 末色 末鳥

92212948023 柬類：刺 柬柬 柬彐 柬見 柬瓜 柬攴 柬夂

92212948024 束類：賴剌敕 束力 束勺 束力鳥 束攴 束毛 束欠 束它 束戒 束辛 束羽

　　　束從　束巢 束鳥 束頁

92212948025 東類：東瓦 東夂 東見 東隹 東鳥 東鬼

92212948026 柬類：柬攴 柬彡 柬瓜 柬申

922129485 首爲圓圍交插種→有果禺類

9221294851 果類：顆夥 果禺 果瓜 果鳥 果攴 果支 果毛 果瓦 果刂

9221294852 禺類：禺爪 禺厄 禺阝 禺鳥 禺禹 禺瓦 禺頁 禺隹

9221295 水態

92212951 求種：救 求阝 求乚 求力 求九 求殳 求毛 求皮 求頁 求馬 求鳥 求連

92212952 隶種：隶力

9222 第一排爲匣匚體

92221 第一排爲左下向開口格

922211 整齊匡樣

9222111 距切匡態→有夕勿句勻旬匊勺勾

92221111 ク種

922211111 夕類：舛飧外夗

92221112 勹種

922211120 勹類：勹女 勹攴 勹皮

922211121 匊類：匊隹 匊鳥

922211122 句類：劬 够 雊 斫 鴝

922211123 旬類：郇 旬欠 旬气 旬皮 旬鳥

922211124 勾類：勾夜

922211125 勿類：刎 勿少 勿欠 勿鳥

922211126 勻類：勻攴 勻鳥

92222 第一排爲下向開口格

922221 整齊匡樣

9222211 接觸匡態→有月冃（肉）冃（舟）用同凡

92222111 兩旁長邊種

922221110 月類：朦朧

922221111 月（肉）類→依右旁分類

9222211111 四駢科

92222111114 四旁門

922221111141 對旁綱：膳

922221111142 同旁綱：腦 臟 膜 臟 膠

922221111143 夾旁門：膣

9222211112 四散科

92222111121 右旁爲交叉門：肋 肘 肫 肱 胖 胛 胰 脯 膩

92222111122 右旁爲匣匚門

922221111221 左下向開口綱：胸

922221111222 下向開口綱：胴 膶

92222111123 右旁爲原匡門

92222111233 右下向開口綱：脈 腑 脆 膽 臚

92222111239 右上向開口綱：腱 腿

92222111124 右旁爲迂迴門：肌

92222111125 右旁爲圓圍門：胭

92222111126 右旁爲巴巳門：肥

92222111127 右旁爲傾斜門：胞

92222111128 右旁爲上下門：

922221111281 切合綱

9222211112810 盾起筆目：腫 肛 肝 豚

9222211112811 矛起筆目：肚 肪 肺 胱 脹

922221111282 分離綱

9222211112820 一元起筆目

92222111128201 ノ起筆別：脾 腺

92222111128202 、起筆別：臆 腋 臃 膀 臍

92222111128203 一起筆別：胚 腰 膈

9222211112821 交叉起筆目：肢 脖 膝 膿 腆 膊

9222211112822 匣匡起筆目：腕 腔 膾

9222211112823 原匡起筆目：脫 臉 膾 脂

9222211112824 迂迴起筆目：股

9222211112825 圓圍起筆目：腸 腥 腮 腺

9222211112827 傾斜起筆目：腹 胳 胎

9222211112829 左右起筆目：腓 腳 膨 朧

922221112 月（舟）類：朕 服

922221113 周類：雕 彫 鵰 周阝 周刂 周攴 周羽 周孝

922221114 用類：用瓦

922221115 同類：同戈 同阝 同鳥 同瓦 同昆 同女 同黃 同頁

922221116 岡類：剛 岡瓦

922221117 几類

9222211170 几科：几阝

9222211171 凡科：凡阝

92222112 長短邊種

922221121 尸種：尸又 尸攵

9222212 距切匡態→有乃爪

92222121 乃種：乃彡 乃女

92222122 爪種：爪尸 爪呂 爪見 爪蚤 爪妥 爪殳 爪包 爪國 㦮

9222213 分離匡態→有間閑閒

92222131 間居左旁科：間鳥

92222132 閑居左旁科：閑鳥

92222133 閒居左旁科：閒鳥

922222 整齊匡樣

9222221 附切匡態→有向

92222210 向種：䚦

92224 第一排爲左向開口格

9222413 態：彐女

92226 第一排爲右向開口格

922261 整齊匡樣

9222611 接觸匡態

92226111 兩邊等長匡種

922261110 匸種→有匸Ｅ

9222611100 匸類：印 印頁

9222611101 Ｅ類：印

922261111 匚種→有匠廢匡匪臣臣叵

9222611110 匠類：匠鳥

9222611111 廢類：廢頁

9222611112 匡類：匡阝 匡力 匡頁

9222611113 匪類：匪攵

9222611114 臣類：臥臨 臣又 臣几 臣阝 臣攴 臣斤 臣尔 臣言 臣頁 臣支 臣美

9222611115 叵類：頤賾 臣召 臣瓦 臣言 臣巳 臣欠

9222611116 叵類：叵寸 叵頁

922261112 匸種→有匹医區匽

9222611121 匹種：匹鳥 匹毛

9222611122 医類：医殳

9222611123 區類：鷗歐甌毆 區力 區斤 區攵 區支 區頁 區佳 區晨

9222611124 匽類：鄢 匽欠 匽鳥 匽佳

92226111 3 工種

9222611131 巨類：巨攵 巨阝 巨鳥

92226112 兩邊不等長匚種

922261120 乚類

9222611200 氏科：氏耳 氏鳥 氏頁 氏佳 氏刂

922262 參差匚樣

9222621 附切匚態

92226211 亡種：邙氓

92228 第一排為上向開口格

922281 整齊匚樣

9222811 接觸匚態→有山臼

92228111 山種

922281111 右旁為交叉類：岫峽峨 山甘

922281112 右旁為匣匚類：嶇

922281113 右旁爲原匡類：峪嶝 山斤 山石

922281116 右旁爲巴巳類：岷崛 山阝 山丘

922281118 右旁爲上下類：崆崢 山欠 山瓦 岐 峙 崎 屹 峰 峻 峭 嶼

922281119 右旁爲左右類：山水

92228112 幽種：幽頁

92228113 臼種：臼刂 臼尤 臼畐 臼易 臼欠 臼市 臼穴 臼男 臼隹 臼鳥 臼頁 臼壽

922282 參差匡樣

9222821 斷裂匡態→有鼎

92228121 鼎居左旁科：鼎干 鼎彗 鼎慧 鼎頁

9223 第一排爲原匡體

92231 左下向開口格

922310 一曲崖樣

9223101 歹態：歹乀

9223102 司態：司氏 司見

9223103 刀態：刀鳥 刀乞 刀厶 刀刂

9223104 刁態：刁鳥 刁隹

9223105 尹態：那 尹羽

9223106 乇態：乇馬 乇鳥 乇頁

922311 距切匡樣

9223112 可態：可戈 可弋 可斤 可鳥 可欠 可各 可去 可頁 可攴 可攵

92232 下向開口格

922321 整齊匡樣

9223211 接觸匡態→有亼参介

92232110 亼種→有金 食 余 合 令 今 舍 命 倉

922321101 金類

9223211011 四駢科

92232110111 一對門

92232110112 二同門

922321101128 上下綱：錢

922321101129 左右綱：鍚 金朋

92232110111 四旁門

922321101111 對旁綱：鎂 銻

922321101112 同旁綱：錨 鑽 鐃

922321101113 夾旁綱

9223211011131 對夾旁目：鈔 銷 鏜 鐺 鎖

9223211011132 同夾旁目：鑠

9223211012 四散科

92232110121 右旁為交叉門

922321101211 平交綱：針 釵 鈍 鈉 鉗 鈽 鈾 鉀 鋪 鑛 金戈

922321101212 切叉綱：銖 鍊 鈸 鐵 銬

92232110122 右旁為匣匡門

922321101221 左下向開口綱：釣 鈞 鉤

922321101222 下向開口綱： 銅 鋼 鑭 金瓜

92232110123 右旁為原匡門

922321101232 下向開口綱：鈴 鈴 銓 鉛 銳

922321101233 右下向開口綱：鍍 鐮 鑣 金斤 金石

922321101239 右上向開口綱：鍵 鏈

92232110124 右旁為迂迴門：鈣

92232110125 右旁為圓圍門

922321101251 整齊圍綱：鈤

922321101252 參差圍綱：鉑

92232110126 右旁為巴巳門

922321101261 整齊圍綱：鋸 銀 鍋

922321101262 參差圍綱：鎢 金鳥

92232110127 右旁為傾斜門：鉋

92232110128 右旁爲上下門

922321101281 切合綱

9223211012810 盾起目：釘 鎭 鍾錘 金禾

9223211012811 矛起目：鈕 鋅 銼 錶 錄 金立

922321101282 分離綱

9223211012820 一元起筆目：錚 鍰 鉸 鏡 鐘 鑲 鏑 錠 鏢 鐳

9223211012821 交叉起筆目：錳 錯 鈷 鑄 鏤 鍥

9223211012822 匣匡起筆目：金風

9223211012823 原厓起筆目：鑰 鎭

9223211012825 圜圍起筆目：鋁 錫 鏝 鏢 鐲 鑼 鐸 金見 錦 鎳 金鬼

9223211012827 傾斜起筆目：欽 鉻 鋒

9223211012829 左右起筆目：鏗 鑑

92232110129 右爲左右門：錐 鋤 金且鳥 鍬 鍛 鏃 鏘 釧 釧

922321102 食類

9223211021 右旁爲四駢科

92232110212 二同門：餞

92232110214 四旁門

922321102141 對旁綱：餾

922321102142 同旁綱：饒

922321102143 夾旁綱：餿

9223211022 右旁爲四散科

92232110221 右旁爲交叉門：飩 餓 饑

92232110222 右旁爲匣匡門：餉

92232110223 右旁爲原厓門：飼 餘 飯

92232110224 右旁爲迂迴門：飢

92232110226 右旁爲巴巳門：餌

92232110227 右旁爲傾斜門：飽

92232110228 右旁爲上下門

922321102281 切合綱：飪 飮 蝕

922321102282 分離綱

9223211022820 一元起筆目：餒 餃

9223211022822 匣匡起筆目：館

9223211022825 圜圍起筆目：餛 饅 餵 餽

9223211022827 傾斜起筆目：餡 饞 飴

9223211022828 上下起筆目：餅

922321103 余類：斜 敘 叙 敍 余阝 余戈 余隹 余鳥

922321104 舍類：舒 舖 舘 舍阝 舍鳥 舍隹 舍巽

922321105 合類：鴿 郃 敆 欲 合刂 合攵 合牛 合斗 合半 合羽 合隹 合頁

922321106 令類：鴒 領 領 瓴 翎 令刂 令丁 令毛 令欠 令瓜 令虎 令隹

922321107 今類：雂 今阝 今攴 今欠 今瓦 今頁 今鳥 今舌

922321108 命類：命鳥

922321109 倉類：創 鶬 飺 倉阝 倉乃 倉令 倉隹

92232111 参種：参頁 参見

92232112 介種：介欠 介鳥

9223212 距切厓態→有俞全粂種

92232121 俞種：覦 毹 歈 俞刂 俞阝 俞攵 俞斤 俞瓦 俞鳥

92232122 全種：全刂 全阝

92232123 粂種：糴

922322 參差厓樣

9223221 分離厓態→有背角、八角種

92232137 背角種→有癸祭登登類

922321371 癸類：癸阝 癸戈 癸鳥 癸瓜 癸見 癸頁 癸隹

922321372 祭類：祭阝 祭邑

922321373 登類：鄧 登刂 登丁 登攴 登毛 登瓦 登斤 登見 登風 登鳥

922321374 登類：登瓦

92232218 八角種→有分公兮父酋谷類

922322181 分類：頒 鳹 敪 邠 分刂 分欠 分毛 分瓜 分瓯 分見 分且 分賣 分賓 分馬

922322182 公類：頌 公刂 公鳥

922322183 兮類：兮欠 兮色

922322184 父類：父且 父隹 父鳥

922322185 酋類：猷 酋黽 酋宿 酋女 酋卒 酋火 酋或 酋頁

922322186 谷類：欲 卻 谽 谻 谾 箜 谬 瞄 鹆 籤 谷千 谷九 谷阝 谷尤 谷孔 谷瓦

　　　谷夂 谷今 谷牙 谷牢 谷奚 谷皋 谷皐 谷閒 谷甘 谷鬫 谷閊 谷靈 谷勞 谷賣 谷蠿

92233 第一排為右下向開口格

922331 整齊匡樣

9223311 接觸匡態→有厂 厂種

92233111 厂種→有斤 虎 斥 底 后 厄 盾 厴 匡 居類

922331110 斤類：欣 頎 斤阝 斤力 斤斤 斤日欠 斤虎 斤蜀

922331111 虎類：虎刂 虎頁 虎鳥

922331112 斥類：斥皮 斥鳥

922331113 底類：底血 底見

922331114 后類：后力 后阝 后欠 后可 后及

922331115 厄類：厄耑 厄垂 厄專

922331116 盾類：盾友 盾戈 盾犬 盾圭 盾隹 盾鳥

922331117 厴類：厴戈

922331118 匡類：匡垂 匡專 匡耑

922331119 居類：居頁

92233112 厂種→有厄 原 厓 厲 歷 厥 厚 厘 辰 仄類

922331120 厄類：厄頁 厄見

922331121 原類：願 原鳥

922331122 厓類：覥

922331123 厲類：勵 厲刂 厲阝 厲見

922331124 歷類：歷攴 歷阝

922331125 厥類：厥刂 厥力

922331126 厚類：厚阝

922331127 厘類：厘阝

922331128 辰類：威

922331129 其他類→有產斥仄

9223311290 產科：產頁

9223311291 斥科：斥鳥

9223311292 仄科：仄鳥

9223312 距切厓態→有石、及

92233121 石種

922331211 右旁爲交叉類：砷 磯 硃 破 確

922331212 右旁爲匣匡類：矽 砸 碉

922331213 右旁爲原厓類：斫 磴 礦 礪

922331214 右旁爲迂迴類：碼 碾

922331218 右旁爲上下類

9223312181 切合科

92233121810 盾起筆門：硬 砰 砭 砍

92233121811 矛起筆門：砝 碌

9223312182 分離科

92233121821 四駢門

922331218214 四旁綱

9223312182141 對旁目：磋 碰 磁

9223312182142 同旁目：礎

9223312182143 夾旁目：砂 硝 礫

92233121822 四散門

922331218220 一元起筆綱：碑 礁 碎 磅 碗 碩

922331218221 交叉起筆綱：磕 磷 礦 碟 碘 硫 磚

922331218222 匣匡起筆綱：砥 碳

922331218225 圓圍起筆綱：硯

922331218229 左右起筆綱：砧

922331219 右旁爲左右類

9223312191 四駢門：硼 研

9223312192 四散門：砌 礙

92233122 及種：及鳥

922332 參差厓樣

9223321 附切厓態→有广疒广庀产

92233211 广種→有鹿麻庚产广五類。

922332111 鹿類→有鹿麀廌三科

9223321110 鹿科：麟麒鄜 鹿丌 鹿亓 鹿几 鹿攴 鹿皮 鹿瓦 鹿勿 鹿吝 鹿并 鹿孝 鹿委

鹿廷 鹿頁 鹿嚴 鹿風 鹿者 鹿余 鹿崙 鹿丞 鹿粦 鹿羮

9223321111 麀科：麀阝 麀風

9223321112 廌科：廌孝

922332112 麻類→有麻磨魔三科

9223321121 麻科：麻攴 麻朱 麻易 麻賣 麻頁

9223321122 磨科：磨阝

9223321123 魔科：魔牛

9223321124 靡科：靡刂

922332113 庚類→有庚唐康庸四科

9223321131 庚科：庚毛 庚兒 庚隹

9223321132 唐科：唐阝 唐瓦 唐毛 唐易 唐鳥 唐隹

9223321133 康科：康阝 康瓦

9223321134 庸態：庸阝 庸彡 庸戈 庸瓦 庸鳥

922332114 产類→有庶度廣三科

9223321141 庶科：鷓 庶斤 庶頁

9223321142 度態：度攵 度鳥

9223321143 廣態：廣刂 廣力 廣阝 廣皮 廣炎 廣鳥

922332115 广類→有塵廡廉底庄廄四科

9223321151 塵科：塵阝 塵鳥

9223321152 廄科：廄瓦

9223321153 廉科：廉攴

9223321154 底科：底阝 底鳥

9223321155 庄科：庄鳥

9223321156 廢科：廢頁

92233212 广種→有詹危矣

922332121 詹類：瓵 詹攴 詹刂 詹令 詹鳥 詹佳

922332122 危類：危阝 危欠 危攴 危支 危兀 危夋 危頁 危皮 危臬 危佳 危鳥 危鼻

922332123 矣類：矣皮

92233213 虍種→有虎 虗 虔 虘 虤 盧 雐 虖 豦 等 虌 鱸 虙 虞 虎 虪 虘類

922332130 虎類：黸覤戲 虎且 虎邑 虎亢 虎刂 虎人 虎阝 虎欠 虎多 虎兌 虎周 虎風 虎兔 虎馬 虎騰 虎彬 虎羌 虎乞 虎終 虎武 虎鳥 虎鷔 虎毄

922332131 虗類：歔 虗戈 虗尤 虗亢 虗瓦 虗見 虗韋 虗鳥

922332132 虔類：戲 虔几 虔阝 戲欠 虔欠 虔瓦 虔瓜 虔見 虔皮 虔宏

922332133 虘類：獻 虘瓦 虘瓜 虘齒

922332134 盧類：顱 盧攴 盧力 盧瓦 盧瓜 盧皮 盧鳥 盧佳

922332135 雐類：虧 雐兮

922332136 虖類：虖攴 虖阝 虖又 虖皮 虖且 虖見

922332137 虖類：虖阝 虖欠 虖戈

922332138 豦類：劇 豦彡 豦阝 豦刂 豦力 豦且 豦邑 豦佳 豦鳥 豦豖

922332139 其他類

9223321390 虘科：虘頁

9223321391 虘科：虘瓦

9223321392 鱸科：鱸攵

9223321393 虙科：虙且 虙又 虙瓮

9223321394 虞科：虞鳥

9223321395 虎科：虎刂 虎阝

9223321396 虎科：虎彡 虓 虎欠

9223321397 卤科：卤犬

9223321398 麻科：麻彡

9223321399 慮科：慮攴 慮力 慮鳥

9223322 交叉厓態→有君

92233221 君種：郡群頵鵏 君攴 君邑 君見 君巾 君罠

92237 第一排爲左上向開口格

922371 整齊厓樣

9223710 一曲厓態→有卣

92237101 卣種：卣刂

92239 第一排爲右上向開口格

922391 整齊厓樣

9223910 一曲厓態→有匕

92239101 匕種：頃 匕尸 匕攴 匕矢 匕矣 匕是 匕鳥 匕盎

92239102 齒種：斷 齒勺

92239103 匜種：匜斤

92239104 匜種：匜見

92239105 匸種：匸攴 匸月

9223911 分離厓態→有述迷追過

92239110 述種：述鳥

92239110 迷種：迷頁

92239110 追種：追頁

92239110 過種：過鳥

922392 參差厓樣

9223921 交叉厓態→有延廷

92239210 延種：延阝

92239211 廷種：頲 廷攴

9224 第一排爲迂迴體

92241 迂旋格

922411 迂匡樣→有己已

9224111 己態：改

922412 迂匡樣→有与

9224121 与態：与欠

922413 旋迴樣→有弓馬几

9224131 弓態

92241310 右爲一元種：引

92241311 右爲交叉種：弛

92241312 右爲匣匡種：弧

92241316 右爲巴巳種：弭

92241317 右爲傾側種：弘

92241318 右爲上下種

922413181 切合類：弦 張 彌

922413182 分離類：強 彈

9224132 弓態：疆

9224133 馬種

92241331 四駢類

922413312 二同科：駁

922413314 四旁科

9224133141 對旁門：驥

9224133142 同旁門：驪

92241332 四散類

922413321 右爲交叉科：馭 馳 駄 駚

922413322 右爲匣匡科：駒 驅

922413323 右爲原匡科：驗 驢

922413325 右爲圓圍科：駉

922413326 右爲巴巳科：騙

922413328 右爲上下科

9224133281 切合門：駐

9224133282 分離門

92241332822 四散綱

922413328220 一元起筆綱：驕 駝 驃

922413328221 交叉起筆綱：騁 騎 騷

922413328225 圓圍起筆綱：騾 驛

922413328227 傾斜起筆綱：駱 駿

922413328229 左右起筆綱：驟

922413329 右爲左右科

9224133292 分離門

92241332921 四駢綱：馴 駢

92241332922 四散綱：駙

9224134 几種：几阝

92242 迴轉格

922421 迴匡樣→有工 H 匡態

9224211 工匡態→有巫噩種

92242111 巫種：巫見 巫隹 巫鳥

92242112 噩種：噩各 噩頁

922422 迴匡樣→有 YT 匡態

9224221 Y 匡岔態

92242210 Y 岔種

9224222 T 匡態

92242221 下 岔種：丠申 丠且 丠氏 丠果 丠異 丠甫 丠兄

9225 第一排爲圜圍體

92251 整齊圍格→有口日曰田目因格

922510 口樣

9225101 右旁爲交叉態

92251011 平交種：叱吋吶呷呻喊噠哺

92251012 切叉種：吠呀味咪咦哦

9225102 右旁爲匣匡態

92251021 左下向開口種：吻啕

92251022 下向開口種：叩呱

92251026 右向開口種：嘔

92251028 上向開口種：咄

9225103 右旁爲原匡態

92251031 左下向開口種

922510310 一曲匡類：叨叼

922510312 距切匡類：呵

92251032 下向開口種

922510321 接觸匡類：吟哈

922510322 距切匡類：喻

922510323 斷裂匡類：吩

92251033 右下向開口種

922510331 接觸匡類：呃喱

922510332 距切匡類：吸

9225103341 虍科：唬嘘噱

9225103342 广科：嘛

9225104 右旁爲迂迴態：嗎

9225105 右旁爲圜圍態

92251051 整齊圍種：咽

92251052 參差圍種：咱

9225106 右旁爲巴巳態

92251061 整齊巳種

922510611 尸類：呎 呢 喔 囑

922510612 巴類：吧

922510613 且類：咀

922510614 亞類：啞

92251062 附切巳種

922510621 戶類：唳

922510622 烏類：嗚 鳴

9225107 右旁爲傾側態

92251071 切合種：呟

92251072 分離種：咆

9225108 右旁爲上下態

92251081 切合種

922510810 盾起筆類

9225108101 正起科

92251081011 丿起門：吒 唾 呼

92251081012 一起門：叮 哂 吁 啄

9225108102 側起科

92251081021 ㇀起門：咋

92251081022 亅起門：吹

922510811 矛起筆類

9225108111 交叉起筆科：吐 哩

9225108119 左右起筆科：咩 噗

92251082 分離種

922510821 四駢類

9225108211 右旁爲一對科

9225108212 右旁爲二同科

92251082121 竝列門：哇 啖 唱

92251082122 品疊門：囁

9225108214 右旁爲四旁科

92251082141 對旁門：嗟

92251082142 同旁門

92251082421 竝旁綱：哎 嘛 囈 嘩 嗓 嘮 噎 嚶

92251082422 疊旁綱：嗓 噴 噪

92251082143 夾旁門：吵 哨 噹 噥

922510822 四散類

9225108221 右旁爲交叉科：哮

92251082281 右旁爲切合科：噬 哄

92251082282 右旁爲分離科

922510822820 一元起筆門

9225108228201 丿起筆綱：啤 噯 嚼

9225108228202 丶起筆綱：咳 吭 咬 唁 哼 嚎 嚷 噫 嘀 啼 喧 咯 嚀

9225108228203 一起筆綱：嚅 唔 嘎 呸

922510822821 交叉起筆門：吱 咕 喃 嚏 嗦 嗜 嗑 噎 嘻 喳 嘹 嘆 嚥 噥 喋 嘈 嘿 嘍

922510822822 匣匡起筆門：喘 噢

922510822823 原厓起筆門：噙 唸 嗡

922510822825 圓圍起筆門：喂 喟 喝 嗯 囉 嗅 噪

922510822827 傾斜起筆門

9225108228271 傾側起筆綱：吃 哆 喚 嚕

9225108228273 斜敘起筆綱：吮 唆 唉

922510822829 左右起筆門：啃 嘴

9225109 右旁爲左右態

92251091 切合種：叫 嘯

92251092 分離種

922510921 四駢類

9225109211 一對科：叭 啡

9225109212 二同科：嚇 嗟

922510922 四散類

9225109221 第二排爲交叉科：吼 呶 啦 啪 嘟 嗽 噸 囀 喇

9225109223 第二排爲原匡科：哪

9225109226 第二排爲巴巳科：啊 喞

9225109227 第二排爲傾斜科：嗨

9225109228 第二排爲上下科：唯 咻 吋 喞 啾 喉 嚨 嚨 喲 嘛 嗷 嘶 嘲

922511 日樣

9225111 右旁爲交叉態：昧 映

9225112 右旁爲匣匡態：昀 明 晌

9225113 右旁爲原匡態：曠

9225118 右旁爲上下態

92251181 切合種：旺 晒 昨

92251182 分離種

922511820 一元起筆類：暖 曖 暗 晤

922511821 交叉起筆類：晴 時 曉

922511822 匣匡起筆類：暉

922511823 原匡起筆類：昭

922511825 圓圍起筆類：曝 曙

922511827 傾斜起筆類：晦 晚

922511829 左右起筆類：曦 晰 暇

922512 田樣

9225121 右旁爲交叉態：畔

9225128 右旁爲上下態

92251281 切合種

92251282 分離種：略 疇 畦 毗 𤰒

922512821 四駢類：畦 毗 𤰒

922512822 四散類：略 疇

922513 目樣

9225131 右旁爲交叉態：盹 睞 睹

9225132 右旁爲匣匡態：眶

9225133 右旁爲原厓態

92251332 下向開口種：盼 睽 瞪

92251333 右下向開口種：瞻

92251339 右上向開口種：睞

9225135 右旁爲圓圍態：睏

9225136 右旁爲巴巳態：眠 眼 矚

9225138 右旁爲上下態

92251381 切合種：眩 睡 眨 盯

92251382 分離種

922513821 四駢類

9225138211 四旁科：瞄 矇 瞠

922513822 四散類

9225138220 一元起筆科

92251382201 丿起筆門：睜 睬 瞬 睥

92251382202 、起筆門：瞎 瞳

92251382203 一起筆門：瞟

9225138221 交叉起筆科：瞭 睦 瞌 睫 睛 瞞

9225138222 匣匡起筆科：瞑 眈

9225138227 傾斜起筆科：晔

9225138229 左右起筆類：瞧

9225139 右旁爲左右態

92251382 分離種

922513821 四駢類：眺 目非

922513822 四散類：瞰 矓

922514 因樣：因女 因生

922515 國樣：國戈 國爪 國斤 國瓦

922516 固樣：固介

922517 困樣：困頁

922518 困樣：困頁

922519 回樣：回鳥

92252 分離圍格→有函

922521 函樣：函欠 函頁

92253 附切圍格→有白自

922530 白樣

9225302 右旁爲匣匡態：的

9225303 右旁爲原匡態：皈

9225308 右旁爲上下態：皎 皖 皓 魄 皚

922531 凶樣：凶比 凶頁 凶臭 凶胥

922532 自樣：自乚 自阝 自丑 自頁 自鼻

9226 第一排爲巴巳體

92261 整齊巳格→有阝耳且丘尸樣

922611 阝樣

9226111 右旁爲交叉態：阱 陣 陝 陳 隅

9226112 右旁爲匣匡態：陶

9226113 右旁爲原匡態：陋 隧 隨 險 除 隊 阪 阿 際

9226116 右旁爲巴巳態：阻 限

9226118 右旁爲上下態

92261181 切合種：阡 防 陡 陲 陌

92261182 分離態：阮 陀 降 院 陛 陪 陸 陵 陴 陰 階 隋 陽 隆 隍 隘 隙 隕 障
隱

9226119 右旁爲左右態

92261192 分離態：附 隴

922612 耳樣

9226121 外框虛態

92261211 右旁爲交叉種：取 耽 職

92261212 右旁爲匣匡種：耶

92261213 右旁爲原厓種：聆

92261218 右旁爲上下種

922612182 分離類：聘 聰 聯

92261219 右旁爲左右種

922612192 分離類：聊 耿 恥

9226122 外框涵實態

92261221 左旁爲壽種：聽

922613 且樣

9226131 右旁爲交叉態：助

9226139 右旁爲左右態

92261392 分離種：睢

922614 丘樣

9226146 右旁爲巴巳態：邱

922615 尸樣→有届 屠 尼 昬 展 居 屢 屬 屎 尾 屑 屫 尿

9226150 左旁爲届態：刷 敝

9226151 左旁爲屠態：屠阝 屠鳥

9226152 左旁爲尼態：尼欠 尼鳥 尼桑

9226153 左旁爲昬態：辟

9226154 左旁爲展態：殿

9226155 左旁爲居態：居刂 居阝 居鳥

9226156 左旁爲屢態：屢毛

9226157 左旁爲屬態：屬刂 屬斤 屬攴 屬鳥 屬欠

9226158 左旁爲屍態：尉馭

9226159 左旁爲其他態

92261590 左旁爲尾態種：尾孕 尾子 尾黑

92261591 左旁爲屑種：屑齒

92261592 左旁爲屫種：屫刂

92261593 左旁爲尿種：尿毛 尿攴 尿辛

92262 參差巳格

922621 附切巳樣→有戶 血自皀 良 鳥態

9226211 左旁爲戶態

92262110 虛框種：所 阠

92262115 涵實種

922621151 外實類

9226211511 昌科：昌攵

9226211512 扁科：翩 扁刂 扁瓦 扁馬 扁鳥 扁毛 扁瓜 扁見 扁司

9226211513 雇科：顧 雇犬 雇支

922621152 內外皆實類：殷

9226212 左旁爲血態：卹 衄 衃 衊 血刂 血阝 血刃 血不 血欠 血永 血底 血耳 血各 血臽 血叜 血蔑 血鼻 血豕

9226213 左旁爲自態：帥師 自頁

9226214 左旁爲皀態：即 既

9226215 左旁爲良態：郎 朗

9226216 左旁爲鳥態

92262160 右旁爲一元種：鳥乙

92262161 右旁爲交叉種：鳥夬 鳥尨 鳥幾

92262162 右旁爲匣匡種：鳥巨 鳥勹 鳥氏

92262163 右旁爲原厓種：鳥可 鳥余 鳥介

92262164 右旁爲迂迴種：鳥馬

92262166 右旁爲巴巳種：鳥阝

92262167 右旁爲傾斜種：鳥多

92262168 右旁爲上下種

922621681 切合類：鳥方 鳥其

922621682 分離類

9226216821 四駢科：鳥芻 鳥義 鳥羌

9226216822 四散科：鴕 鳥穴 鳥只 鳥夋 鳥兒 鳥渠 鳥睘 鳥蒦 鳥寺 鳥交 鳥邑 鳥享 鳥帚 鳥蜀

92262169 右旁爲左右種：鳥隹 鳥侯 鳥敦 鳥辟 鳥心 鳥眇 鳥肅 鳥師

9227 第一排爲傾斜體

92271 傾側格→有彳牜韋朱夗樣

922711 彳樣→依右旁聲符分態。至於同從彳之"行"則列「同夾式」，"微"列「匣匡型」

9227111 右旁爲交叉態：彿 彼 律

9227112 右旁爲匣匡態：徇

9227113 右旁爲原厓態：徐 循

9227115 右旁爲圜圍態：徊

9227116 右旁爲巴巳態：很 徧

9227118 右旁爲上下態

92271181 切合種

922711810 盾起類：徑 征

922711811 矛起類：往 徒

92271182 分離種：傍 德 待 役 得 徨 後 復 從 徙

9227119 左旁爲分離態：徹 徘 御

922712 牜樣

9227121 右旁爲交叉態：牴

9227122 右旁爲匣匡態：物

9227123 右旁爲原厓態：牝

9227128 右旁爲上下態

92271281 切合種：牧 牲 牡

92271282 分離種：牯 牴 特 犄 犒 犢 犧

922713 ⿱𠂉巾樣：制

922714 朱樣：邾 鴸 朱几 朱攴 朱阝 朱戈 朱羽 朱鳥 朱隹 朱馬

922715 豸樣：豺 貊 貍 豹 貂 貉 貌 貓

92273 斜敘格→有包樣

922730 包樣：刨

92274 斜斜格→有幺樣

922740 幺樣：幻幼

9228 第一排爲上下體→依左旁第一列（即左上角）字根之字型分格。

92280 左旁第一列（即左上角）字根爲一元格→有丿丶一樣。

922801 丿樣→有亻手夭（含喬）千（含舌重垂臿熏乘）禾（含委秀黍禿）釆禹爪（含采孚妥寽受爭舜亂爭）態

9228010 亻態→依右旁（聲符）字型分類

92280101 右旁爲交叉種：化 什 仇 付 他 代 仔 仗 伊 佚 休 伐 伏 仲 伴 伸 佛 佐 佑 佈 使 佬 俠 偶 俄

92280102 右旁爲匣匡種：佝 仍 佣 佩 偃 仙

92280103 右旁爲原厓種：仞 伺 何 俗 份 佾 伶 倫 偷 傖 俯 傭 値 健

92280105 右旁爲圜圍種：佃 個 伯

92280106 右旁爲巴巳種：倨 倔 偏 僱

92280107 右旁爲傾斜種：件 侏 侈

92280108 右旁爲上下種

922801081 切合類

9228010810 盾起科：仃 伍 佰 便 倆 仟 任 係 作 你 侶 促

9228010811 矛起科：仿 住 位 依 仕 倖 俚 供 倀 佔 佯

922801082 分離類

9228010821 四騈科

92280108212 二同門：仁 佳 倡 傴

92280108213 三夾門：僵

92280108214 四旁門

922801082142 同旁綱：佞 僥 偌 偕 儚 儀 儷 儼

922801082143 夾旁綱：俏 倘 償 僕

9228010822 四散科

92280108220 右旁爲一元起筆門：俘 僞 僑 倭 俾 伉 倍 信 佇 倌 倥 佗 傢 儐
　　　　停 傍 億 價 儒 優 侯

92280108221 右旁爲交叉起筆門：估 侍 僖 儔 俺 倚 俸 僚 倦 侵 儘 僅 偉 儂
　　　　倩 債 傅 借 備

92280108222 右旁爲匣匡起筆門：低 倪 催

92280108223 右旁爲原厓起筆門：偣 僧 儈 儉

92280108225 右旁爲圓圍起筆門：侃 保 偎 但 傀 傯 傻

92280108226 右旁爲巴巳起筆門：俱

92280108227 右旁爲傾斜起筆門：侮 傷 像 俟 俊 俑

92280108229 右旁爲左右起筆門：偵 傑

92280109 右旁爲左右種

922801091 切合類：仆

922801092 分離類

9228010921 四駢科

92280109211 一對門：佻 俳 們

92280109212 二同門：併 仳

92280109213 三夾門：伙

9228010922 四散科

92280109220 第二排爲一元門：候 攸 似

92280109222 第二排爲匣匡門：仰

92280109223 第二排爲原厓門：傾

92280109226 第二排爲巴巳門：假 僻

92280109228 第二排爲上下門

922801092281 切合綱：隹 做 傲 傚 例 俐 倒

922801092282 分離綱：儲 側

9228011 手態→依右旁字型分類
92280112 右旁爲匣匡種：手勿
92280118 右旁爲上下種：拜　手尭
92280119 右旁爲左右種：手刂

9228012 夭態→有夭喬種
92280120 夭種：夭隹　夭鳥
92280121 喬種：敲鵁　喬阝 喬殳 喬攴 喬羽 喬力 喬欠 喬支 喬毛 喬尤 喬亢 喬頁

9228013 千態→有舌重垂舌熏乘種
92280130 舌種→依右旁字型分類
922801300 右旁爲一元類：乱
922801301 右旁爲交叉類：甜　舌力 斜 舌冉 舌自
922801302 右旁爲匣匡類：舐　舌瓜
922801303 右旁爲原厓類：舌延 舌詹
922801306 右旁爲巴巳類：舌鳥
922801308 右旁爲上下類
9228013081 切合科：舌攴 舌欠 舌允 舌辛
9228013082 分離科：舔　舌頁 舌炎 舌易 舌單 舌沓 舌受 舌習
922801309 右旁爲左右類
9228013092 分離科：刮

92280131 重種→依右旁字型分類
922801311 右旁爲交叉類：動
922801316 右旁爲巴巳類：重鳥
922801318 右旁爲上下類
9228013182 分離科：重委 重辵 重集 重沓 重孚
922801319 右旁爲左右類

9228013192 分離科：重刂 重隹 重羽

92280132 垂種→依右旁字型分類
922801321 右旁爲交叉類：垂夬
922801324 右旁爲迂迴類：垂馬
922801326 右旁爲巴巳類：郵 垂鳥 垂肮
922801328 右旁爲上下類
9228013281 切合科：垂瓦 垂欠
9228013282 分離科：垂支 垂委
922801329 右旁爲左右類
9228013292 分離科：垂隹

92280133 舀種→依右旁字型分類
922801331 右旁爲交叉類：舀皮
922801338 右旁爲上下類：歃 舀攴 舀支 舀頁 舀走
922801329 右旁爲左右類：舀刂 舀羽

92280134 熏種→依右旁字型分類
922801341 右旁爲交叉類：勳
922801346 右旁爲巴巳類：熏鳥
922801348 右旁爲上下類
9228013481 切合科：熏色

92280135 乘種：剩

9228014 禾態→有禾禿秀委黍香種
92280140 禾種
922801401 右旁爲交叉類：科 秣 秧
922801402 右旁爲匝匡類：稠
922801405 右旁爲圜圍類：和

922801406 右旁爲巴巳類：租

922801407 右旁爲傾斜類：私 秩 移

922801408 右旁爲上下類

9228014081 切合科：秒 秤 種

9228014082 分離科：穩 桿 程 稀 稜 稔 稱 稿 稼 稽 稷 稻 積 穆 穗 穡 穢 稅 稍 穫

922801409 右旁爲左右類

9228014092 分離科：秋 稚 利

92280141 禿種

922801416 右旁爲巴巳類：禿鳥

922801418 右旁爲上下類

9228014181 切合科：禿夂

9228014182 分離科：頽 禿貴

922801419 右旁爲左右類

9228014192 分離科：禿隹

92280142 秀種

92280146 右旁爲巴巳類：秀鳥

92280148 右旁爲上下類

922801481 切合科：秀豕

922801482 分離科：秀頁 秀需

92280143 委種

922801432 右旁爲匣匡類：委風

922801438 右旁爲上下類

9228014381 切合科：委瓦

9228014382 分離科：魏 委見 委頁 委畏 委香

92280144 黍種

922801441 右旁為交叉類：黍女

922801442 右旁為匣匡類：黍勹

922801443 右旁為原匡類：黍刃 黍兮 黍斤

922801446 右旁為巴巳類：黍刃

922801447 右旁為傾斜：黍多

922801448 右旁為上下類

9228014481 切合樣：黏 黍古 黍丑

9228014482 分離樣：黍卑 黍農 黐 黐 黐

922801449 右旁為左右類

9228014492 分離樣：黍隹 黍离

92280145 香種

922801451 右旁為交叉類：馦

922801452 右旁為匣匡類：馪

922801458 右旁為上下類：馥 香頁 香夏 香曷 香奄 香賁 香奉 香合 香盍

922801459 右旁為左右類：馡

92280146 兼種：歆

9228015 釆態→有釆番兩種

92280150 釆種

922801501 右旁為交叉類：釉

922801503 右旁為原匡類：釆廣

922801506 右旁為巴巳類：釆尺

922801508 右旁為上下類：釋 釆奄 釆殳

922801509 右旁為左右類：釆隹

92280151 番種

922801511 右旁為交叉類：勫

922801513 右旁為原匡類：番飛 番石

922801516 右旁為巴巳類：鄱 鷭

922801518 右旁為上下類：番瓦 番頁 番虫 番去 番攴 番非

922801519 右旁爲左右類：**翻** 番非 番佳

9228016 禹態：禹也 禹阝 禹頁 禹佳

9228017 爪態→有采孚妥守受奚寽舜䍃爭爰爯臽系舌種

92280171 采種

922801716 右旁爲巴巳類：采阝

922801717 右旁爲傾斜類：彩

922801718 右旁爲上下類：采文 采文彡

92280172 孚種

922801720 右旁爲一元類：乳

922801721 右旁爲交叉類：孚力

922801723 右旁爲原匡類：孚帝 䵵 䵹

922801726 右旁爲巴巳類：孚阝 孚鳥

922801727 右旁爲傾斜類：孚彡

922801728 右旁爲上下類

9228017281 切合類：孚毛

9228017282 分離類：孚各 孚見

922801729 右旁爲左右種

9228017292 分離類：孚佳

92280173 妥種

922801732 右旁爲匣匡類：妥瓜 妥風

922801736 右旁爲巴巳類：妥鳥

922801738 右旁爲上下類：妥攴

92280174 守種

922801741 右旁爲交叉類：守斗

922801743 右旁爲原匡類：虢

922801748 右旁爲上下類

9228017481 切合科：守毛

9228017482 分離科：守頁

922801749 右旁爲左右類：守刂 守隹

92280175 受種

922801750 右旁爲一元類：受乚

922801756 右旁爲巴巳類：受阝

922801758 右旁爲上下類

9228017581 切合科：受辛

9228017582 分離科：受見

92280176 奚種

922801763 右旁爲原匡類：谿

922801766 右旁爲巴巳類：奚黽

922801768 右旁爲上下類：鷄 奚欠 奚色 奚頁

922801769 右旁爲左右類：雞

92280177 舜種

922801776 右旁爲巴巳類：舜鳥

922801778 右旁爲上下類

9228017781 切合科：舜生 舜坒

9228017782 分離科：舜皇

922801779 右旁爲左右類：舜羽

92280178 𤔔種

922801780 右旁爲一元類：亂

922801782 右旁爲匣匡類：𤔔匋

922801783 右旁爲原匡類：𤔔司

922801788 右旁爲上下類

9228017881 切合科：辭 𤔔夂 𤔔于

9228017882 分離科：覿

92280179 其他種→有尋爭爰冄臽系舌臼類

922801791 尋類：尋面　尋頁

922801792 爭類：爭阝　爭頁

922801793 爰類：爰鳥　爰色　爰見　爰頁

922801794 冄類：冄頁

922801795 臽類：臽馬　臽鳥

922801796 系類：系乚　系勹　系瓜

922801797 舌類：舌又

922801798臼類：臼乚

922802、樣→有宀（含宛客宣宜官害宮寅㝹宕宗家寧賓審寶定宓㝬）穴（含
　　　空窊突容）方衣立（含辛亲育音音章童豪）产（商商帝旁）文（含彥
　　　產蚕）亠（含京享高亭）言交亥宙离態

9228020 宀態→有宛客宣宜官害宕宗家宮寅㝹種

92280200 宛種：剜　宛鳥

92280201 客種：額　客攴　客欠　客各　客馬　客鳥

92280202 宣種：宣隹　宣鳥　宣馬　宣風　宣見　宣羽　宣刂

92280203 宜種：宜阝　宜頁

92280204 官種：官阝　官辛

92280205 害種：豁割　害攵　害阝　害力　害欠　害攴　害殳　害少　害韋　害鳥

92280206 宮種：宮攴　宮阝

92280207 寅種：寅戈　寅攵

92280208 㝹種：㝹鳥　㝹阝　㝹毛

92280209 其他種→有宕宗家寧賓審寶定宓㝬

922802090 宕類：宕亢

922802091 宗類：宗阝

922802092 家類：家頁

922802093 寧類：寧毛　寧隹　寧鳥　寧頁

922802094 賓類：賓鬼　賓羽　賓隹　賓鳥　賓頁　賓見

922802095 審類：審見

922802096 寶類：寶鳥

922802097 宓類：宓鳥

922802098 定類：定頁

922802099 㝥類：㝥阝 㝥鳥

9228021 穴態→有窀空突容

92280210 窀種：窀色

92280211 空種：空攴 空鳥

92280212 突種：突鳥 突隹

92280213 容種：容阝 容彡 容瓦 容頁 容鳥

9228022 方態→於旌等從㲃列原匚型

92280226 右旁爲巴巳種：方阝 方鳥

92280227 右旁爲傾斜種：方人

92280228 右旁爲上下種：放 方亢 方瓦 方亶 方鬼

92280229 右旁爲左右種：方隹 方刂 䪾

9228023 衣態

92280231 右旁爲交叉種：袂 被 褚 袖 補 裸

92280233 右旁爲原匚種：初 裕 褫 褥 褲 裙 褪

92280235 右旁爲圓圍種：袒 褐 裨

92280237 右旁爲傾斜種：衫 袍

92280238 右旁爲上下種

922802381 切合類：裡

922802382 分離類：複 褶 褸 襟 襠 襖 襤 襪

92280239 右旁爲左右種：襯 袱 裸 褂

9228024 立態→含辛 亲 育 咅 音 章 童 豪

92280240 立種

922802401 右旁爲交叉類：竑 竦 立十 立升 立斗 立隶 立戈

922802402 右旁爲匣匡類：颯 立句

922802403 右旁爲原匡類：立分 立令

922802404 右旁爲巴巳類：鵡

922802408 右旁爲上下類

9228024081 切合科：站 立毛 立百 立支

9228024082 分離科：竣竭端靖竫 立宁 立矣 立宜 立矣 立厘 立屏 立頁

922802409 右旁爲左右類：翊

92280241 辛種

922802410 右旁爲一元類：辛乚

922802411 右旁爲交叉類：辣

922802413 右旁爲原匡類：辛兼

922802418 右旁爲上下類：辛卑 辛苦 辛晝

92280242 亲種

922802423 右旁爲原匡類：新

922802428 右旁爲上下類：親 亲攵

92280243 育種：龍 龍羽 育彡 育巤

92280244 音種

922802441 右旁爲交叉類：音力

922802442 右旁爲匣匡類：音句 音瓜

922802446 右旁爲巴巳類：部 音鳥

922802448 右旁爲上下類：音瓦 音頁 音欠 音支 音邑

922802449 右旁爲左右類：剖 音佳

92280245 音種

922802451 右旁爲交叉類：戠

922802452 右旁爲匣匡類：韵 龃

922802453 右旁爲原匡類：音今

922802456 右旁爲巴巳類：音鳥

922802458 右旁爲上下類

9228024581 切合科：歇 音瓦 音支 音工 音支

9228024582 分離科：韶 韻 音交 音夆 音念 音含 音英 音虁 音夠 音豆 音靈

922802459 右旁爲左右類：音刂

92280246 章種

922802463 右旁爲原厓類：章亶

922802466 右旁爲巴巳類：章阝 章鳥

922802467 右旁爲傾斜類：彰

922802468 右旁爲上下類：贛 章貢 章夋 章叕 章戮

92280247 意種：意鳥 意佳

92280248 童種

922802484 右旁爲迂迴類：童馬

922802486 右旁爲巴巳類：童阝 童鳥

922802488 右旁爲上下類：童瓦 童見 童員 童頁

922802489 右旁爲左右類：童羽

92280249 豙種

922802493 右旁爲原厓類：豙介

922802498 右旁爲上下類：毅 豙頁 豙舌

9228025 产態→有商商帝旁種

92280250 商種

922802506 右旁爲巴巳類：商阝 商鳥

92280251 商種

922802511 右旁爲交叉類：商力 商斗

922802516 右旁爲巴巳類：商鳥

922802518 右旁爲上下類：敵 商欠 商毛 商瓦

92280252 帝種

922802521 右旁為交叉類：帝尨

922802522 右旁為匣匡類：帝孕

922802524 右旁為迂迴類：帝皀

922802526 右旁為巴巳類：帝鳥

922802528 右旁為上下類：帝頁

92280253 旁種

922802531 右旁為交叉類：旁斗 旁皮

922802536 右旁為巴巳類：旁阝

922802538 右旁為上下類：旁色 旁見 旁香 旁毛

9228026 文態→有文彥產蚕種

92280260 文種

922802601 右旁為交叉類：斌

922802602 右旁為匣匡類：斕 文風

922802604 右旁為迂迴類：文馬

922802606 右旁為巴巳類：鳲煸

922802607 右旁為傾斜類：文彡

922802608 右旁為上下類：文奐

922802609 右旁為左右類：刘 文隹

92280261 彥種

922802616 右旁為巴巳類：彥鳥

922802618 右旁為上下類：顏

92280262 產種

922802629 右旁為左右類：劗

92280263 蚕種

922802631 右旁為交叉類：衛斗

922802639 右旁為左右類：衛臾

9228027 亠態→有京享高亭種

92280270 京種：鶊就勍 就鳥 京力 京刂 京風 京旡

92280271 享種：鶊郭敦孰彈 享黃 享豈 享庸 享支 享毛 享都 享或 享屯 享夬 享瓦

　享卑 享者 享虎 享隹

92280272 高種：敲 高阝高支 高攵 高欠 高殳 高毛 高丸 高亢 高老 高尻 高昇 高頁 高勞

　高槀 高鳥 高參

92280273 亭種：亭攴 亭夜

9228028 言態

92280281 右旁為交叉種

922802811 平交類：計 討 詃 誠 試 誠 譏 讖

922802812 切叉類：訣 訝 訥 課 諫 諸

92280282 右旁為匣匡種：詢 調 諷 訕

92280283 右旁為原厔種：訊 詞 論 訟 訟 診 詮 諭 證 詬 訴 詭 誕 謎 讄

92280284 右旁為迂迴種：記 誤

92280286 右旁為巴巳種：詛

92280288 右旁為上下種

922802881 切合類

9228028810 盾起科：訂 訐 評 証 訌 誣 託 託 話 謙 詐 許 誦

9228028811 矛起科：訪 註 諦 詳 詰 講

922802882 分離類

9228028821 四駢科

92280288212 二同門：談

92280288213 三夾門：諱

92280288214 四旁門：譜 議 護 謨 諾 謊 譁 謬 諧 讚

9228028822 四散科

92280288220 一元起首門：誘 諉 詠 該 誼 諄 諒 諺 謗 讓 語 譚

92280288221 交叉起首門：詩 詰 誌 請 諜 謀 謹 讀 誇

92280288222 匣匡起首門：詆 謠

92280288223 原匡起首門：詔 認 說 詣

92280288224 迂迴起首門：設

92280288225 圜圍起首門：謁 謂 譯

92280288227 傾斜起首門：訖 誨 誥 詔 讒 譎

92280289 右旁爲左右種

922802891 切合類：訃

922802892 分離類：誹 謝 訛 誑 識 訓 誰

9228029 其他態→有交亥亶枀卒率甶离種

92280290 交種：郊效効鵁 交刂 交几 交見 交皮 交虎 交豈 交頁

92280291 亥種：劾刻欬 亥殳 亥阝 亥刀 亥刃 亥少 亥支 亥羽 亥隶 亥頁

92280292 亶種：顫鸇氈勯 亶皮 亶瓦 亶羽 亶飛 亶隹 亶黽 亶刂

92280293 枀種：雜 枀皮

92280294 卒種：卒瓦 卒頁 卒欠 卒毛 卒鳥 卒羽

92280295 率種：率鳥 率刀

92280296 甶種：畞 甶又

92280297 离種：離 离阝 离鳥

922803 一樣→有雨（含雨雯需霍零雷霝靈）亠（含歹豕而頁面）二（含二云元示亓）可（含豆鬲畾）工王酉西（含垔票要覃賈栗粟）不正彳爾丁干开至巠吾

9228030 雨態→有雨雯雲需霍零雷霝雪種

92280300 雨種：雨眞 雨資 雨鳥

92280301 雯種：雯阝 雯鳥 雯重

92280302 雲種：靉靆 雲代 雲今 雲內 雲友 雲隶 雲屯 雲弗 雲費 雲肖 雲奄 雲氣 雲甚 雲鳥 雲曹 雲達

92280303 需種：需刂 需皮 需兔 需頁 需鬼 需勉

92280304 霍種：霍犬 霍羽 霍鳥

92280305 零種：零阝 零刂 零隹 零鳥

92280306 雷種：雷鳥 雷瓦 雷攴

92280307 霜種：霜鳥

92280308 霝種

922803081 霝類：酃 霝頁 霝攴 霝見 霝鬼 霝鳥

922803082 靈類：靈刂 靈見 靈鬼 靈阝 靈鳥 靈瓦 靈覺

92280309 雪種：雪甚

9228031 冖態→有歹豕而頁面種

92280311 歹種：殃 殲 殉 殮 殊 歿 殆 殘 殖 殤 殯 列

92280312 豕種：豬 犯 豜 狠 豨 豭 敔 豵 豶 豕臿 豕阝 豕生 豕邑 豕鳥 豕商 豕舟

92280313 而種→含而耎

922803131 而類：耐 耏 耦 而刂 而瓦 而忍 而隹

922803132 耎類：耎刂 耎瓦 耎耳 耎鳥 耎隹

92280314 頁種：頁凵 頁參 頁朮 頁粦 頁舜 頁桼 頁彡

92280315 面種

922803151 右旁爲交叉類：面寸 面力 面尤 面丰 面尢 面甫 面未 面皮

922803153 右旁爲原厓類：面今 面令 面刃 面度 面麻 面厭

922803154 右旁爲迂迴類：面馬

922803156 右旁爲巴巳類：面阝 面巴 面黽 面自

922803157 右旁爲傾斜類：面包

922803158 右旁爲上下類：靦 面彐 面貴 面夋 面奈 面冘 面宛 面干 面乍 面占 面含 面典 面焦 面單 面慈 面芻 面音 面每 面頁 面丑 面旦 面舌

922803159 右旁爲左右類：面幼 面猷

9228032 二態→有二云元示亓種

92280320 二種：次 二刂 二兄

92280321 云種：魂 云十 云阝 云鳥 云弗

92280322 元種：頑 元刂 元阝 元斗 元兔 元鳥

92280323 示種：社 祅 祉 祝 視 祚 祗 祥 祺 祿 福 禎 禧 禪 禮 禱 祀 祖 禍 祕 祐 神 祁 祗 祈 祠 視

92280324 亓種：亓斤

9228033 叿態→有豆 鬲 畾

92280331 豆種：豌豉頭豇　豆刂 豆阝 豆斗 豆毛 豆殳 豆句 豆是 豆見 豆攴 豆寮 豆夋 豆夆 豆其 豆或 豆音 豆弟 豆卑 豆俞 豆兼 豆鳥 豆鳥 豆雙

92280332 鬲種：融䰜䰛䰪　鬲文 鬲阝 鬲屮 鬲而 鬲甫 鬲釜 鬲鳥 鬲曾 鬲蟲 鬲瓦 鬲戈 鬲斗 鬲亥 鬲圭 鬲鴽

92280333 畾種：副　畾攴 畾鳥

9228034 工態：功邛巧攻項　工乚 工屮 工刀 工晨 工尸 工彡 工凡 工丮 工瓦 工羽 工隹 工鳥 巧鳥

9228035 王態：玻珊球璣珮玲珍琥壚瑜瑪珀琅玖珠玟玳琊琺瑯瑕瑚瓏琳珘玨玩玫玷琉現理琪琢琄琿瑛瑞瑙璃瑣瑤瑰璋環璦瓊珼

9228036 酉態：醋酵醃酌酗配醣酊酥酪酩酸酷醇醉醋醒醢醜醯釀醾酬

9228037 襾態→有覀 票 要 覃 賈 栗 粟

92280371 覀種：甄歅　覀阝 覀見 覀鳥 覀兮

92280372 票種：剽飄瓢翲　票力 票寸 票阝 票彡 票攴 票瓦 票頁 票鳥 票見

92280373 要種：要勿 要鳥 要隹

92280374 覃種：覃阝 覃炎 覃見 覃隹 覃鳥

92280375 賈種：賈鳥

92280376 栗種：栗阝 栗鳥

92280377 粟種：粟毛 粟杲

92280378 罨種：罨阝 罨鳥

9228038 不態

92280380 不種：不瓦 不頁 不鳥

92280381 否種：否頁 否羽 否阝

9228039 其他態

92280390 正種：政　正殳 正阝 政刂 正青 正頁 正責 正鳥 正隹

92280391亘種：敢

92280393 丁態：頂 丁阝 丁瓦 丁赤 丁首 丁憂 丁曾 丁鳥

92280394 干種：邗頇刊 干攵 干皮 干佳 干鳥 干豕 干龍

92280395 开種：刑邢形 开瓦 开頁 开鳥 开皮 开兜

92280396 爾種：爾攴 爾見 爾佳 爾鳥

92280397 至種：郅致到臻 至不 至欠 至各 至存 至成 至見 至佳 至頁 至鳥 至鼻 至臬

92280398 亞種：頸剄勁 亞瓦 亞佳 亞鳥

92280399 吾種：郚敔 吾干 吾攴 吾瓦 吾頁 吾鳥 吾鼠 吾攴

92281 左旁第一列（即左上角）字根爲交叉格

922810 一直交樣→有十木米大乂乄態。

9228100 十態→有土（含去赤幸坴堯）士（含吉壴素喜壹壽賣）𡈽（含孛索）古（含克）卓真支南卉（含賁棗）種

92281000 土種→有土去赤幸坴堯𦫳盍寺類（不含圭）

922810000 土類

9228100001 右旁爲交叉科：地坍圾坩坡坤埔城域堵

9228100002 右旁爲匣匡科：堰均

9228100003 右旁爲原厓科：坷坼垢塘壙壚壢

9228100006 右旁爲巴巳科：圯垠㘬塢

9228100008 右旁爲上下科

92281000081 切合門：坊坏址坎垃坪埂埋埠堪

92281000082 分離門：圬坑坦垣垮埃培埤堤場填塌塚塭塔增墳塊境壇壕壞壤壩

922810009 右旁爲左右科：堆圳

922810002 去類：劫刧刲揭 去夋 去及 去卩 去阝 去艮 去可 去欠 去來 去皮 去卑 去虎 去頁 去番 去龜

922810003 赤類：赭赦郝赬赯赧糖 赤丁 赤欠 赤攴 赤皮 赤虫 赤巠 赤段 赤堊 赤戠 赤頁 赤鳥 赤見

922810004 幸類：執報 幸十 幸匀 幸攴 幸攴 幸瓜 幸瓦 幸皮 幸廴

922810005 坴類

9228100051 坴類：執懃鵝　坴力　坴瓦　坴隹

9228100052 竈類：竈欠

922810006 堯類：翹（又列原匡型）　堯刂　堯攴　堯鳥　堯頁

922810007 寿類：敖　敖頁　敖戈　寿頁

922810008 盍類：盍欠　盍臣　盍阝　盍頁

922810009 寺類：寺阝

92281001 士種→有士吉豈喜壹耒壽賣声志類

922810010 士類：壻　士昌

922810011 吉類：頡鴰劼　吉攴　吉欠　吉阝　吉乚　吉刂　吉女　吉瓜　吉目　吉羽　吉皮

922810012 豈類：鼓彭尌　豈乚　豈長　豈皮　豈咎　豈桑　豈欠　豈周　豈東　豈卑　豈臾　豈眞

　　　豈兼　豈國　豈歷　豈薰　豈否　豈蚤　豈董　豈盜　豈鼉

922810013 喜類：嚞歖　喜攴　喜董

922810014 壹類：懿壼　壹欠　壹殳　壹怎　壹鳥　壹咎　壹資

922810015 耒類：款隸　耒枀　耒見　耒蚤

922810016 壽類：翿　壽殳　壽攴　壽阝　壽欠　壽刃　壽孖　壽周　壽朋　壽頁　壽鬼　壽鳥

922810017 賣類：覿皾　賣欠　賣鬼　賣卵

922810018 声類：声殳

922810019 志類：志鳥　志羽

92281002 士種→有孛索類

922810021 孛類：勃郭鵓　孛殳　孛攵　孛毛　孛色　孛臭

922810022 索類：索各　索率　索卓

92281003 古種

922810030 古類：鴰胡故嘏　古殳　古瓦　古瓜　古頁　古羽　古隹　胡鳥　胡鼠

922810031 克類：克力

92281004 卓種：朝韓戟　卓乚　卓人　卓羽　卓隹　卓鳥　卓曾　（其餘從執者列原匡型）

92281005 眞種：顚鷆眞阝眞耳

92281006 支種：鴲　支刂　支阝　支邑　支呂　支羽　支隹　支頁　支尋　支毛

92281007 南種：献　南金

92281008 卉種

922810081 棄類：棄頁

922810082 賁類：賁攴 賁欠 賁皮 賁羽 賁鳥 賁隹

9228101 木態→有李奈查桼壹種

92281011 李種：李系

92281012 奈種：隸 奈欠 奈毛

92281013 查種：查皮

92281014 桼種：桼刂 桼阝 桼卩 桼包 桼鳥

92281015 壹種：壹又 壹寸

9228102 米態→有类紮舜種

92281021 类種：類（又列原匡型）

92281022 紮種：顙（又列原匡型）

92281023 舜種：鄰粼瓶翻 舜攵 舜乞 舜刂 舜乚 舜乙 舜八 舜犬 舜尤 舜斤 舜見 舜頁
舜羽 舜邑

9228103 大態→有夸奢奎耷奄交奇種

92281031 夸種：匏瓠剹鶇 夸阝 夸欠 夸隹 夸系

92281032 奢種：奢單 奢鬼

92281033 奎種：奎刂

92281034 耷種：耷皮

92281035 奄種：鵪

92281036 交種：交色 交虫

92281037 奇種：鵸敧剞欹 奇皮 奇斤 奇阝 奇頁 奇攴 奇隹

9228104 夾態→有寮種

92281041 寮種：鷯 寮阝 寮攴 寮風 寮頁 寮隹

9228105 乂態→有杀希丟吞種

92281051 杀種：弒剎殺 杀辛 杀閃 杀鬼 杀鳥 杀攴

92281052 希種：欷鵗郗 希刂 希卩 希瓦 希犬 希頁 希隹 希鼻

92281053 丟種：丟卩 丟几 丟阝 丟大 丟尚 丟赏

92281054 吞種：吞几

922812 匝匡交樣→有彐尹廿甘屮態。

9228121 彐態→有尋帚彗種

9228122 尹態→有君羣種

92281221 君種：郡群

92281222 羣種：羣攴　羣阝

9228123 廿態→有革黃堇莫種

92281231 革種：勒 靮 靻 鞍 鞋 鞣 韁 靴 鞦 鞭 鞠 韃 韉 靶 鞘

92281232 黃種：黃充　黃亢　黃元　黃阝黃尤　黃今　黃斗　黃瓦　黃主　黃屯　黃光　黃有　黃圭

黃亨　黃耑　黃丞　黃舌　黃夭　黃或　黃惑　黃佳　黃炎　黃頁　黃單　黃黍　黃毛　黃翏　黃烏　黃鳥

黃占　黃斗　黃能　黃而

92281233 堇種：觀勤鄞　堇刂　堇斤　堇欠　堇少　堇鳥　堇佳　堇食

92281234 莫種：艱難歎　莫能　莫鳥　莫喜　歎

92281235 㒵種：㒵頁

92281236 燕種：鄯　鷰

9228124 甘態

92281241 某種：某鳥

9228125 屮態→有祟枼蚩劳種

92281251 祟種：祟阝　祟尤　祟又　祟巳　祟兀　祟欠　祟瓦　祟蚤　祟攴　祟隶　祟夏　祟鳥

92281252 枼種：耀

92281253 蚩種：蚩欠

92281254 劳種：劳攴

922813 原厓交樣

9228131 左下向開口厓交態→有叕刕

92281311 叕種

922813111 桑類：頪　桑戈　桑成　桑支　桑甚　桑弟　桑奧

92281312 刕種

922813121 脅類：脅欠

9228133 右下向開口厓交態→有感

92281331 感種：感頁 感羽

922814 迂迴交樣→有弗

9228141 弗態

92281411 費種：費阝

922815 圓圍交樣→有中

9228151 中態

92281511 虫種

922815111 右旁為交叉類：蛾 蚪 蚌 蚶

922815113 右旁為原匡類：蚣 蛤 蚵 蠣 蜓

922815114 右旁為迂迴類：蜈 螞

922815115 右旁為圓圍類：蚵 蠋

922815116 右旁為巴巴類：蛆 蝸 蝙 蠅 蚯

922815117 右旁為傾斜類：蛛

922815118 右旁為上下類

9228151181 切合科：虹 蚊 蛀 蚱 蛭 蛄

9228151182 分離科

92281511821 四駢門

92281511821 2 二同綱：蛙

92281511821 4 四旁綱

922815118214 1 一對旁目：蛻 蟻

922815118214 2 二同旁目：蟒 蟆 蟬 蠟 蟯

922815118214 3 三夾旁目：螳

92281511822 四散門：蟋 蛇 蛟 蟀 蠔 蟑 螃 蜿 蝠 蠕 蜢 蝶 蜻 螻 螟 蝎 螺 蝗 蛹 蜂

922815119 右旁為左右類：蝦 蚓 蜘 蜥 蝴 蜂 蠍

92281512 貴種：貴頁

922818 上下交樣→有十甫車曲丰罕甲串態。

9228181 十態

92281811 責種：勣 責欠 責禾 責見 責頁 責鳥

92281812 青種：靘靜靚靖鶄　䴖　青彡　青刂　青阝　青旡　青隻　青光　青瑟　青頁　青先

　　青隹　青盍

9228182 甫態

92281821 尃種：敷

92281822 專種：專攵　專羽

9228183 曲態

92281831 曹種：鄵　䮷

9228184 東態

92281841 專種：鄄劃鶇甄　專內　專頁

92281842 重種：毃　毃欠

9228185 丰態

92281851 晝種：劃

92281852 書種：書舍　書皇　書幕　書綾

9228186 罒態

92281861 黑種：點默點黯黷黝黜黔

9228187 甲態

92281871 里種：野　里目　里阝

9228188 婁態

92281881 婁種：數鷜氀婁攴　婁刂　婁阝　婁毛　婁瓦　婁斗　婁欠　婁尤　婁瓜　婁見　婁多　婁頁

　　婁鳥　婁隹　數毛

922819 左右交樣→有共其甚昔薪菁態。

9228191 共態：共阝　共攴　共頁　共鳥

9228192 其態：期斯欺　其瓦　其斗　其刂　其色　其眞　其鳥　其隹　其頁　斯欠　欺鳥　斯鳥　斯瓦

9228193 甚態：勘斟戡　甚少　甚尤　甚彡　甚十　甚攴　甚欠　甚見　甚多　甚頁

9228194 昔態：鵲皵剒斮　昔阝　昔戈　昔享　昔隹

9228195 薪態：散　薪攴　薪攴　薪毛

9228196 菁態：靚斠　菁刂　菁力　菁外　菁頁　菁鳥

92282 左旁第一列（即左上角）字根為匚匡格

922821 左下向開口樣

9228211 夕態→有名夅種

92282111 名種：名夜

92282112 夅種：夅寸

9228212 夕態→有炙夅夅夅夅種

92282121 炙種：炙天 炙夫 炙東 炙宨 炙庶 炙寮 炙臽 炙坴 炙巢 炙番 炙耑炙廱 炙犬

　　　炙束 炙炎 炙昆 炙兼

92282122 夅種：頹

92282123 夅種：鷁飌縿 夅欠 夅夅 夅瓜 夅邑 夅隹

92282124 夅種：夅又 夅糸 夅欠

92282125 夅種：夅系

92282126 夅種：夅欠

9228213 勿態→有忽智窳種

92282131 忽種：忽鳥 忽攴

92282132 智種：智希

92282133 窳種：窳阝

922822 下向開口樣

9228221 冂態

92282211 曼種：曼阝 曼夊 曼皮

92282212 冐種：冐刂 冐瓦

92282213 冒種：勖 冒毛 冒攴 冒鳥

922826 右向開口樣→ 氐昏昏景態

9228261 氐態：邸

9228262 昏態：昏鳥 昏頁 昏面

9228263 昏態：昏女 昏召 昏頁 昏隹 昏鳥

9228262 景態：景兒

922828 上向開口樣

9228281 山態

92282810 岑種：頦 鵒

92282811 豈種：猷覤剝凱頭飌欵 豈攴 豈隹 豈幾

92282812 峕種：顗剒　峕欠　峕鳥　峕攴　峕甫　峕瓦　峕友

92282813 嶲種：鄻　嶲刂　嶲阝　嶲瓦　嶲見　嶲鳥　嶲龜

92282814 崔種：崔毛　崔鳥

92282815 其他種

922828150 岸種：岸頁

922828151 岩種：岩攵

922828152 崇種：崇鳥　崇鹵

922828153 崩種：崩阝

922828154 兊種：兊攵

922828155 粜種：粜攵

922828156 堂種：堂攵

9228283 豐態：豔艶　豐盍　豐阝　豐弟

9228284 쁼態：쁼疋　쁼史　쁼吏

9228285 臼態

92282851 皇種：毀　皇攴

92282852 梟種：梟產

92282853 昌種：昌羽　昌鳥

9228286 㷼態：㷼鳥　㷼羽　㷼鬲

9228287 叟態：叟攴　叟阝　叟毛

92283 左旁第一列（即左上角）字根爲原匚格

922831 右下向開口樣

9228310 召態：邵劭卲　召卜　召刂　召巳　召欠　召毛　召句　召皮　召羽　召見　召鳥　召矍

922832 下向開口樣

9228321 接觸匚態

92283211 亽種

922832110 合類

9228321101 弇科：弇刂　弇佳　弇鳥

9228321102 翕科：歙　翕刂　翕阝　翕攴　翕瓦　翕鳥

922832111 今類

9228321111 衾科：衾頁

9228321112 龕科：龤 龕欠 龕隹 龕鳥 龕兀

9228321113 念科：攽 念欠

9228321114 含科：頷 含刂 含阝 含欠 含瓦 含鳥 含牛 含羽

9228321115 貪科：貪欠

922832112 僉類：劍斂

922832113 會類：會刂 會阝 會卑

922832114 龠類：鶙龢龤 龠斤 龠亢 龠欠 龠見 龠泉 龠昌 龠頁 龠鹿 龠禾 龠龜 龠虍

　　龠熊 龠虎 龠音

9228322 分離匡態

92283220 曾種：甑鄫 曾弋 曾刂 曾彡 曾戈 曾勿 曾色 曾貝 曾見 曾羽

92283221 尊種：尊阝 尊瓦

92283222 奠種：鄭 奠瓦 奠邑

92283223 翁種：鶲 翁阝 翁乚 翁力 翁臭 翁色 翁頁

92283224 盆種：盆鳥

92283225 釜種：釜鳥

922833 右下向開口樣

9228331 镸態：肆髟鬙 镸肖 镸朿 镸夂 镸呆 镸兆 镸乏 镸隶 镸攵 镸出 镸冗 镸几 镸久

　　镸瓦 镸殳 镸公 镸失 镸四 镸各 镸左 镸予 镸乔 镸岸 镸弄 镸隹 镸萬 镸宗 镸赤 镸差

　　镸容 镸從 镸產 镸垂 镸曼 镸剔 镸幼 镸毛 镸支 镸敖

922839 右上向開口樣

9228391 左旁為臬態：縣

9228392 左旁為矣態：肆疑欸 矣匕 矣肃 矣隶 矣柔 矣彭 矣虫

9228393 左旁為旨態：旨兒 旨首 旨頁 旨鳥 旨晉

92284 左旁第一列（即左上角）字根為迂迴格

922841 几樣：剁 朵頁 朵瓦

922842 己樣：忌阝 忌鳥

92285 左旁第一列（即左上角）字根為圓圍格

922851 整齊圍樣

9228510 虛框態

92285100 口種→有足冐冒員号虽畐呈類

922851000 足類

9228510001 右旁爲交叉科：跋 跚 踝

9228510002 右旁爲匣匞科：距

9228510003 右旁爲原厓科：跪 蹶 蹾

9228510005 右旁爲圜圍科：跟 跼

9228510007 右旁爲傾斜科

92285100071 切合門：趺

92285100072 分離門：跑

9228510008 右旁爲上下科

92285100081 切合門

92285100081 0 盾起綱：蹣 踵

92285100081 1 矛起綱：跡 蹄 蹉 踪 蹼 趾

92285100082 分離門

92285100082 1 四骿綱

92285100082 12 二同目：踐 躡

92285100082 14 四旁目

92285100082 142 二同旁別

92285100082 1421 竝同旁屬：躇 躪 躍

92285100082 1422 疊同旁屬：蹺 躁

92285100082 143 三夾旁別：踏

92285100082 2 四散綱：蹈 蹊 踩 跎 躊 跨 跺 踹 蹦 蹲 蹬 踢 蹋 躅 路 蹂 踴 跆

9228510009 右旁爲左右科

92285100091 四骿綱：趴 跳

92285100092 四散綱：踟 踨 躑

922851001 冐類：鵑 冐刂 冐阝 冐瓦 冐羽 冐隹

922851002 冒類：戙 冒十

922851003 員類：勛鄖 員声 員袞 員女 員云 員色 員見 員鳥 員頁

922851004 号類：號鴞 号阝 号毛 号殳 号食 号頁 号罒 号蓼 号席 号盧

922851005 虽類：雖 虽犬

922851006 啚類：鄙

922851007 臨類：別

922851008 呈類：郢 呈見

922851009 其他類

9228510090 呆科：呆虎 呆鳥

9228510091 邑科：邑有

9228510092 冊科：冊司 冊羽

9228511 涵實態

92285111 日種

922851110 昆類：昆佳 昆鳥

922851111 易類：剔 易矢 易彡 易支 易攵 易斤 易益

922851112 景類：顥影 景刂 景高 景邕

922851113 㬊類：顯 㬊刂 㬊欠

922851114 旱類：旱阝 旱戈 旱殳 旱佳 旱毛 旱廷 旱鳥 旱皮 旱支

922851115 易類：易殳 易卂 易攵 易力 易戈 易矢 易失 易鳥 易風

922851116 星類：戥 星見 星歷

922851117 呆類：呆阝 呆頁

922851118 暴類：暴攴 暴皮 暴佳 暴鳥

922851119 其他類→有㫘昊疊晏晨炅炅科

9228511190 㫘科：㫘鳥

9228511191 导科：导毛

9228511192 昊科：昊阝

9228511193 疊科：疊瓦

9228511194 晏科：鸎 晏佳

9228511195 晨科：晨佳 晨鳥

9228511196 炅科：炅召

9228511197 㬊科：㬊頁

9228511198 早科：早阝

92285112 曰種

922851121 曷類：鶡歇毻 曷刂 曷黽 曷力 曷干 曷斤 曷頁 曷臭

92285113 曰（甘）種

922851131 冐類：猒 冐攴 冐羽 冐夐

92285114 曰（貝）種

922851141 导類：导毛

92285115 目種

922851151 貝類：敗 貶 購 貯 賜 賻 贈 賑 賅 賤 賺 賂 貽 賠 貼 贖 贖 賄 賭 贓 賦 賊 販 賑 贍 賒 則

922851152 見類：見㫒 見參 見微

922851153 臭類：臭阝 臭刂 臭鳥 臭隹 臭邑

922851154 臬類：臬阝

922851155 叟類：叟夫

92285116 田種

922851161 男類：男生 男外

922851162 思類：思劦 思阝 思頁 思鳥

922851163 壘類：壘鳥

922851164 疊類：疊鳥 疊毛

92285117 囚種

922851171 盈類：盈阝 盈瓜 盈毛

92285118 罒種→睘 罡 翠 買 蜀 罘 羀 羅

922851180 睘類：翾 睘頁 睘鳥 睘飛

922851181 罡類：罡刂 罡寸 罡瓦

922851182 翠類：斁 翠欠 翠攴 翠犬 翠鳥 翠羽 翠隹

922851183 買類：買阝 買反 買見 買鳥 買隹

922851184 蜀類：斀 蜀刂 蜀阝 蜀斗 蜀欠 蜀犬 蜀頁 蜀鳥 蜀隹

922851185 罘類

9228511850 罘：罘土 罘羽 罘隹 罘鳥

9228511851 罻類：罻欠

922851186 羅類：羅鳥

922852 附切圍樣

9228520 白態

92285201 皋種：皋羽 皋隹 皋鳥

92285202 泉種：泉彡 泉出

92285203㬉種：㬉支 㬉攵

92285204 皇種：皝 皇阝 皇晃 皇頁 皇書 皇鳥 皇黃 皇皋 皇單

92285205 帛種：緜 帛及 帛勾 帛舌 帛同 帛炎 帛彖 帛皃 帛鳥 帛黃 帛樂

92285206臱種：臱攵 臱欠

92285207 皃種：皃鳥

9228521 自態

92285211 臬種：臬阝 臬夬 臬犮 臬柰 臬害 臬曷 臬昷 臬邑

92285212 鼻種：鼾

92285213 息種：息阝 息舌 息鳥 息頁

92285214 臮種：𪏰𪏲𪏮 臮出 臮刂

92285215 皐種：翱 皐隹 皐鳥 皐頁 皐見 皐阝

9228522 囟態

92285221皀種：皀支 皀刂 皀力 皀鳥 皀頁

92285222恖種：恖頁

9228523 由態

92285231 鬼種：鬼馬 鬼阝 鬼頁 鬼幾 鬼萁

92286 左旁第一列（即左上角）字根爲巴巳格

922861 整齊巳樣

9228611 民態

92286111 左旁爲昬種：敯

9228612 彑態

92286121 左旁爲彔種：剝 彔攴 彔皮 彔頁 彔見 彔暴

92286122 左旁為象種：象又 象子 象斤 象瓜 象鳥 象舌 象頁 象隹 象羽 象刂

92286123 左旁為柔種：柔隶 柔聿

9228613 冎態

92286131 左旁為骨種：骯 骼 髏 體 髒 骰 骷 骸 髓 髑 髏 骹 骾 骻 髖 髓 骸 骨
力 骨干 骨頁 骨鳥 骨玄 骨方 骨隹 骨鬼 骨鹿

922862 參差巳樣

9228621 自態

92286211 左旁為皀種：皀來 歸 歸見

92286212 左旁為臬種：臬習 臬帚

92286213 左旁為皐種：皐瓦 皐鳥 皐頁 皐屮

92287 左旁第一列（即左上角）字根為傾斜格

922871 傾側樣

9228711 人態

92287111 丿種

922871110 矢類：矩 知 短 矧 矬 矰 矱 矮 矯 雉 矢十 矢夭 矢攵 矢出 矢去 矢弓 矢弜
矢斯 矢目 矢見 矢鬼 知見 知于

922871111 缶類：卸 缶欠 缶食

922871112 缶類：缺 缽 罅 鑪 缸 罈 罐 餅 缶重 缶瓦 缶乏 缶开 缶不 缶刂 缶卩 缶查
缶曡 缶虎

922871113 午類：牾 午頁

922871114 年類：年阝 年邑 年鳥

922871115 無類：甒 鷡 鄦

922871116 气類：气皮 气鳥 气頁 气虎

922871117 乞類：刉 乞力 乞欠 乞攵 乞虎 乞頁 乞鳥

922871118 每類：毓 敏 每力 每卜 每瓦

922871119 复類：复鳥

92287112 牛種

922871121 告類：鵠 郜 告力 告皮 告羽 告見 告隹 告頁

922871122 生類：甥 生女 生毛 生攵 生欠 生目 生束 生阝 生青 生鳥

922871123韋類：制

922871124 先類：先阝 先攵 先欠 先佳 先頁 先馬

92287113 勺種

922871130 臽類：燄欲 臽刂 臽皮 臽鳥 臽攴 臽頁 臽召 臽穴

922871131 角類：解觴觸斛觔觖觴舼觥觚觫觫觭觿角頁 角佳 角甘 角石 角攴 角阝 角刂

922871132 色類：色刂

922871133 急類：急鳥

922871134 兔類：兔鳥 兔需

922871135 負類：負鳥

922871136 象類：象鳥 象頁

922871137 毚類：劖鄡 毚力 毚欠 毚少 毚瓦 毚頁 毚監

922871138 龜類：龜今 龜勻 龜毛

922871139 魚類：鮫鯨鯧鰓鰭鯨鰾鰻鱔鱗魷鰍鯽鰱鱖鰹鰭鰍鰜鱸鮑鮮鯉鱷 魚戈 魚斗 魚欠 魚目 魚刂 魚人 魚王 魚戶 魚犬 魚斤 魚皮 魚瓜 魚玄 魚示 魚攵 魚牛 魚火 魚甘 魚旡 魚殳 魚白 魚羽 魚佳 魚馬 魚鬼 魚鳥

92287114 攵種

922871140 欠類：攷

922872 斜敘樣

9228721 厶態

92287210 夋種：皴 夋阝 夋色 夋亢 夋兔 夋頁 夋鳥 夋佳

92287211 牟種：牟力 牟鳥 牟含

92287212 參種：毿

92287213 厽種

922872131 參類：毿劖 參阝 參攴 參殳 參尤 參頁

922872132 絫類：絫瓦

922872133 橤類：橤頁 橤兄 橤毛

92287214 矣種：欸 矣匕 矣舟

92287214 台種

922872141 台類：邰 台乚 台刂 台欠 台彡 台攵 台瓦 台辛 台見 台隹 台鳥

922872142 枲類：枲支 枲辛 枲枲 枲隶 枲致 枲劵 枲卷 枲扁 枲焦 枲勞 枲眞

92287215 肎種：能 肎呂 肎式 肎鳥

92287216 畚種：畚庶

92287217 包種：刨 包阝 包支 包毛 包鳥

9228722 マ態

92287221 予種：豫預 予彔 予爲 予鳥

92287222 矛種

922872221 矛類：矜務 矛貪 矛勺 矛刃 矛戈 矛攵 矛殳 矛戊 矛虫 矛危 矛毛 矛丑 矛肖

矛白 矛昔 矛良 矛隹 矛盾 矛折 矛解 矛芍 矛堇

922872222 柔類：柔內 柔阝 柔鳥 柔丑

922872223 矞類：鷸矯 矞戈 矞出 矞羽 矞風 矞鬼 矞毛 矞尖 矞辰

92287223 甬種：甬力 甬戈 甬支 甬毛 甬瓦 甬頁

92287224 函類：函頁

92287225 圅類：圅禾

922874 斜斜樣

9228741 幺態

92287411 糸種

922874110 右旁爲一元類：糸乚

922874111 右旁爲交叉類

9228741111 平交科：紂 級 緘 紼 紳 絨 纖 織 純

9228741112 切叉科：納 練 緒 繡

922874112 右旁爲匣匡類：約 絢 網 綱 綢 紙 紲

922874113 右旁爲原匡類：紉 紛 給 綸 纏 縫 繼

922874114 右旁爲迂迴類：紀

922874115 右旁爲圜圍類：綑

922874116 右旁爲巴巳類：組 繩 編

922874118 右旁爲上下類

9228741181 切合科

92287411810 盾起門：紅 緬 縋 縑

92287411811 矛起門：紡 紋 締 紐 綠 緣 綽

9228741182 分離科

92287411821 四駢門

922874118212 二同綱：綴

922874118213 三夾綱：緯

922874118214 四旁綱

9228741182141 一對旁目：繕

9228741182142 二同旁目：紜 繞 繆 纓 緇 縲

9228741182143 三夾旁目：紗 縊

92287411822 四散門

922874118220 一元起首綱：絞 綜 綻 綰 縮 續 經 綏 綵 緩

922874118221 交叉起首綱：統 結 綾 續 綺 繚 臻 績 縛 縷

922874118222 匣匡起首綱：繃

922874118223 原厓起首綱：紹 絕 繪

922874118225 圜圍起首綱：絹 緝 縲 繹 總 線 綿

922874118227 傾斜起首綱：紇 終 絡 纔

922874118229 左右起首綱：纜

922874119 右旁爲左右類

9228741191 切合科：糾

9228741192 分離科

92287411921 四駢門：紕 緋

92287411922 四散門：綁 緞 緻 維

92289 左旁第一列（即左上角）字根爲左右格

922891 切合樣

9228910卜態

92289101 未種：叔 未寸 未攴 未支 未欠 未見 未頁 未鳥

92289102 占種：乩 覘 战 占刂 占彡 占攴 占攵 占欠 占頁 占戔

92289103 鹵種：鹼 鹹 鹾 鹵毛 鹵今 鹵占 鹵炎 鹵昌 鹵扁 鹵盈 鹵兼 鹵敢 鹵鬼 鹵襄

92289104 貞種：貞彡　貞阝　貞夊

922892 分離樣

9228921 四駢態

92289211 一對種

922892111 對映類

9228921117 背角科

92289211170 艹門

922892111700 茍綱：敬

922892111701 萠綱：蒯　萠頁

922892111702 萑綱：**觀勸鸛歡**　萑阝　萑頁　萑骨　萑風

922892111703 蔑綱：蔑鳥　蔑隹

922892111704 夢綱：夢阝　夢鳥　夢色　夢豕　夢頁　夢邑　夢鬼

922892111705 薨綱：薨鳥　薨頁

922892111706 薈綱：薈色　薈鳥

922892111707 繭綱：繭皮　繭夊

92289211171 北門

922892111711 背綱

922892111712 戁綱：戁央　戁夰　戁犇

92289211172 卯門

922892111721 劉綱：劉

922892111722 留綱：留鳥

922892111723 貿綱：貿阝

9228921118 八角科

92289211181 丷門

922892111811 羊綱

9228921118110 羊類：**羯擅羧羚翔**　羊力　羊攴　羊夂　羊斗　羊阝　羊鳥　羊瓦　羊殳　羊夋

9228921118111 義類：義阝　義鳥

9228921118112 盖類：盖阝

9228921118113 差類：差刂　差羽　差皮

9228921118114 羞類：羞皮

9228921118115 羔類：羔毛 羔頁

9228921118116 薰類：薰昔

9228921118117 善類：鄯 善頁 善攴

9228921118118 養類：養多

9228921118119 羹類：羹阝

922892111812 屰綱

9228921118120 屰種：朔 屰欠 屰頁

9228921118121 酋種：酋羽

922892111813 并綱：瓶郱頩 并力 并刃 并刄 并攴 并攵

922892111814 首綱：馘 首力 首友 首亥 首匝 首頁 首甫 首國

922892111815 前綱：前羽

922892111816 普綱：普毛

92289125 弟種：剃

92289212 二同種

922892121 竝同類

9228921212 兩排左右竝同科

92289212121 首根爲交叉門

922892121211 ＋＋（艸）綱

9228921212111 左下根爲交叉目→有艾若英著萬

92289212121111 左爲艾別：艾鳥 艾隹

92289212121112 左爲若別：若阝

92289212121113 左爲英別：英風 英阝 英鳥 英毛 英見

92289212121114 左爲著別：著斤

92289212121115 左爲萬別：萬力 萬意

92289212121113 左下根爲原厓目→有茶葵蔡

92289212121131 左爲茶別：茶鳥 茶阝

92289212121132 左爲葵別：葵鳥

92289212121133 左爲蔡別：蔡鳥 蔡隹

9228921212115 左下根爲圓圍目→有苗

9228921212115 1 左爲苗別：苗鳥

9228921212116 左下根爲巴巳目→有茸

9228921212116 1 左爲茸別：茸毛

9228921212118 左下根爲上下目

9228921212118 0 一元起筆別

9228921212118 01 ╱起筆屬→有薰蕎芙

9228921212118 011 左爲薰階：薰鳥

9228921212118 012 左爲蕎階：蕎馬　蕎鳥

9228921212118 013 左爲芙階：芙阝

9228921212118 02 一起筆屬→有華莖

9228921212118 021 左爲華階：華鳥　華韋　華黃　華佳

9228921212118 022 左爲莖階：莖力　莖刂

9228921212118 1 交叉起筆別→有蓋莽

9228921212118 11 左爲蓋屬：蓋阝　蓋毛　蓋頁

9228921212118 12 左爲莽屬：莽毛　莽色

9228921212118 2 匣匡起筆別→有蒙荒

9228921212118 21 左爲蒙屬：蒙阝　蒙毛　蒙鳥　蒙頁

9228921212118 22 左爲荒屬：荒瓦

9228921212118 5 圓圍起筆別→有草莫葛蔓

9228921212118 51 左爲草屬：草攵　草交

9228921212118 52 左爲莫屬：莫力　莫阝　莫頁

9228921212118 53 左爲葛屬：葛皮　葛阝　葛鳥　葛毛

9228921212118 54 左爲蔓屬：蔓阝

9228921212118 7 傾斜起筆別→有菟蒿茅

9228921212118 71 左爲菟屬：菟鳥

9228921212118 72 左爲蒿屬：蒿阝

9228921212118 73 左爲茅屬：茅鳥

9228921212118 9 左右起筆別→有藍蕈

9228921212111891 左爲藍屬：藍鳥

9228921212111892 左爲菫屬：菫阝 菫斤

9228921212119 左下根爲左右目→有薛

92289212121191 左爲薛別：薛鳥

9228921212120 夫夫綱

9228921212121 輦目：輦阝

9228921212122 替目：替阝 替頁 替隹

9228921212123 贊目：贊阝

9228921212130 林綱

9228921212131 替目：替皮 替阝 替攴

9228921212132 雚目：雚攵

9228921212133 禁目：禁頁 禁欠

9228921212134 婪目：婪頁

9228921212140 奿綱

9228921212141 晉目：晉阝 晉鳥 晉頁 晉隹

9228921212142 蠶目：蠶尼

92289212122 首根爲匣匡門

92289212123 首根爲原匜門

9228921212310 羽綱

9228921212311 翏目：鷄翏 翏寸 翏刂 翏阝 翏女 翏丩 翏見 翏風 翏寬 翏隹 翏鳥

9228921212312 翆目：翆力 翆風

9228921212320 比綱

9228921212321 皆目：皆風 皆鳥 皆攴 皆瓦 皆隹

92289212125 首根爲圓圍門

9228921212510 吅綱

9228921212511 号目：顎鄂

9228921212512 畾目：獸

9228921212513 覍目：覍阝

9228921212514 器目：器攴 器皮 器攵

92289212212515 單目：戰鄲 單辰 單邑 單舟 單虎 單鳥 單黽 單亶

92289212212516 蛋目：蛋犬

92289212212517 嚴目：嚴多

92289212212512 眼綱

92289212212511 瞿目：瞿 瞿弋 瞿戈 瞿斤 瞿馬 瞿阝 瞿鳥 瞿面 瞿見 瞿隹

92289212212512 矍目：矍馬 矍阝 矍鳥 矍見

92289212212513 眼目：嬰鳥 嬰隹 嬰頁 嬰兒 嬰阝

92289212126 首根爲巴巳門（無）

92289212127 首根爲傾斜門

92289212127 人人綱

92289212212711 韭目：韭刂 韭戈

92289212212712 芊目：芊彡

92289212128 首根爲上下門

92289212281 正起綱

92289212212811 丽目

92289212128121 麗別：麗鳥麗阝 麗彡 麗見 麗毛 麗攴 麗刂

92289212282 側起綱

92289212212821 竹目

92289212128210 笠別：笠鳥 笠隹

92289212128211 箸別：箸斤

92289212128212 箴別：箴鳥

92289212128213 答別：筍 答力 答犬

92289212128214 籥別：籥虎 籥頁（籲）籥彔 籥殳

92289212128215 算別：算斤 算毛

92289212212822 先先目

92289212128221 贊別：鄭 贊攴 贊刂

92289212129 首根爲左右門

92289212212911 火目

92289212212911 勞目：勞少

9228921213 三排左右竝同科

92289212130 首根爲一元門

922892121301 巛綱

922892121311 巢目：剿勦 鄛 巢刀 巢高 巢虎 巢帚 巢巤

922892121312 巤目：巤羽 巤毛 巤鳥

922892121313 甾目：鶅鰦 甾刂 甾盧 甾阝 甾井 甾屏 甾夫 甾宁 甾隹 甾奚 甾庶 甾夬

922892121314 邕目：雔 邕來 邕鳥 邕臭 邕鼻

922892121315 癹目：癹友

922892121316 災目：災睪

922892122 疊同類

9228921224 矩疊科

92289212241 叕門

922892122411 醊綱：醊欠

922892122412 綴綱：綴欠

922892122413 裰綱：裰欠

92289212242 众門

922892122421 替綱：替戈 替斤 替隹

92289213 三夾種

922892131 對夾類

9228921317 背夾科

92289243171 水科門

922892431711 沓綱：沓羽 沓舌 沓鳥

922892431712 杏綱：杏頁

9228921318 八夾科

9228921318 八/門

922892131811 光綱：輝耀 光夂 光韋 光空 光頁 光鬼 光丙 光黃 光華 光廣 光鼠 光廉

　　　光蘭 光闌 光臽 光虖 光睪

92289213182 小門

922892131820 肖綱：削 肖阝 肖毛 肖支 肖皮 肖羽 肖鳥 肖首

922892131821㳰綱：敝 㳰鳥 㳰頁

922892131822 尙綱

9228921318220 尙目：敝 尙殳 尙皮 尙邑 尙阝 尙鳥 尙隹

9228921318221 常目：常鳥 常隹

9228921318222 棠目：棠攴 棠風

9228921318223 掌目：掌攴

9228921318224 當目：當瓦 當鳥 當瓜

9228921318225 堂目：堂阝 堂邑

9228921318226 黨目：黨阝

922892131823 㝁綱：㝁虎

922892131824 雀綱：雀戈 鸛

922892131825 省綱：省阝 省瓦 省見

92289213183 ⺌門

922892131830 业綱

9228921318301 堼目：對

9228921318302 菐目：菐寸

9228921318303 嵌目：嵌殳 嵌枼

9228921318304 業目：鄴 業乚 業刂 業欠 業頁 業鳥

9228921318305 羪目：羪鳥

9228921318306 㒭目：戴䎕 㒭分 㒭米 㒭卒 㒭扁 㒭盧

9228921319 向夾科

92289211191 與門：歟 與鳥

92289211192 興門：興阝

92289211193 學門：學攴

922892132 同夾類

9228921321 竝同夾科

92289213211 樊門：樊阝 樊頁 樊見

92289213212 樂門：樂鳥 樂攴 樂欠 樂睪

92289213213 蠻門：蠻鳥

92289213214 變門：變瓦 變風

9228922 四散態

92289220 一元種

922892201 丨起筆類

9228922011 止科

92289220110 止門：歧 此 止乚 止欠 止卂 止夋 止巴 止皮 止巨 止艮 止卒 止見

止寺 止隹 止鳥 止者 止著 止叔 止复 止重 止童 止沓 止帚 止喬 止尊 止責 止毒

止見 止頁

92289220111 此門：雌 此阝 此欠 此鳥 此馬 此頁

92289220112 齒門：齟 齦 齷 齬 齜 齣 齶 齲 齡 齕 齠 齗 齮 齯 齶 齒戈 齒禾 齙

齒隹 齒顚 齒爵

92289220113 步門：頻 步阝 步瓜 步戈（又列左邊爲對轉式）

9228922012 正科：疏 正束 正頁

92289226 巴巳種

922892261 耳類

9228922611 取科

92289226111 聚門：鄹

92289226112 聚門：聚阝

92289227 傾斜種

922892271 幺類

9228922711 幺科：幺攵

92289228 上下種

922892281 禾類

9228922811 利科

92289228111 梨門：梨鳥

9228922812 利科

92289228121 黎門：黎阝 黎隹 黎鳥

92289229 左右種

922892291 卜類

9228922911 貞科：貞攵　貞圣

9228922912 奴科

92289229121 粲門：粲彡　粲鳥

9229 第一排為左右體

92291 切合格

922910 盾起樣

9229101 卜態：卜刃　卜刀　卜鳥　卜隹　卜刂

9229102 片態：版牌牒牖牘牓　片俞　片禾　片女　片刂　片斤　片毛　片殳　片見　片龍
片角

922911 矛起樣

9229111 丩態：收

9229112 爿態：妝戕壯狀將牆

第十二節　外文型

一、概　說

　　由於交通的便捷、貿易的頻繁，使國際間有形無形的距離愈來愈縮短，文化和資訊的交流也越來越多越密切，反映在電視、報紙、雜誌、書籍、名片等文字媒體的現象是：我們愈來愈不容易看到"純漢字"的文章甚至句子了。例如一張小小的名片中，總免不了出現 TEL，FAX，e－mail 拉丁字母及 0123456789 阿拉伯數字；而 DNA、IMF、NATO、PC、TMD、TRA、Y2K 最近幾乎每天都沒有離開我們的視線。換言之，這些外來的字母、數字符號，和漢字長期共存共用的結果，人們已習慣把它們融入漢字應用系統中，當作漢字的一個部分來看待了。因此，本文在完成漢字字型建設後，順便把它們依十字型排列，以利運用——對只有十個鍵位的"九宮鍵輸入法"來說尤具意義。

二、分　類

　　以下將常用的拉丁、希臘、俄文大寫字母，日本片假名，標點、數理化及注音符號等按 IXEFSOPYTH 十字型排列。因外文字母大多為一筆成形，為平衡各型數目，0I 一元型只收點、直線、微曲線而改名爲“0I 一直型”，至於LVCUONMSWZ〈〉等則移入他型：

0I 一直型－（1）西字母：IJ（2）日假名：ノ（3）注音符：ˋˊ•－（4）其他：（數理化標點）：－／＼｜，‘ ’。、( )。

1X 交叉型－（1）西字母：XΦΨЖ（2）日假名：オホメナカヌヤセキサ（3）注音符：ㄆㄊㄌㄘㄜㄤㄝㄞㄨㄡ（4）其他：＋ ×※≠ &∲£$￥ #* ¢。

2E 匣匡型－（1）西字母：CGEΠЛΩUЦШЩЭ（2）日假名：ワウクタコヨ（3）注音符：ㄇㄗㄈㄩ（4）其他：∩ 〔 〕 [ ]。

3F 原厓型－（1）西字母：AΛFΓLV（2）日假名：フヘレヒ（3）注音符：ㄪㄏㄑㄟㄥ（4）其他：〈 〉〈 〉「 」∠。

4S 迂迴型－（1）西字母：MWΣƷ SNZИ（2）日假名：ア（3）注音符：ㄅㄉㄋㄕㄣ（4）其他：√∫～。

5O 圜圍型－（1）西字母：DOQΔϴ（2）日假名：ロ（3）注音符：ㄖ（4）其他：▽∞ ◎。

6P 巴巳型－（1）西字母：BPR ЯБЪЬД（2）日假名：無（3）注音符：ㄢ（4）其他： @。

7Y 傾斜型－（1）西字母：YϒУ（2）日假名：マムスミンシ（3）注音符：ㄚㄙㄠㄔ（4）其他：〝〞%%。

8T 上下型－（1）西字母：TΞЁЙ（2）日假名：イチケモエユネニテラ（3）注音符：ㄎㄒㄛㄓ（4）其他：⊥ ±＝≡≦≧≧ ÷≒ ∵ ∴；：！？。

9H 左右型－（1）西字母：HK КЧЮ Ы（2）日假名：トハリルソツッ（3）注音符：ㄐㄍㄦ（4）其他：II III IV VI VII VIII IX “ ” ‥。

第十三節　47字式

一、概　說

《易·繫辭上傳》：「乾以易知，坤以簡能；易則易知，簡則易從。」

IXEFSOPYTH 十字型是至簡約的天然字形分類，可以應用在手機輸入、排字、檢索、教學……等多方面，十分便捷。但由於一般 PC 或 NOTE BOOK 鍵盤，從打字機蛻變而來，原先是爲了輸入歐美拼音文字的，故設置了 0～9, A～Z 暨 ~ _ + { } | : ” < > ? ，共 47 個鍵。本文爲了使國人順勢善用 PC 或 NOTE BOOK 輸入漢字，乃將十字型細分成 47「次型」（sub-type），另取名稱作 47「字式」（Form），一鍵配一式。

基本上，47 字式是十字型的擴充和延伸，和前述的 41「字範」和第十四節的 64「字圖」類似，都爲因應不同的需要和功能而設置。茲列表如下：

二、47 字式表

十字型			47 字式				
號	符	名	序	鍵	式	形狀說明	例字
0	I	一元型	01	0	一	一單筆畫	一ㄥㄅㄟㄣㄋㄑㄥ乙○
1	X	交叉型	02	1	十	十字交框	十七九又※叉朮鬥左右丹身
2	E	匣匡型	03	2		ㄅ三邊涵框	夕勿匆句
			04	3		ㄇ三邊涵框	月周同用
			05	4		ㄈ三邊涵框	ヨコ
			06	5		ㄈ三邊涵框	匚叵匠臣匝匣，ㄈ巨
			07	6		凵三邊涵框	凵山幽豳
3	F	原厓型	08	7		ㄱ二邊涵框	刀刃司可
			09	8		𠆢二邊涵框	亼介合，公分
			10	9		厂二邊涵框	厂仄反后，庚疾虎，皮及
			11	、		┘二邊涵框	彐（北），㇌（兆），𢆶（𨅊），
			12	-		ㄴ二邊涵框	七ㄴ（兆），𢆶（繼）
4	S	迂迴型	13	=		ㄣ多厓迴涵框	[illegible]与[illegible]
			14	\		ㄕ單匡厓迴涵框	馬風颱，[illegible]，[illegible]
			15	[		己多匡迴涵框	己，[illegible]，弓 [illegible]
5	O	圜圍型	16	]		口圍涵框	口日田目回國，凹凸
			17	;		白圍涵框	白自

6	P	巴巳型	18	⊡	⊐⊏	⊐⊏圍框	尸尸（眉）尸（倉）尸（民）尸（殷）尸尸尸（門）尸尸尸
			19	⊡	◇	◇兩邊互圍框	◇（互），ㄅ（卯），ㄅ（卯），反（派），凡（齊），
			20	⊡	凵	凵多邊互圍框	凵（丏），凵（辰），瓦（瓦），
			21	⊡	且	且單切圍框	且（縣）皿且（眞）⊠且，屯且（縣）巳，卯，血，耳
			22	Ａ	且	且雙切圍框	且（並嚴）亞，月（齊），夕（豸）
			23	Ｂ	巳	巳圍框	巳巴，匹
			24	Ｃ	吕	吕圍框	吕吕（鳥島梟裊）吕（以）弓吕吕
			25	Ｄ	吕	吕圍框	吕（官耜），自自
			26	Ｅ	黽	黽圍框	黽龜
7	Y	傾斜型	27	Ｆ	傾撇被切分	乀 傾撇右被一切	乀（年午矢乍無缶），乀乀
						牛 傾撇右被十切	牛失
						Ｙ 傾撇左上被切	Ｙ丿（班辨）夕（亥）Ｙ丫
						人 傾撇右下被切	人（疋是捷亥以），厶（矛）
						亻 傾撇下被切	亻千手乛（豸）工（衣）毛，覀
						乚 傾撇上被切	乚（以）
						夂 傾撇左右被切	夂
						⁄⁄ 傾撇分離	勹（勿）彡（須）人（沈）多么，％
			28	Ｇ	斜捺被切分	厶 斜捺左被橫切	厶 一（風禺惠專）
						入 斜捺左被撇切	入 丷（即）
						ㄥ 斜捺右被撇切	ㄱ（甬）丶（反衣）乀（發）乀（祭）
						㇀ 斜傾分離	冫氵シン
						⟍⟍ 斜分離	丶（於）⁄⁄⁄ ミ
			29	Ｈ	互切	厶 乚左被切又切斜於左	厶
						乡 乚左被切又切傾於左	乡（鄉）
8	T	上下型	30	Ｉ		丁 下切合	丁丁丁市于下千平兀π覀π

9	H	左右型	31	J	⊥	上切合			亠业上土士里堂書生⊔〜
			32	K	工	工切合			工王玉五互亙巫不正疆
			33	L	┼	卡切合			÷卞卡辛，土圭堂，丰
			34	M	二	異離：上下相異離			呆杏杳果
			35	N	吕	同離：上下相同離。			吕同離：二圭昌畕爻戔炎哥棗弖三。品同離：垚森焱淼磊。品同離：叕
			36	O	⊥	背離：上下八向反轉離			八離：〉〈。口（向離）：蹨。⊥（反離）：崗。屮（轉離）：夆
			37	P	⊥	夾離	同夾離		吕：器嚚囂轟
							背夾離		⊥：崹嵩。兴（益）兴。三
			38	Q	⊥	傍離	同傍離		吕：乤，吕：策禁草莊嚴單災，品：參壘桑，品：醫
							背傍離		合：谷台。⊥：背鼗。⊥。⊥。
							夾傍離		朋：樊攀棥鬱。凸：肖。用：與興輿鬵學覺。业：燕。用：叟兜。三三
			39	R	┝	右切合			卜卝片非（右）
			40	S	┥	左切合			丩爿非（左），卝
			41	T	H	H切合			H
			42	U	丰	丰切合			丰（懷）
			43	V	▮▮	異離：相異離			法相外形
			44	W	▯▯	同離：疊同離			林棘羽弱；
			45	X	⫶⫶	背離：左右八向反轉離			行卯夘兆北儿；八；門鬥][　[ ]
			46	Y	川	夾離	同夾離		粥裻儺讌
							背夾離		小：小火。米：水氺承鼐。卩：严（學）批（燕）。川：街衛卿鄉；闩：印（叟），甶（兜）。
			47	Z	川	傍離	同傍離		川：彬，夠；淋琳翻儡
							背傍離		八：扒趴趴。川：邶孵。口：
							夾傍離		川 米 川 川

第十四節　64 字圖

一、意　義

　　本章前十一節以十型 22 層級計二百六十多頁排列一萬四千多字，對各單字條分縷析，剖劃種類，可謂詳明。從另一角度講，我們平常用不著如此細致分類，所以「粗枝大葉」掌握字型大樣也是同樣需要。字型圖就是在這種需求下設計的。

　　漢字是 1×1 方塊，其內疊滿字根，宛如積木圖，字型圖就是以簡單而具體的圖塊表現字型的方式。本節據組合排型，即 IXEFSOPYTH 十字型設計。

二、型圖設計

　　一）劃分單複體：將十字型分為單體、複體結構兩類型，再將各"字型"下的"字狀"與"字式"綜合歸納為 64 種，稱為"64 基本字型圖"，簡稱"64 字圖"，以四方形圖塊標示。

　　二）單體結構類型：包括 IXEFSOP 前七型和 YTH 後三型的切合狀，計54 圖。

　　　0　I 一元型：一筆成形且框內不涵字根者之點、直線曲線。如ㄟㄟㄟ、ㄧㄋㄌㄏㄟㄟㄟ）」ㄟㄟ，圖塊為 A、Ｉ計一圖。（但當①＜ㄋㄋㄋㄌㄌㄟ框內涵字根時移 F 原厓型，②乙ㄟ框內涵字根時移 S 迂迴型，③○框內涵字根時移 O 圓圍型如⊙◎）。

　　　1　X 交叉型：有①十②Ｅ③Ｆ④Ｓ⑤Ｐ⑥Ｐ⑦Ｙ⑧Ｉ⑨卄九圖。

　　　2　E 匣匡型：有①②（Ｅ）③ㄇ（ㄇ）④ㄩ（ㄐ）⑤ㄩ（ㄩ）五圖。

　　　3　F 原厓型：有①ㄈ（ＦＩ）②ㄟ（ㄟㄟ）③ㄐ（ㄐ）④ㄱ（ㄱㄱ）⑤ㄴ（ㄴ）五圖。

　　　4　S 迂迴型：有①ㄅ（ㄅ）②ㄹ（ㄹ）③乙（乙）④ㄅ（ㄅㄅ）⑤ㄦ（ㄦ）⑥ㄹ（ㄹ）⑦ㄹ（ㄹㄹ）⑧ㄅ（ㄅㄅㄅ）八圖。

　　　5　O 圓圍型：有①口（ㄧ）②ㄠ（ㄠ）二圖。

　　　6　P 巴巳型：有①尸（尸尸尸）②户（户户）③尸（尸尸尸尸）④口（口口）⑤ㄩ（ㄩㄩ）⑥巴（巴）⑦ㄣ（ㄣㄣ）⑧ㄣ（ㄣㄣ）八圖。另有ㄣㄣㄣ狀無獨立字，不設型圖，需用時可由組合法造字。

7　Y 傾斜型：有①▨②▨③▨④▨四圖。

8　T 上下型：有①▤②▤③▤④▤⑤▤⑥▤⑦▤⑧▤八圖。

9　H 左右型：有①▥②▥③▥④▥四圖。

三）複體結構類型：包括 YTH 後三型的分離狀。計十圖。

7　Y 傾斜型：有①▨②▨二圖。

8　T 上下型：有①▤②▤③▤④▤⑤▤五圖。

9　H 左右型：有①▥②▥③▥三圖。

以上合計 2 結構、10 字型、$64＝2^6$ 圖，是漢字基本型圖。

三、升　級

當我們習慣使用上述基本型圖後，就將型圖細分，稱為“升級”。分二階段升級，使圖案愈來愈接近單字。

一）第一階段升級

（一）隔斷：將複體結構類型依隔斷情形細分。

  1. 上下型圖塊：細分為▤▤▤▤▤▤▤▤▤▤▤▤▤▤▤▤▤▤▤▤▤▤▤▤▤▤▤▤▤▤▤▤▤▤▤▤等約 50 式。

  2. 左右型圖塊：細分為▥▥▥▥▥▥▥▥▥▥▥▥▥▥▥▥▥▥等約 30 式。

  3. 另外，匣匡型、原厓型、迂迴型、圓圍型、巴巳型內涵“複體結構類型”（即上下型、左右型）字根時，亦依隔斷情形細分。每個“隔斷線段”稱為“小方塊”。

（二）方塊單位：以析出最多個具音義的獨立字根為“隔斷”之原則，無獨立字根者以字母為單位，畫成小方塊，最後集成 1×1 單字方塊。如“隸”左旁可析出獨立字根：1 柰，2 木示，3 木二小，計三種，以第 3 種最多，故將“隸”列入▥圖型。

二）第二階段升級：將小方塊一一轉成具有字型圖案的“單體結構類型”型圖，使結構更清晰、圖案更明朗。如“明”基本圖型作▥，升級成▥，“盟”圖塊原作▤，第一階段升級成▤，第二階段升級成▥，圖案愈來愈清晰，愈接近“盟”字。

四、對　照

六十四字型圖與單字對照排列如下：

0I 一元型

（1）⊡圖——｜一

1X 交叉型

（2）王圖——十丈九七乂

（3）己圖——夊巾丹内冉尤屮ㄓ屮七旡牛

（4）厂圖——力ㄘ又皮戌七乜也世

（5）$圖——夂勹子九卍弔弗𠃌

（6）中圖——中甲申由曲日丑

（7）尸圖——身𦥯

（8）¥圖——乄犭朿扌丈才史戈弋曳

（9）丰圖——十キ丰丰

（10）卅圖——丗卅冊木井

2E 匚匡型

（11）勺圖——夕歹勿句匀匆旬勺匈勾甸匍匐勹匊匋

（12）匚（包括ㄜ）圖——匽區匹匠臣匝匣匜

（13）冂（包括冂·）圖——网罔兩同月同月用風凡几凰門鬥宀宄

（14）コ（包括ヨ）圖——㸚は彐

（15）凵（包括凵·）圖——山凶凵幽鬯凵凵

3F 原匡型

（16）厂（包括厂·）圖——厓反原廉痳麻床鹿龐虎盧旍旗乾幹朝翰條倏
　　勝騰厦𠬝

（17）人（包括亽·）圖——合介命令侖企仝全俞❼公分兮父

（18）𠃌（包括ヨ）圖——ㄓ𢆶

（19）𠃌（包括𠃌·）圖——刀司刃㸬乩及气氣氧飛穎穎

（20）辶（包括廴）圖——辶𢇛且魁趙述建尫尵麵麴

4S 迂迴型

（21）与（包括𢎘）圖——与为丹丂

（22）𢎨（包括𢎨）圖——尺㠠

（23）乙（包括乙）圖——氹冚

（24）馬（包括馬馬）圖——馬

（25）几（包括几）圖——颱颶爬胤

（26）巴（包括巴）圖——畐

（27）巴（包括巴巴）圖——刍

（28）弓（包括弓弓弓弓弓）圖——易弓弜弓咢壽咢弓

5O 圓圍型

（29）口（口）圖——口凹凸日曰田目回困囧

（30）白（白）圖——凶自囪白屲由圉

6P 巴巳型

（31）尸（包括尸尸尸）圖——屑尾尼犀羼尸尸

（32）户（包括户户）圖——戶舟房扇扁肩

（33）巴（包括巴巴巴巴巴）圖——民良尸巳

（34）耳（包括耳耳）圖——耳聒

（35）口（包括口口）圖——旦且皿血丘咼冎㐬

（36）巳（巳）圖——巳巴

（37）島（包括島島）圖——島鳥梟裊鳥

（38）黽（包括黽黽）圖——黽龜

7Y 傾斜型

（39）圖——幺彡ㄨ夕

（40）圖——人人彳牛勹

（41）圖——入屳厶乛

（42）圖——ㄱ乀乁乚

（43）圖——多彡ㄑ

（44）圖——冫冫冫氵

8T 上下型

（45）圖——丁丁于干平兀丏再兩丙兩

（46）圖——亠上立宀业土士里

（47）圖——穴亦赤先卡卞衣羊羊美美

（48）工圖——正工玉亞互巫而

（49）王圖——主羊差

（50）王圖——幸業

（51）王圖——坣

（52）丰圖——叢

（53）二（包括二二等）圖
　　——二鬖昌晶品鑫森淼焱垚棥燚舙叒傚黑字想變花

（54）三（包括等）圖
　　——三亘鬲雲靈菁菩蕾晷槑曼奭豐

（55）三圖——言嘉喜賣薺夢薔罨裹豊鸞鷬鷥鬢

（56）三圖——言烹壽畺鬢鼌

（57）三圖——寶籌薑纛甇龞

9H 左右型

（58）日圖——卜忄卧忄片力

（59）日圖——爿丩彐牜

（60）王圖——木土本

（61）日圖——月朋

（62）日（包括等）圖——鐵騎繞龍城林朋明姓砳妭子屾艸竹絲冰牪豩龘虤蚰賏雔皕聑瑾玆林瓜覞皿夫玕丝甽所玨弜顚弱門鬥卄北兆兆黽

（63）川（包括等）圖—衡街湘鄉卿術彬蟲。

（64）川圖——灬酬骰羽敝微見林頁絲女

第二章　字型用途

第一節　意　義

　　這裡的「字型」是廣義的，指：十字型、十二字格、四十一字範、四十七字式、六十四字圖，合稱「字型系統」。就文字言，字型是非常重要的屬性和特徵，對「依類象形」為造字原理的漢字，尤具意義和價值，它是漢字的幾何圖形的科學分析與高度概括。透過視覺，予人立即的、明顯的形象，可以提綱挈領瞬間對漢字結構得一整體認知，對識字教學、排序、索引、輸入法、造字法等很有幫助。

第二節　識字教學

　　一、周先庚氏曾就美國人學習漢字加以試驗，發表〈美人判斷漢字位置之分析〉一文，認為漢字具有「格式道」（Gestalt）的特性，每字有每字的個性，每字的結構、組織都像一個小小的建築物，有平衡、有對稱、有和諧；字與字的辨識，因此就非常有標準，特別不容易模糊。

　　二、德國心理學家 Erdmann 氏與 Dodge 氏共同研究漢字的學習，主張學習必須先全體而後部分，即其團圖形相，他的理由是：

　　一）將字置於遠處，雖不能辨其組成的筆畫，也能認識。

　　二）經過許多試驗，若將字置於一定的距離，使每種字畫，單獨的顯出，
　　　　不能認識。

三）字的筆畫比較複雜，或在視覺上表示特殊的形式，則易於認識。

四）筆畫不多不少的字，比筆畫最少的字易於認識；且認識筆畫最複雜的，所費的時間，比認識筆畫最簡單的字，所費的時間為少。〔註1〕

三、董作賓先生撰《中國文化論集·第一冊》論中國文字，說：「我們文字現在雖已距離圖畫甚遠，但每個字自成一個獨立的單位，具體的代表一個語言、一個印象、一件事物；試之初學幼童，反較拼音文字為易記，教育心理學者多次測驗，可資證明。」〔註2〕

所謂具有格式道、囝圖形相、獨立的單位，就是漢字具有幾何圖形意義和性質，使它迥異於千篇一律的線性排列如英文字，而呈現獨特的面貌與性格。

本文歸納約五萬漢字，透過剖解、組合、排列方式，得 IXEFSOPYTH 十字型、十二字格、四十一字範、四十七字式、六十四字圖，合稱「字型系統」。各分類型式有其個性，亦均具特殊功能。在小學暨對外漢語文教學上，宜根據中外學者研究成果，運用字型系統施教。

第三節　編碼排序

字型是系統化的分類。以此為基礎，再加細分，可以完成一字一號的編碼，就成了風格、用途各別的排序系統。詳第伍篇第三章。

第四節　編纂索引

有不少人對特殊字型感到興趣，筆者曾在網路上看到徵求「品字形同根字」如品晶晶鑫森淼焱垚屳惢姦毳猋皛贔犇羴驫麤龘等，結果只蒐集到卅幾個，本文則彙集 86 字之多。將來還可以透過文字資料庫內型圖為索引項，迅速找到以它做偏旁的字。以"晶"論：位在上邊的，有疉棸曑槑曡；位在下邊的，有藟；位在右邊的，有檁瑒蟖輵偘謵碴；位在右上角的，有樏鐟澧儽；位在左邊的，有鼺；位在中間的，有薑藥。

類此，可提高學習興趣，這對各類索引的編纂暨識字教學亦有幫助。詳第伍篇第四章。

〔註1〕以上參見林尹先生著《文字學概說》頁 23～24，暨杜學知著《漢字首尾二部排檢法》頁 6。

〔註2〕見林尹先生著《文字學概說》頁 24。

第五節　建輸入法

有效解決漢字輸入電腦，是漢字現代化、電子化的重要工程。如第壹篇第五章第五節所述，現在流行的漢字輸入法，大別分為字形法和注音法。本文茲先提出「十字型輸入法」，詳第伍篇第五章。

「十字型輸入法」屬字形法，係利用超語言、超文化、超種族，人人可目視即識（至少可認記其若圖畫的概略形狀）的漢字「十字型」進行輸入。至於運用諸如十二字格、四十一字範、四十七字式的輸入法，也很簡易，可視應用需要開發。

第六節　立造字法

《漢語大字典》已收字達 56,000，而一般電腦大多只容納一萬四千多字，如超出此範圍的罕用字，則須取用行政院主計處電子資料中心的《CNS11643中文全字庫》解決。然而對語文工作者，包括國文教師、漢字專業研究者、字典編纂者、作家、書法家……等，有時需用到字根、錯字或新出土春秋戰國文字，或草書、大小篆、甲骨文書體時，《CNS11643中文全字庫》就不能派上用場。因此，個人還是非得自行造字不可。本文提出三種據「字型」製字的簡便新構想。詳第伍篇第六章。

第七節　定排行法

排行，指一行一頁文字在紙面、螢幕等書寫介質上展現頁面屬性的形態。

漢字原則上各種排向皆可，惟水平橫排和垂直縱排較常用，第二字又可左行右行上行下行，第二行又可左移右移上移下移，故至少有 8 種排向。相較於英文只一種，漢字的排向是太豐富了，一方面表示漢字透過排向展現的科學性、靈活性和藝術性。但太靈活也帶來困擾，如民國 79 年 10 月 16 日立法委員朱鳳芝在質詢時，準備了一幅海報，由右而左寫著「本日大賣出」，要求教育部長毛高文當場唸出「本日大賣出？出賣大日本？」所以排行說小不小，說大不大的漢字問題，我們應該用科學的方法找出既能與世界接軌，又符合全國需要又妥當的方法。

本文根據漢字左右型佔有 64%的數據，主張「橫行」。詳第伍篇第七章。

第三章　字型排序

第一節　概　說

　　排序，是科學化處理事物的重要方法，本文指依一定的準據將單字排成連續次序。拼音字母如 ABCDEFGHIJKLMNOPQRSTUVWXYZ，從 A 到 Z 排訂固定次序，依它爲準據，編輯字典，排列姓名、公司、行號乃至聯合國出席唱名等一皆以此爲準，大家遵守，極爲便利。

　　前述漢字是以象形爲基礎的形音義三位元一體的詞文字，由於這個屬性或基因，使它在單字之下，單筆之上，沒有產生類似拼音文字的"字母"這一拼寫單位。因此排序沒有比較良好的準據──以致形音義三要素中，有人拿義，有人拿音，有人拿形作準據，形成多元局面。我們認爲字形是可目見，且不受時空暨語言、文化干擾，最爲穩當，所以主張以形爲準據。

　　排序性質同於"分類"（Classfy）而更加嚴密，它有三個屬性也是三個作業程式：求同、別異、唯一。"求同"是從雜亂狀態中把相同事物匯聚一處；"別異"是在"大同"的範圍裡儘量找出"小異"，屬"同中求異"工作；"唯一"是順著"求同""別異"路線，進行更細致的分類，達到"個個不同，彼此相異"，最後賦予唯一的編號，並按此號定位定序。

　　所以，排序第一道工作是將單字分類，理出次序，然後依序編碼，可以說，編碼是排序的完成，排序是編碼的基礎，在這個關係式中，分類是推動的關鍵。我們既主張以形為排序準據，也就是要拿形做為分類和編碼的準據。具體說，我們主張用 10 字型、10 筆向、12 字格、41（36，47，50）字元、188 字母做為單字分類和編碼的準據，因為它們都是形的一體，而且形音義兼顧（字格顯示形聲結構），對每一個單字來說，它們具有總體性和普遍性，是理想的準據。其中，字型是必有的，所以本章叫做"十型排序"，其他則視用途、用者、編者而加減。其模式有 33 種，相關名詞之意義參見第肆篇第八章暨附錄十。

一、樹　系

一）標準式：漢字↔〔字型樹〕×〔字儀×字格×字母鏈×字元鏈〕

二）說明

（一）↔表示可逆〔〕表漢字的組織內容，可以任選一至多項。×表結合。

（二）〔字型樹〕表示 IXEFSOPYTH 十字型以下 22 層次的「全字」字形分類。〔字儀×字格×字母鏈或字元鏈〕呈現「字根」的細部組織。〔字儀〕和〔字母鏈或字元鏈〕著重字形；「字格」乃形聲排型，著重音義。

（三）「鏈」表示組合層次和組合形態。前者以{}[]＜＞()，後者以 二l/＼等符號表示。/同"或"，表任選其一。

三）用途：應用於漢字結構理論教學和編訂電訊交換碼、內外字碼、輸入法等。

四）變式：依使用需要及目的，把用不著的因數去掉，即簡化式。因此，上面通式可簡化為：

（一）式：漢字↔字型樹×首尾儀字型×字母×字元。

（二）式：漢字↔字型樹×首尾儀字型×字母×首/末筆向。

（三）式：漢字↔字型樹×首尾儀字型×字母×首/末筆型。

（四）式：漢字↔字型樹×首尾儀字型×字母。

（五）式：漢字↔字型樹×首尾儀字型×字元。

（六）式：漢字↔字型樹×首尾儀字型×首/末筆型。

（七）式：漢字↔字型樹×首尾儀字型×首／末筆向。

（八）式：漢字↔字型樹×首尾儀字型。

（九）式：漢字↔字型樹×字母。

（十）式：漢字↔字型樹×字元。

（十一）式：漢字↔字型樹×首筆型。

（十二）式：漢字↔十字型×首尾儀字型×字母。

（十三）式：漢字↔十字型×首尾儀字型×字元。

（十四）式：漢字↔十字型×首尾儀字型×首／末筆型。

（十五）式：漢字↔十字型×首尾儀字型×首／末筆向。

（十六）式：漢字↔十字型×字母鏈。

（十七）式：漢字↔十字型×首字母。

（十八）式：漢字↔十字型×首字元。

（十九）式：漢字↔十字型×首／末筆型。

（二十）式：漢字↔十字型×首／末筆向。

（二十一）式：漢字↔十字型。

二、枝　系

一）表式：漢字↔〔字式或字圖〕×〔字儀×字格×字母
　　　　鏈或字元鏈〕

二）說明：將標準式的〔字型樹〕因數，包括水平分類成 IXEFSOPYTH
　　　　十字型和垂直分類，加以簡化，只取字型的變式──47 字式或 64
　　　　字圖中一種。

三）用途：應用於日常生活中電腦輸入法、製字法，暨人工單字排序，
　　　　例如書籍名詞、論文關鍵字索引，委員會名單、電話簿人名排序等。

四）變式：依使用需要及目的，把用不著的因數去掉，即簡化式。因此，
　　　　上面通式可簡化為：

（一）式：字↔字式（或字圖）×首尾儀字式×字母。

（二）式：字↔字式（或字圖）×首尾儀字式×字元。

（三）式：字↔字式（或字圖）×首尾儀字式×首／末筆型。

（四）式：字↔字式（或字圖）×首尾儀字式×首／末筆向。

（五）式：字↔字式（或字圖）×字母鏈。

（六）式：字↔字式（或字圖）×首字母。

（七）式：字↔字式（或字圖）×首字元。

（八）式：字↔字式（或字圖）×首／末筆型。

（九）式：字↔字式（或字圖）×首／末筆向。

（十）式：字↔字式（或字圖）。

第二節　電腦排序

　　本節以電腦爲編輯及使用者，因資料項多量大，故宜由電腦處理，其"使用者"亦以電腦爲主。以下幾種排序法可使單字分類綿密細致，適用於內碼、交換碼等編製暨大型字典內單字排序及結構說明。

　　電腦如何處理這龐雜的排序呢？第肆篇第九章第三節單字編碼法已概略示內容。茲再以字母、字元、組合、層次均最多的"鬱"字爲例，大略說明樹系標準式較繁複的排序內容，其順序不盡按第一節所敘。

樹系變式一：字型樹×首尾儀字型×字母鏈×字元排序法

　　鬱字 線性排列式 ↔ 字型樹 ×首尾儀字型 ×字母鏈 ×字元

　　鬱 ↔ 82143219112 × 98 × ＜木木｜｜（ﾉﾄ十ﾄ凵）｜｜木＞二ﾅ二｛[＜凵A（乂A乁Aⱳ）＞二匕]｜｜彡｝× 一｜八ノ一一｜乚｜一ノ八ﾉﾄ乚｜ノ八丶丶丶乚ノノノノ

　　其中：

　　↔ 表可逆變化，×表連結。

　　｛｝[ ] ＜＞（）表由大而小的字素涵項，｛[＜（）＞] ｝ 表層次。

　　｜｜、ﾅ、二、 A 表組合動作：

　　｜｜ 表左右分離組合

　　ﾅ 表上下切合組合

　　二 表上下分離組合

　　A 表內外包容組合

82143219112 表字型樹編號。

98 表首尾儀之字型

把「鬱」從 中間 水平橫切，上下「剖解」，拆成 上 欉 下 彡　 兩儀，

9 表　上儀　「欉」 之 左右字型號，

8 表　下儀　「彡」 之 上下字型號。

＜木∣∣（㇀㇉十㇉凵）∣∣木＞二㇀二｛[＜凵A（乂A乀A〢）＞二匕]∣∣彡｝表字母鏈。

木 ㇀十凵木㇀凵乂乀〢 匕彡　　表字素。

一∣丿乀丿一一∣乚∣∣一∣丿乀㇀乚∣∣丿乀乀乀乀乚丿 丿丿丿表字元。

字素＋字元＝字母。

將字母鏈、字素、字元轉換成對應的「單位元組編碼」，然後結合字型，一併改換為等長的流水號(serial numbers)。這就成「鬱」字在漢字戶籍中的「永久身分證」，不管在哪個地方，哪個時候，哪部字典，哪台電腦，「鬱」永久是8214321911298……這號碼，這是「漢字科學化」必走的路。

樹系變式二：字型樹×首尾儀字型×字母鏈×筆向排序法

鬱↔82143219112×HT×＜木∣∣（㇀㇉十㇉凵）∣∣木＞二㇀二｛[＜凵A（乂A乀A〢）＞二匕]∣∣彡｝×→↓╱╲╱╱→→↓→↓→↓╱╲╱→↓╱╲……↑╱╱╱╱

其中，→↓╱╲╱╱→→↓→↓→↓╱╲╱→↓╱╲……↑╱╱╱╱各筆之末段筆向。

樹系變式三：字型樹×首尾儀字型×字母鏈排序法

鬱↔82143219112×HT×＜木∣∣（㇀㇉十㇉凵）∣∣木＞二㇀二｛[＜凵A（乂A乀A〢）＞二匕]∣∣彡｝

樹系變式四：字型樹×首尾儀字型×字母×字元排序法

鬱↔82143219112×98×木㇀十凵木㇀凵乂乀〢匕彡×一∣一∣丿乀一一∣乚∣一∣丿乀㇀乚∣∣丿乀乀乀乀乚丿丿丿丿

此式可做為收字較多的大型字典（如達 10000 字以上）內單字的排序暨檢

索基礎。

樹系變式五：字型樹×首尾儀字型×字母×筆向排序法

鬱↔82143219112×98×木〢十凵木𠂉凵乂ㄥㄖ匕彡×→↓╱╲╱╱→→
↓→↓→↓╱╲╲╱→↓╱╲‧‧‧‧↑╱╱╱╱

樹系變式六：字型樹×首尾儀字型×字母排序法

鬱↔82143219112×98×木〢十凵木𠂉凵乂ㄥㄖ匕彡

此式可做為小型字典（如 10000 字以下）內單字的排序暨檢索基礎。茲進一步將十種字型各舉十字為例說明：

0 一元型

字 ↔	字型樹編號	× 首尾儀字型	× 字母暨編號	→ 轉成	流水號
亅 ↔	011364	64	亅（13，單位元組十六進位碼，下同）		00（虛擬，下同）
𠃌 ↔	011367	67	𠃌（64）	→	01
乚 ↔	011368	28	乚（66）	→	02
ㄅ ↔	0114101	11	ㄅ（0A）	→	03
𠃍 ↔	0114102	22	𠃍（0C）	→	04
ㄟ ↔	0114106	66	ㄟ（1C）	→	05
勹 ↔	0114117	17	勹（63）	→	06
㇏ ↔	0114118	68	㇏（67）	→	07
ㄜ ↔	0114118	68	ㄜ（68）	→	08
乙 ↔	0114118	68	乙（69）	→	09

此處首尾儀字型指首端筆向和尾端端筆向。

1 交叉型

字↔	字型樹編號×	首尾儀字型×	字 母 暨 編 號	→轉成 流水號
尢 ↔	11227002	27	⼌(8E) 儿(C3)	→10
尣 ↔	11227006	27	二(E4) 儿(C3)	→11
旡 ↔	11227006	27	匚(8C) 儿(C3)	→12
內 ↔	1122719002	27	冂(8D) 入(CF)	→13
肉 ↔	1122719002	28	冂(8D) 入(CF) 入(CF)	→14

函 ↔ 1122719002	28	⼍(8D) 入(CF) 囗(AA)	→15
内 ↔ 1122719102	27	⼍(8D) 厶(D4)	→16
隹 ↔ 112280002	29	⼌(8E) 亻(C4) ⺈(E7) ‡(73) 一(1A)	→17
臧 ↔ 113125	12	∟(19) 厂(99) 丿(02) 弋(89) ノ(03) ⼌(8C) ⻀(E1)	→18
皮 ↔ 11321803	31	厂(A1) 丨(0E) 又(85)	→19

2　匣匡型

字↔字型樹編號×首尾儀字型×		字　母　暨　編　號	→轉成流水號
匣 ↔ 26111251	21	⼖(8C) 甲(82)	→20
匝 ↔ 26111251	21	⼖(8C) 巾(79)	→21
巨 ↔ 26111252	22	⼖(8C) ⼂(92)	→22
匠 ↔ 26111253	23	⼖(8C) 厂(98) 丁(E0)	→23
匹 ↔ 26111255	25	⼖(8C) 囗(A8)	→24
匡 ↔ 26111258	28	⼖(8C) 一(1A) 土(E9)	→25
匱 ↔ 26111258	28	⼖(8C)中(6F)一(1A)囗(A7)=(E5)⼂(F6)	→26
臣 ↔ 26111258	28	⼖(8C) ⻀(E1)	→27
匪 ↔ 26111259	29	⼖(8C) ≡(EA) 川(F8) ≡(EA)	→28
匯 ↔ 26111259	29	⼖(8C) 冫(D1) 亻(C4) ⺈(E7) ‡(73) 一(1A)	→29

3　原匡型

字↔字型樹編號×首尾儀字型×		字　母　暨　編　號	→轉成流水號
反 ↔ 331100	31	厂(99) 又(85)	→30
厄 ↔ 331100	32	厂(99) 巴(8F)	→31
厘 ↔ 331100	38	厂(99) 甲(82) 土(E9)	→32
仄 ↔ 331100	37	厂(99) 人(CE)	→33
辰 ↔ 331100	38	厂(99) 一(17) 工(E3) ⼂(D0)	→34
原 ↔ 331100	38	厂(99) 白(AA) 一(17) 小(ED)	→35
雁 ↔ 331100	39	厂(99) 亻(C4) ⺈(E7) ‡(73) 一(1A)	→36
歷 ↔ 331100	38	厂(99) ⼂(06)木(6C) ⼂(06)木(6C) 丨(0E) ⼂(FC) 一(1A)	→37
厚 ↔ 331100	38	厂(99) 日(A9) 子(7D)	→38
厝 ↔ 331100	38	厂(99) 廿(71) 一(1A) 日(A9)	→39

4 迂迴型

字↔	字型樹編號×	首尾儀字型×	字 母 暨 編 號	→轉成流水號
馬↔	414151	49	㇆(A2) ⌗(73) 灬(FB)	→40
羂↔	414151	41	㇆(A2) ⌗(73) 井(81) 井(81)	→41
羂↔	414151	41	㇆(A2) ⌗(73) 口(AB) ‖(F2) ‖(F2)	→42
羂↔	414151	41	㇆(A2) ⌗(73) 艹(71) 艹(71)	→43
馬↔	414151	49	㇆(A2) ⌗(73) 小(ED)	→44
昜↔	4145653	47	弓(A4) 丿(C9)	→45
弪↔	4145653	48	弓(A4) 土(E9)	→46
弪↔	4145653	45	弓(A4) 凵(AA) 乂(7F)	→47
弪↔	4145653	48	弓(A4) 凵(AA) 乂(7F) 土(E9)	→48
弓↔	4145655	45	弓(A4) ⼁(92) ⼁(8C) 口(A8)	→49

此處尾儀字型指最後一框內字的字型。

5 圓圍型

字↔	字型樹編號×首尾儀字型×		字 母 暨 編 號	→轉成流水號
田↔	5011501	51	囗(A7) 十(75)	→50
圀↔	5011501	51	囗(A7) 一(1A) ㇄(66) 凵(93)	→51
國↔	5011501	51	囗(A7) 弋(89) 丿(03) 口(A8) 一(1A)	→52
圃↔	5011501	51	囗(A7) 亠(DA) 冂(8D) ⌗(73)	→53
因↔	5011501	51	囗(A7) 大(7E)	→54
困↔	5011501	51	囗(A7) 木(6C)	→55
囝↔	5011501	51	囗(A7) 子(7D)	→56
囡↔	5011501	51	囗(A7) 女(83)	→57
圅↔	5011501	51	囗(A7) 𠂇(7A) ⼌(90) ＝(E5)	→58
囫↔	5011502	52	囗(A7) 勹(C2) 丿(C9)	→59

6 巴巳型

字↔	字型樹編號 ×首尾儀字型×		字 母 暨 編 號	→轉成流水號
尺↔	601218330050	60	尸(B1) 丶(0F)	→60
屎↔	601218330051	61	尸(B1) 丷(EF) 木(6C)	→61
屠↔	601218330051	61	尸(B1) 十(75) 𠂇(7A) 日(A9)	→62
尻↔	601218330051	61	尸(B1) 九(72)	→63
屺↔	601218330051	61	尸(B1) 巾(79)	→64

屆↔601218330052　62	尸(B1) ㄩ(93) 土(E9)		→65
屇↔601218330052　62	尸(B1) 屮(8A) ㄩ(93)		→66
局↔6012183300531　63	尸(B1) 勹(64) 口(A8)		→67
層↔6012183300532　68	尸(B1)𠆢(F6) 囗(AB) ｜(0E)丶(EF)日(A9) →68		
尼↔6012183300539　64	尸(B1) 匕(A0)		→69

　　按：尸字三筆畫，與屍九畫異字→打字後電腦輒自動改爲屍體之屍，甚誤人。下面杰字（此杰從木火）亦同此情形。

7　傾斜型

字	↔	字型樹編號	× 首尾儀字型	× 字母暨編號	→ 轉成流水號
人	↔	7110110	00	人（CE）	→ 70
牛	↔	71101212	01	牛（C6）	→ 71
失	↔	71101212	01	㇒（C5）大（7E） →	72
朱	↔	71101212	01	㇒（C3）木（6C） →	73
久	↔	711021	07	ク（C9）乀（0F） →	74
豸	↔	711041	77	豸（C7） →	75
彳	↔	712020	08	ノ（03）亻（C4） →	76
多	↔	71202222	22	ク（CB）丶（16） ク（CB）丶（16） →	77
彡	↔	71202223	17	彡（CD） →	78
厶	↔	71212	17	ノ（03）厶（D5） →	79

8　上下型

字↔字型樹編號	×首尾儀字型×	字　母　暨　編　號	→轉成流水號
柰↔8221209100	18	木(6C) ＝(E5) 小(ED)	→80
李↔8221209101	11	木(6C) 子(7D)	→81
㭋↔8221209103	13	木(6C) 𠆢(9C) 亅(14) 冫(D7) 〈(C8)	→82
杏↔8221209105	15	木(6C) 口(A8)	→83
杳↔8221209105	15	木(6C) 日(A9)	→84
查↔8221209105	18	木(6C) 日(A9) 一(1A)	→85
杰↔8221209109	19	木(6C) 灬(FB) （此杰從木火）	→86
麥↔8221209151	17	木(6C) 人(CE) 人(CE) ノ(03) 又(85)	→87
賚↔8221209151	18	木(6C) 人(CE)人(CE)囗(A7)＝(E5)𠆢(F6) →88
类↔8221209152	11	丶(EF) 木(6C) 大(7E) 丶(16)	→89

9 左右型

字↔字型樹編號 ×首尾儀字型× 字 母 暨 編 號 →轉成流水號

字	字型樹編號	首尾儀字型	字母暨編號	轉成流水號
河↔921431187131	73	氵(D1) 丁(DE) 口(A8)		→90
汾↔921431187132	73	氵(D1) 八(F6) 刁(64) ノ(03)		→91
洽↔921431187132	73	氵(D1) 人(9C) 一(1A) 口(A8)		→92
渝↔921431187132	73	氵(D1) 人(9C) 一(1A) 冂(8E) 卄(71)		→93
滄↔921431187132	73	氵(D1) 人(9C) 一(1A) 尸(B1) 一(1A) 口(A8)		→94
渝↔921431187132	73	氵(D1)入(CF)一(1A)冂(8D)=(E5)刂(FD)		→95
澄↔921431187132	73	氵(D1) 彐(9B)㇈(D3)一(1A)口(A8)㇐(EB)		→96
澂↔921431187132	73	氵(D1) 彐(9B) ㇈(D3)弓(A4)几(95)又(85)		→97
派↔92143118713311	73	氵(D1) 厂(98) ㇉(9A) ㇏(D0)		→98
㳠↔92143118713311	73	氵(D1) 厂(9A) 土(E9) 土(E9)		→99

樹系變式七：字型樹×首尾儀字型×字元 排序法

字	字型樹	首尾儀字型	字元	轉成流水號
奈↔8221209100	18	一丨ノ乀—一亅丶丶 1A 0B 03 0F 17 1A 14 06 16		→80（虛擬）
李↔8221209101	11	一丨ノ乀乛亅一 1A 0B 03 0F 07 14 1A		→81
柰↔8221209103	13	一丨ノ乀ノ乀亅丶丶丶 1A 0B 03 0F 03 0F 14 16 01 06 16		→82
杏↔8221209105	15	一丨ノ乀丨乛一 1A 0B 03 0F 0B 0D 17		→83
杳↔8221209105	15	一丨ノ乀丨乛一一 1A 0B 03 0F 0B 0D 17 17		→84
查↔8221209105	18	一丨ノ乀丨乛一一一 1A 0B 03 0F 0B 0D 17 17 1A		→85
杰↔8221209109	19	一丨ノ乀丶丶丶丶（此杰從木火） 1A 0B 03 0F 01 16 16 16		→86
麥↔8221209151	17	一丨ノ乀ノ乀ノ乀ノ乛乀 1A 0B 03 0F 03 0F 03 0F 03 09 0F		→87
賚↔8221209151	18	一丨ノ乀ノ乀ノ乀丨乛一一一丶丶 1A 0B 03 0F 03 0F 03 0F 0B 0D 17 17 1A 06 16		→88
类↔8221209152	11	一丨丶丶ノ乀一ノ乀丶 1A 0B 16 06 03 0F 1A 03 0F		→89

樹系變式八：字型樹×首尾儀字型×筆向 排序法

這是以字元末筆的方向為排序準據。先將字元按書寫順序從第一筆排列到最後一筆，再取其尾端方向編號，方向編號與電腦鍵盤一致。舉上下型字為例：

字↔ 字型樹編號　　×首尾儀字型× 字　元　（下為尾端方向編號）　　→轉成流水號

奈↔8221209100　　18　　一　｜　ノ　丶　－　一　乚　ノ　乀　　→80（虛擬）
　　　　　　　　　　　　　4　 2　 1　 3　 4　 4　 7　 1　 3

李↔8221209101　　11　　一　｜　ノ　丶　フ　乚　一　　　　　→81
　　　　　　　　　　　　　4　 2　 1　 3　 1　 7　 4

桼↔8221209103　　13　　一　｜　ノ　丶　ノ　丶　乚　乀　丶　ノ　乀　→82
　　　　　　　　　　　　　4　 2　 1　 3　 1　 3　 7　 3　 1　 1　 3

杏↔8221209105　　15　　一　｜　ノ　丶　｜　フ　一　　　　　→83
　　　　　　　　　　　　　4　 2　 1　 3　 2　 2　 4

杳↔8221209105　　15　　一　｜　ノ　丶　｜　フ　－　－　　　→84
　　　　　　　　　　　　　4　 2　 1　 3　 2　 4　 4

查↔8221209105　　18　　一　｜　ノ　丶　｜　フ　－　－　一　→85
　　　　　　　　　　　　　4　 2　 1　 3　 2　 2　 4　 4

杰↔8221209109　　19　　一　｜　ノ　丶　丿　丶　丶　丶　（此杰從木火）→86
　　　　　　　　　　　　　4　 2　 1　 3　 1　 3　 3　 3

麥↔8221209151　　17　　一　｜　ノ　丶　ノ　丶　ノ　丶　ノ　フ　乀　→87
　　　　　　　　　　　　　4　 2　 1　 3　 1　 3　 1　 3　 1　 1　 3

賚↔8221209151　　18 一　｜　ノ　丶　ノ　丶　ノ　丶　｜　フ　－　－　一　ノ　乀→88
　　　　　　　　　　　　4　 2　 1　 3　 1　 3　 1　 3　 2　 2　 4　 4　 4　 1　 3

类↔8221209152　　11　　一　｜　丶　丿　ノ　丶　一　ノ　丶　　→89
　　　　　　　　　　　　　4　 2　 3　 1　 1　 3　 3　 1　 3

樹系變式九：字型樹×首尾儀字型　排序法

字	↔	字型樹編號	×	首尾儀字型編號	→	轉成流水號
河	↔	921431187131		73	→	90
汾	↔	921431187132		73	→	91
洽	↔	921431187132		73	→	92
淪	↔	921431187132		73	→	93
滄	↔	921431187132		73	→	94
渝	↔	921431187132		73	→	95
澄	↔	921431187132		73	→	96
潑	↔	921431187132		73	→	97
派	↔	92143118713311		73	→	98
涯	↔	92143118713311		73	→	99

樹系變式十：字型樹×字母　排序法

字↔字型樹編號	× 字母暨編號	→轉成流水號
河↔921431187131	氵(D1) 丁(DE) 口(A0)	→90
汾↔921431187132	氵(D1) 八(F6) 勹(64) ㇒(03)	→91
洽↔921431187132	氵(D1) 人(9C) 一(1A) 口(A8)	→92
淪↔921431187132	氵(D1) 人(9C) 一(1A) 冂(8D) 卄(71)	→93
滄↔921431187132	氵(D1) 人(9C) 一(1A) 尸(B1) 一(1A) 口(A8)	→94
渝↔921431187132	氵(D1)入(CF)一(1A)冂(8D)＝(E5)刂(FD)	→95
澄↔921431187132	氵(D1)ㄡ(9B) ㇏(D3)一(1A)口(A8)㐅(EB)	→96
潑↔921431187132	氵(D1) ㄡ(9B) ㇏(D3)弓(A5)几(98)又(86)	→97
派↔92143118713311	氵(D1) 厂(98) ㇙(9A) ㇏(D0)	→98
涯↔92143118713311	氵(D1) 厂(99) 土(E9) 土(E9)	→99

樹系變式十一：字型樹×字元　排序法

這是以字元爲排序準據。先將單字剖解爲字元，再按書寫順序從第一筆排列到最後一筆。舉上下型字爲例：

字↔	字型樹編號	× 字元	(下爲單位元組編號)	→ 轉成流水號
柰↔	8221209100	一 丨 ㇒ ㇏ － 一 亅 ㇀ 丶	1A 0B 03 0F 17 1A 14 06 16	→80（虛擬）
李↔	8221209101	一 丨 ㇒ ㇏ フ 亅 一	1A 0B 03 0F 07 14 1A	→81
桼↔	8221209103	一 丨 ㇒ ㇏ ㇒ ㇏ 亅 丶 ㇀ ㇀ 丶	1A 0B 03 0F 03 0F 14 16 01 06 16	→82
杏↔	8221209105	一 丨 ㇒ ㇏ 丨 ㇕ －	1A 0B 03 0F 0B 0D 17	→83
杳↔	8221209105	一 丨 ㇒ ㇏ 丨 ㇕ － －	1A 0B 03 0F 0B 0D 17 17	→84
查↔	8221209105	一 丨 ㇒ ㇏ 丨 ㇕ － － 一	1A 0B 03 0F 0B 0D 17 17 1A	→85
杰↔	8221209109	一 丨 ㇒ ㇏ ㇀ 丶 丶 丶	1A 0B 03 0F 01 16 16 16	→86
麥↔	8221209151	一 丨 ㇒ ㇏ ㇒ ㇏ ㇒ ㇏ ㇒ フ ㇏	1A 0B 03 0F 03 0F 03 0F 03 09 0F	→87
賚↔	8221209151	一 丨 ㇒ ㇏ ㇒ ㇏ ㇒ ㇏ 丨 ㇕ － － 一 ㇀ 丶	1A 0B 03 0F 03 0F 03 0F 17 0D 17 17 1A 06 16	→88
类↔	8221209152	一 丨 丶 ㇀ ㇒ ㇏ 一 ㇒ ㇏	1A 0B 16 06 03 0F 1A 03 0F	→89

樹系變式十二：字型樹×筆向　排序法

字↔ 字型樹編號	× 字　元　（下爲尾端方向編號）	→轉成流水號
柰↔8221209100	一 丨 ノ 丶 一 一 ↙ ╯ ╲ 4　2　1　3　4　4　7　1　3	→80（虛擬）
李↔8221209101	一 丨 ノ 丶 フ ↙ 一 4　2　1　3　1　7　4	→81
柔↔8221209103	一 丨 ノ 丶 乛 丶 ↙ ╲ ╯ ╯ ╲ 4　2　1　3　1　3　7　3　1　1　3	→82
杏↔8221209105	一 丨 ノ 丶 丨 乛 一 4　2　1　3　2　2　4	→83
杳↔8221209105	一 丨 ノ 丶 丨 乛 一 一 4　2　1　3　2　4　4	→84
查↔8221209105	一 丨 ノ 丶 丨 乛 一 一 一 4　2　1　3　2　2　4　4　4	→85
杰↔8221209109	一 丨 ノ 丶 ╯ ╲ ╲ ╲ （此杰從木火） 4　2　1　3　1　3　3　3	→86
麥↔8221209151	一 丨 ノ 丶 ノ 丶 ノ 丶 ノ フ 丶 4　2　1　3　1　3　1　3　1　1　3	→87
賓↔8221209151	一 丨 ノ 丶 ノ 丶 ノ 丶 丨 乛 一 一 一 ╯ ╲ 4　2　1　3　1　3　1　3　2　2　4　4　4　1　3	→88
类↔8221209152	一 丨 丶 ╯ ノ 丶 一 ノ 丶 4　2　3　1　1　3　3　1　3	→89

樹系變式十三：十字型×首尾儀字型×字母鏈×字元　排序法

　　將“字型樹”簡略成“十字型”，只有一碼，限於篇幅，舉“鬱”字爲例說明此法：

鬱 ↔ 8 × 98 × 〈木丨丨（乚几十几凵）丨丨木〉＝宀＝｛［〈凵Ａ（乂Ａ；Ａ丷）〉＝匕］丨丨彡｝×　一丨ノ乀ノ一一丨乚丨一丨ノ乀丿乛乚丨ノ乀丶丶丶乚ノノノ

　　其中，8爲“鬱”全字之型。

樹系變式十四：十字型×首尾儀字型×字母鏈×筆向　排序法

　　將“字型樹”簡略成“十字型”，只有一碼，仍舉“鬱”字爲例說明此法：

鬱 ↔ 8 × 98 × 〈木丨丨（乚几十几凵）丨丨木〉＝宀＝｛［〈凵Ａ（乂Ａ；Ａ丷）〉＝匕］丨丨彡｝×　→↓╱╲╱→→↓→↓→↓╱╲→→↓╱╲。。↑╱╱╱╱

樹系變式十五：十字型×首尾儀字型×字母鏈　排序法

將"字型樹"簡略成"十字型"，只有一碼，仍舉"鬱"字爲例說明此法：

鬱 ↔ 8 × 98 × 〈木｜｜（ㄥㄖ十ㄖㄩ）｜｜木〉＝宀＝｛[〈ㄩＡ（ㄨＡ⚡Aⱱ）〉＝匕]｜｜彡｝

樹系變式十六：十字型×首尾儀字型×字母　排序法

將"字母鏈"簡略成"字母"，即省略組合符號和組合層次，仍舉"鬱"字爲例說明此法：鬱 ↔ 8 × 98 × 木ㄥ十ㄩ木宀ㄩㄨ⚡ⱱ匕彡

樹系變式十七：十字型　×字母鏈　×字元　排序法

將"首尾儀字型"省略即得，仍舉"鬱"字爲例說明此法：

鬱 ↔ 8 × 〈木｜｜（ㄥㄖ十ㄖㄩ）｜｜木〉＝宀＝｛[〈ㄩＡ（ㄨＡ⚡Aⱱ）〉＝匕]｜｜彡｝× 一｜ㄥノ一一｜ㄥ｜一｜ㄥㄟ宀ㄥ｜ㄥﾍ丶丶丶丶ㄥノノノノ

樹系變式十八：十字型　×字母鏈　×筆向　排序法

將"首尾儀字型"省略即得，仍舉"鬱"字爲例說明此法：

鬱↔8×〈木｜｜（ㄥㄖ十ㄖㄩ）｜｜木〉＝宀＝｛[〈ㄩＡ（ㄨＡ⚡Aⱱ）〉＝匕]｜｜彡｝×→↓ㄥ∨↗→→↓→↓→↓ㄥ∨↗→↓ㄥ∨。。↑↙↙↙↙

樹系變式十九：十字型　×字母鏈　排序法

將"字元"或"筆向"省略即得，仍舉"鬱"字爲例說明此法：

鬱 ↔ 8 × 〈木｜｜（ㄥㄖ十ㄖㄩ）｜｜木〉＝宀＝｛[〈ㄩＡ（ㄨＡ⚡Aⱱ）〉＝匕]｜｜彡｝

樹系變式二十：十字型　×字母鏈　×字元　排序法

將"字母鏈"省略其中的"組合符號"和"組合層次"即得，仍舉"鬱"字爲例說明此法：

鬱 ↔ 8 × 木ㄥ十ㄩ木宀ㄩㄨ⚡ⱱ匕彡 × 一｜ㄥノ一一｜ㄥ｜一｜ㄥㄟ宀ㄥ｜ㄥﾍ丶丶丶丶ㄥノノノノ

樹系變式二十一：十字型　×字母鏈　×筆向　排序法

將第"字母鏈"省略其中的"組合符號"和"組合層次"即得，仍舉"鬱"字爲例說明此法：

鬱 ↔ 8　 ×　木╱十凵木╭凵乂丶ⅷ匕彡　×　→↓╱╲╱→→↓→↓→
↓╱╲╱→↓╱╲。。↑╱╱╲

樹系變式二十二：十字型 ×字母　排序法

鬱 ↔ T（8）　×　木╱十凵木╭凵乂丶ⅷ匕彡

因此式在輸入法中常使用，特進一步舉圍圍型十個字的排序如下：

字↔字型暨編號 ×	字　母　暨　編　號	→轉成流水號
田↔ **O(5)**	□(A7) 十(75)	→50（虛擬）
囙↔ **O(5)**	□(A7) 一(1A) ∟(66) 凵(96)	→51
國↔ **O(5)**	□(A7) 弋(89) ╱ (03) 口(A8) 一(1A)	→52
圁↔ **O(5)**	□(A7) ⌐(DA) 冂(8D) ‡(73)	→53
因↔ **O(5)**	□(A7) 大(7E)	→54
困↔ **O(5)**	□(A7) 木(6C)	→55
囝↔ **O(5)**	□(A7) 子(7D)	→56
囡↔ **O(5)**	□(A7) 女(83)	→57
囿↔ **O(5)**	□(A7) ナ(7A) ∏(90) ＝(E5)	→58
囫↔ **O(5)**	□(A7) 勹(C2) 刎(C9)	→59

第三節　人工排序

一、十字型排序

本節以人為編輯者及使用者。當資料量少或不需要做太複雜分類的時候，以及由人們從事排序、檢索的場合，如姓氏、國名、機關、單位、社團、公司、學校、書目、論文內重要名詞解釋等之排序，以下的模式值得採用：

樹系變式二十三：十字型×首尾儀字型×字元　排序法

　一）列式換為代號

字↔十字型×首尾儀字型×	字　元　（下為單位元組編號）	→轉成流水號
奈↔ **T**　　　**XT**	一 丨 ╱ ╲ 一 一 ↓ ╱ ╲	→80(虛擬)
8　　　**18**	1A 0B 03 0F 17 1A 14 06 16	
李↔ **T**　　　**XX**	一 丨 ╱ ╲ ㄱ ↓ 一	→81
8　　　**11**	1A 0B 03 0F 07 14 1A	

桼↔	T	XF	一 丨 丿 乀 丿 乀 ↓ 乀 丿 乀 乀	→82
	8	13	1A 0B 03 0F 03 0F 14 16 01 06 16	
杏↔	T	XO	一 丨 丿 乀 丨 𠃌 一	→83
	8	15	1A 0B 03 0F 0B 0D 17	
杳↔	T	XO	一 丨 丿 乀 丨 𠃌 一 一	→84
	8	15	1A 0B 03 0F 0B 0D 17 17	
查↔	T	XT	一 丨 丿 乀 丨 𠃌 一 一 一	→85
	8	18	1A 0B 03 0F 0B 0D 17 17 1A	
杰↔	T	XH	一 丨 丿 乀 乀 乀 乀 乀 （此杰從木火）	→86
	8	19	1A 0B 03 0F 01 16 16 16	
麥↔	T	XY	一 丨 丿 乀 丿 乀 丿 乀 丿 乛 乀	→87
	8	17	1A 0B 03 0F 03 0F 03 0F 03 09 0F	
賚↔	T	XT	一 丨 丿 乀 丿 乀 丿 乀 丨 𠃌 一 一 一 丿 乀	→88
	8	18	1A 0B 03 0F 03 0F 03 0F 17 1A 17 17 1A 06 16	
类↔	T	XX	一 丨 乀 丿 丿 乀 一 丿 乀	→89
	8	11	1A 0B 16 06 03 0F 1A 03 0F	

二）應用

（一）適用於字典、詞典、類書、電話簿及一般著作單字、複詞、姓名、機關、公司、行號之排序暨索引。

（二）適用於九宮鍵輸入法。

樹系變式二十四：十字型×首尾儀字型×筆向　排序法

又分全筆向和首尾筆向兩法，前者把每筆末段筆向全部列出；後者只把首尾兩筆之筆末段筆向列出。

一）全筆向法

（一）表式

字↔十字型×首尾儀字型×　筆　向　（下為筆向編號）　　　　→轉成流水號

奈↔	T	XT	一 丨 丿 乀 一 一 ↓ 丿 乀	→80（虛擬）
	8	18	6 2 1 3 6 6 7 1 3	
李↔	T	XX	一 丨 丿 乀 乛 ↓ 一	→81
	8	11	6 2 1 3 1 7 6	
桼↔	T	XF	一 丨 丿 乀 丿 乀 ↓ 乀 丿 乀 乀	→82
	8	13	6 2 1 3 1 3 7 3 1 1 3	
杏↔	T	XO	一 丨 丿 乀 丨 𠃌 一	→83
	8	15	6 2 1 3 2 2 6	

杳↔	T	XO	一 丨 丿 丶 丨 𠃍 − −	→84
	8	15	6 2 1 3 2 2 6 6	
查↔	T	XT	一 丨 丿 丶 丨 𠃍 − − 一	→85
	8	18	6 2 1 3 2 2 6 6 6	
杰↔	T	XH	一 丨 丿 丶 丶 丶 丶 丶 （此杰從木火）	→86
	8	19	6 2 1 3 1 3 3 3	
麥↔	T	XY	一 丨 丿 丶 丿 丶 丿 丶 丿 𠃍 丶	→87
	8	17	6 2 1 3 1 3 1 3 1 1 3	
賚↔	T	XT	一 丨 丿 丶 丿 丶 丿 丶 丨 𠃍 − − 一 丿 丶	→88
	8	18	6 2 1 3 1 3 1 3 2 2 6 6 6 1 3	
类↔	T	XX	一 丨 丶 丿 丿 丶 一 丿 丶 丶	→89
	8	11	6 2 3 1 1 3 6 1 3	

（二）應用

　1. 適用於字典、詞典、類書、電話簿及一般著作單字、複詞、姓名、機關、公司、行號之排序暨索引。

　2. 適用於九宮鍵輸入法。

二）首尾筆向法

（一）列式換爲代號

姓	↔	全字型	首儀字型	尾儀字型	首筆尾向	尾筆尾向
趙	↔	F	T	T	一 （→）	− （→）
	（代號）	3	8	8	6	6
錢	↔	H	F	T	丿 （╱）	丶 （。）
		9	3	8	1	5
孫	↔	H	X	T	亅 （╲）	丶 （。）
		9	1	8	7	5
李	↔	T	X	X	一 （→）	亅 （╲）
		8	1	1	6	7
連	↔	F	T	X	丶 （。）	丨 （↓）
		3	8	1	5	2
蕭	↔	T	H	X	- （→）	丨 （↓）
		8	9	1	6	2
王	↔	T	I	T	一 （→）	一 （→）
		8	0	8	6	6
翁	↔	T	F	H	丿 （╱）	丿 （╱）
		8	3	9	1	1

許	↔	H	T	T	一 (→)	一 (→)
		9	8	8	6	6
蘇	↔	T	H	H	一 (→)	㇏ (㇏)
		8	9	8	6	3

將代碼轉成數字，由小而大排序為：連趙王李翁蕭蘇孫錢許。

如有重號，則加碼——將次字或次筆加入；如仍不能區分，則加第三字或第三筆、四字或第三筆，直到能定先後為止。

（二）應用

 1. 適用於字典、詞典、類書、電話簿及一般著作單字、複詞、姓名、機關、公司、行號之排序暨索引。

 2. 適用於九宮鍵輸入法，參見第四章。

樹系變式二十五：十字型×首尾儀字型　排序法

一）列式換為代號

單字	↔	全字型	首儀字型	尾儀字型
趙	↔	F	T	T
	（代號）	3	8	8
錢	↔	H	F	T
		9	3	8
孫	↔	H	X	T
		9	1	8
李	↔	T	X	X
		8	1	1
連	↔	F	T	X
		3	8	1
蕭	↔	T	H	X
		8	9	1
王	↔	T	I	T
		8	0	8
翁	↔	T	F	H
		8	3	9
許	↔	H	T	T
		9	8	8
蘇	↔	T	H	H
		8	9	8

將代碼轉成數字，由小而大排序為：連趙王李翁蕭蘇孫錢許。

如有重號，則加碼——將次字型加入，如仍不能區分則加第三字型；若再有重號，則加"首字首儀字型"、"首字尾儀字型"等排序法直到能定先後為止。

二）應用

（一）本式最為簡易，適用於字典、詞典、類書、電話簿及一般著作單字、複詞、姓名、機關、公司、行號之排序暨索引。

（二）適用於九宮鍵輸入法，參見第四章。

樹系變式二十六：十字型×字元　排序法

一）列式換為代號

字↔十字型編號 × 　字　元　（下為單位元組編號）	→轉成流水號
奈↔ T 　一　丨　ノ　丶　一　一　ㄅ　丿　ㄟ	→80（虛擬）
8 　1A　0B　03　0F　17　1A　14　06　16	
李↔ T 　一　ㄑ　ノ　丶　フ　ㄅ　一	→81
8 　1A　0B　03　0F　07　14　1A	
黍↔ T 　一　丨　ノ　丶　ノ　丶　ㄅ　ㄟ　丿　ㄟ	→82
8 　1A　0B　03　0F　03　0F　14　16　01　06　16	
杏↔ T 　一　丨　ノ　丶　丨　フ　一	→83
8 　1A　0B　03　0F　0B　0D　17	
杳↔ T 　一　丨　ノ　丶　丨　フ　一　一	→84
8 　1A　0B　03　0F　0B　0D　17　17	
查↔ T 　一　丨　ノ　丶　丨　フ　一　一　一	→85
8 　1A　0B　03　0F　0B　0D　17　17　1A	
杰↔ T 　一　丨　ノ　丶　丿　ㄟ　丶　丶（此杰從木火）	→86
8 　1A　0B　03　0F　01　16　16　16	
麥↔ T 　一　丨　ノ　丿　ノ　丶　ノ　丶　ノ　フ　丶	→87
8 　1A　0B　03　0F　03　0F　03　0F　03　09　0F	
賚↔ T 一　丨　ノ　丶　ノ　丶　ノ　丶　丨　フ　一　一　一　ㄅ　ㄟ	→88
8 1A　0B　03　0F　03　0F　03　0F　0B　0D　17　17　1A　06　16	
类↔ T 　一　丨　丶　丿　ノ　丶　一　ノ　丶	→89
8 　1A　0B　16　06　03　0F　1A　03　0F	

二）應用

（一）本式適用於字典、詞典、類書、電話簿及一般著作單字、複詞、姓名、機關、公司、行號之排序暨索引。

（二）適用於九宮鍵輸入法，參見第四章。

樹系變式二十七：十字型×筆向　排序法

筆向又分全筆向和首尾筆向，前者把每筆末段筆向全部列出；後者只把首尾兩筆之筆末段筆向列出。

一）全筆向法

（一）列式換為代號

字	↔	十字型編號	×	字元（下為筆向編號）	→	轉成流水號
奈	↔	T 8		一 丨 丿 乀 - 一 乚 乀 ㇂ 6 2 1 3 6 6 7 1 3	→	80（虛擬）
李	↔	T 8		一 丨 丿 乀 ㇇ 乚 一 6 2 1 3 1 7 6	→	81
柰	↔	T 8		一 丨 丿 乀 丿 乀 乚 ㇂ 乀 乀 ㇂ 6 2 1 3 1 3 7 3 1 1 3	→	82
杏	↔	T 8		一 丨 丿 乀 丨 𠃌 - 6 2 1 3 2 2 6	→	83
杳	↔	T 8		一 丨 丿 乀 丨 𠃌 - - 6 2 1 3 2 2 6 6	→	84
查	↔	T 8		一 丨 丿 乀 丨 𠃌 - - 一 6 2 1 3 2 2 6 6 6	→	85
杰	↔	T 8		一 丨 丿 乀 ㇂ ㇂ 乀 乀 6 2 1 3 1 3 3 3	→	86
				（此杰從木火）		
麥	↔	T 8		一 丨 丿 乀 丿 乀 丿 乀 丿 ㇇ 乀 6 2 1 3 1 3 1 3 1 1 3	→	87
賚	↔	T 8		一 丨 丿 乀 丿 乀 丿 乀 丨 𠃌 - - 一 ㇂ 乀 6 2 13 1 3 1 3 22 6 6 6 1 3	→	88
类	↔	T 8		一 丨 ㇂ 乀 丿 乀 一 丿 乀 6 2 31 1 3 3 1 3 3	→	89

（二）應用：適用於字典、詞典、類書、電話簿及一般著作單字、複詞之排序暨索引。在實際作業上由電腦處理較省事。

二）首尾筆向法

（一）列式換爲代號

姓	↔	全字型	首筆尾向	尾筆尾向
趙	↔	F	一（→）	一（→）
	（代號）	3	6	6
錢	↔	H	╱（╱）	╲（。）
		9	1	5
孫	↔	H	亅（╲）	╲（。）
		9	7	5
李	↔	T	一（→）	亅（╲）
		8	6	7
連	↔	F	╲（。）	丨（↓）
		3	5	2
蕭	↔	T	一（→）	丨（↓）
		8	6	2
王	↔	T	一（→）	一（→）
		8	6	6
翁	↔	T	╱（╱）	╱（╱）
		8	1	1
許	↔	H	一（→）	一（→）
		9	6	6
蘇	↔	T	一（→）	╲（╲）
		8	6	3

將代碼轉成數字，由小而大排序爲：連 趙 王 李 翁 蕭 蘇 孫 錢 許。

如有重號，則加碼——將次字或次筆加入；如仍不能區分，則加第三字或第三筆、四字或第三筆，直到能定先後爲止。

（二）應用

將代碼轉成數字，由小而大排序爲：連趙翁蕭蘇王李錢許孫。

如有重號，則加碼——將次筆向加入，如仍不能區分則加第三筆、四筆直到能定先後爲止。

　　1. 適用於如姓氏、國名、機關、單位、社團、公司、學校、書目、書內名詞解釋等排序，其他如提案、議程之排列亦適用。

2. 適用於九宮鍵輸入法，參見第四章。

樹系變式二十八：十字型　排序法

上列各方法的最簡化，其法即以 IXEFSOPYTH 十字型分類和排序。以下依字數舉例說明。

一）單字式

（一）姓　↔　字型暨代號

趙　↔　F（3）

錢　↔　H（9）

孫　↔　H（9）

李　↔　T（8）

連　↔　F（3）

蕭　↔　T（8）

王　↔　T（8）

翁　↔　T（8）

許　↔　H（9）

蘇　↔　T（8）

（二）以上 F 型有趙、連兩姓，T 型有李、蕭、王、翁、蘇，H 型有錢、孫、許，需再以第二三字排序。如第二、三字型亦同，則參照第廿八式 加上"首儀字型""尾儀字型"排序法直到分出先後。這是對一字詞最簡易的分類和排序法，適用於爭取時效或即興演出場所，對人名或節目、議案等做立即排序。

二）兩字式

（一）姓名　↔　字型暨代號

王勃　↔　TH（89）

楊炯　↔　HH（99）

王維　↔　TH（89）

岑參　↔　TT（88）

高適　↔　TF（83）

李白　↔　TO（85）

杜甫　↔　HX（91）

李賀　↔　TT（88）

杜牧　↔　HH（99）

孟郊　↔　TH（89）

以上可依號大致排序爲：高適、李白、李賀、岑參、王勃、王維、孟郊、杜甫、杜牧、楊炯。其中，李賀、岑參同號，但前一號李白姓李，故將李賀排在岑參前；杜牧、楊炯情況亦同；王、孟同爲上下型字，但王爲切合式排在前，孟爲分離式排在後。如需更精密區分，則參照第廿八式加上"首儀字型""尾儀字型"排序法直到分出先後。

（二）應用

　　1. 這是對二字詞最簡易的分類和排序法。

　　2. 適用於九宮鍵複詞輸入法，參見第四章。

三）三字式

（一）姓名　　　　　　字型暨代號（已按號碼大小排序）

　　　趙少康　↔　FTF（383）

　　　吳伯雄　↔　SHH（499）

　　　王金平　↔　TFT（838）

　　　李登輝　↔　TFH（839）

　　　蘇南成　↔　TTX（881）

　　　蕭萬長　↔　TTT（888）

　　　翁岳生　↔　TTT（888）

　　　宋楚瑜　↔　TTH（889）

　　　陳水扁　↔　HHP（996）

　　　許水德　↔　HHH（999）

其中，蕭萬長、翁岳生同號，但前一號蘇南成姓蘇，與蕭同從艸，所以將蕭排在翁前。

（二）應用

　　1. 這是對三字詞如姓名最簡易的分類和排序法。

　　2. 適用於九宮鍵複詞輸入法，參見第四章。

四）四字式

（一）國名　　　↔　字型暨代號（已按號碼大小排序）

　　　厄瓜多爾 ↔ FEYT（3278）

　　　委內瑞拉 ↔ TXHH（8199）

　　　莫三比克 ↔ TTHT（8898）

　　　南斯拉夫 ↔ THHX（8991）

　　　哥倫比亞 ↔ THHP（8996）

　　　澳大利亞 ↔ HXHT（9196）

　　　波多黎各 ↔ HYTT（9788）

　　　波西米亞 ↔ HTXT（9818）

　　　坦尚尼亞 ↔ HTPT（9868）

　　　模里西斯 ↔ HTTH（9889）

（二）應用

　1. 這是對四字詞如成語最簡易的分類和排序法。

　2. 適用於九宮鍵複詞輸入法，參見第四章。

五）不定字數式

（一）代序　　國名　　　　　　　字型暨代號

　　　a　　　日本　　　↔　OX（51）

　　　b　　　瑞典　　　↔　HT（98）

　　　c　　　烏干達　　↔　PTF（683）

　　　d　　　辛巴威　　↔　TPX（861）

　　　e　　　哥倫比亞　↔　THHP（8996）

　　　f　　　澳大利亞　↔　HXHT（9196）

　　　g　　　馬達加斯加 ↔　SFHHH（43999）

　　　h　　　索羅門群島 ↔　TTHHP（88996）

　　　i　　　哥斯大黎加 ↔　THXTH（89189）

　　　j　　　茅利塔尼亞 ↔　THHPT（89968）

　　　k　　　阿爾巴尼亞 ↔　HTPPT（98668）

　　　l　　　阿爾及利亞 ↔　HTFHT（98398）

m	列支敦斯登	↔	HTTHF（98893）
n	史瓦濟蘭王國	↔	XTHTTO（189885）
o	沙烏地阿拉伯	↔	HPHHHH（969999）
p	聖克里斯多福	↔	TTTHYH（888979）
q	巴布亞紐幾內亞	↔	PXTHXXT（6189118）
r	象牙海岸共和國	↔	TXHTTHO（8198895）
s	安地卡及巴布達	↔	THTFPXF（8983613）
t	聖多美及普林西比	↔	TYTFTHTH（87838989）
u	阿拉伯聯合大公國	↔	HHHHFXFO（99993135）

　　上述諸國名按號碼大小排序為：ngaqcrdtphisejfoblkmu.。其作業既簡單又科學，免除數筆畫、歸部首之煩瑣和繁雜。.

　　（二）應用

　　　1. 這是對複合詞簡易的分類和排序法。

　　　2. 適用於九宮鍵複詞輸入法，參見第四章。

二、47 字式排序

　　字式是字型的細分，共 47 式，用以排序，能顯示字的細部結構；尤其搭配47 鍵盤的輸入法，更能實踐人工排序。字式屬於第二種枝系排序，如第一段所列，共有十一式，其方法和內容與第一種樹系排序相似。為節約篇幅，只舉例作「不定字數式」排序，其他各式可以比照處理。

　　一）代序　　國名　　　　　　　　字式暨代號

a	日本	↔	▣ 十（1602）
b	瑞典	↔	▍▌ 二（4334）
c	烏干達	↔	吕 丁 ㇄（243012）
d	辛巴威	↔	÷ 巳 十（332302）
e	哥倫比亞	↔	吕 ▍▌ ◫ ㅍ（35434422）
f	澳大利亞	↔	▍▌ 十 ▍▌ ㅍ（43024322）
g	馬達加斯加	↔	㇀ ㇄ ▍▌ ▍▌（1412434343）
h	索羅門群島	↔	二 二][▍▌ 吕（3434454324）
i	哥斯大黎加	↔	吕 ▍▌ 十 二 ▍▌（3543023443）

j　茅利塔尼亞　　↔　☰ ▐▌ ▐▌ 尸 Ⅱ（3843431822）

k　阿爾巴尼亞　　↔　▐▌ 丁 巳 尸 Ⅱ（4330231822）

l　阿爾及利亞　　↔　▐▌ 丁 ⌐ ▐▌ Ⅱ（4330104322）

m　列支敦斯登　　↔　▐▌ ☲ ▐▌ ▐▌ ⌂（4334434309）

n　史瓦濟蘭王國　↔　十 丁 ▐▌ ☰ 工 ⊡

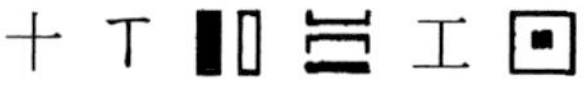

（023043383216）

o　沙烏地阿拉伯　↔　▐▌ 弖 ▐▌ ▐▌ ▐▌ ▐▌

（432443434343）

p　聖克里斯多福　↔　☲ ☰ 丄 ▐▌ ∥ ▐▌

（343431432743）

q　巴布亞紐幾內亞　↔　巳 十 Ⅱ ▐▌ 十 十 Ⅱ

（23022243020222）

r　象牙海岸共和國　↔　☲ 十 ▐▌ ☲ ☲ ▐▌ ⊡

（34024334344316）

s　安地卡及巴布達　↔　☲ ▐▌ ÷ ⌐ 巳 十 ⌐

（34433310230212）

t　聖多美及普林西比　↔　☲ ∥ ☲ ⌐ ☲ ▐▌ 丁 ▐▌

（3427341034443044）

u　阿拉伯聯合大公國　↔　▐▌ ▐▌ ▐▌ ▐▌ ⌂ 十 ⌂ ⊡

（4343434309020916）

二）爲便於對照，仍將 47 字式表列於下：

十字型			47　字　式				
號	符	名	序	鍵	式	形 狀 說 明	例　　　　字
0	I	一元型	01	⓪	一	一單筆畫	一乚丂乀乚ㄋ乁乚乙〇
1	X	交叉型	02	①	十	十字交框	十七九又※又朮左右丹身
2	E	匣匡型	03	②	⌐	ㄅ三邊涵框	夕勿匇句
			04	③	⊡	ㄇ三邊涵框	月周同用
			05	④	⌐	コ三邊涵框	� ユ
			06	⑤	⌐	匚三邊涵框	匚叵匠臣匝匣，匚巨 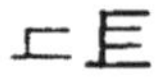

			07	6	⊡	凵三邊涵框	凵山幽鬮
3	F	原厓型	08	7	ㄱ	ㄱ二邊涵框	刀刃司可
			09	8	ㅅ	ㅅ二邊涵框	亼个介合，公分
			10	9	厂	厂二邊涵框	厂仄反后，庚疾虎，皮及
			11	⌐	ㄩ	ㄩ二邊涵框	丬（北），ㄅ（兆），鋓（躐），
			12	⊟	ㄴ	ㄴ二邊涵框	乚ㄴ（兆），釁（繼）
4	S	迂迴型	13	☰	ㄅ	ㄅ多厓迴涵框	与ㄅㄥㄅㄅㄥ
			14	Ⅺ	ㄇ	ㄇ單匚厓迴涵框	馬風颱，ㄎㄕㄅㄆㄢ，ㄐㄐㄏㄐ
			15	◻	ㄹ	己多匚迴涵框	己，ㄹㄹㄇㄩㄌ，弓ㄋㄋㄌㄅ壱ㄹㄒ
5	O	圜圍型	16	】	⊡	口圍涵框	口日田目回國，凹凸
			17	⒝	白	白圍涵框	白自
6	P	巴巳型	18	⊡	ㄕ	ㄕㄕ圍框	尸尸（眉）尸（倉）尸（民）戶（殷）ㄕ巨尸（門）ㄕㄕㄕ
			19	⑨	◇	◇兩邊互圍框	◇（互），ㄎ（卯），ㄐ（卯），厈（派），凡（齊），
			20	⊡	凵	凵多邊互圍框	凵（丙），凵（辰），瓦（瓦），
			21	⊘	凵	凵單切圍框	且(縣)皿且(眞)⊠ㄅ且(縣)ㄅㄓ非，血，耳
			22	Ⓐ	Ⅱ	Ⅱ雙切圍框	Ⅱ（並嚴）亞，冃（齊），ㄓ（豸）
			23	Ⓑ	巳	巳圍框	巳巴，卩
			24	Ⓒ	弓	弓圍框	ㄅㄅ（鳥島梟裊）弓（以）ㄅㄅㄅ
			25	Ⓓ	昌	昌圍框	昌（官耜），皀臼
			26	Ⓔ	黽	黽圍框	黽龜
7	Y	傾斜型	27	Ⓕ	傾撇被切分	ㄅ 傾撇右被一切	ㄅ（年午矢乍無缶），ㄅㄅ
						牛 傾撇右被十切	牛失
						Ｙ 傾撇左上被切	Ｙㄅ（班辨）夕（亥）ＹＹ
						人 傾撇右下被切	人（乏是捷亥以），ㄅ（矛）
						亻 傾撇下被切	亻千手ㄅ（豕）工（衣）毛，冖
						⊥ 傾撇上被切	⊥（以）
						夂 傾撇左右被切	夂

						∥	傾撇分離	⺅（勿）彡（須）人（沈）多 幺，%
				28	Ｇ	斜 撚 被 切 分	ム	斜捺左被橫切	ム → （風禺惠專）
							入	斜捺左被撇切	入 ⺊ （即）
							マ	斜捺右被撇切	マ（甬）丶（⺁衣）⺄（發） ⺄（祭）
							ン	斜傾分離	⺀ ⻂ン
							⺀	斜分離	⺀ ⺀ ⺀
				29	Ｈ	互 切	幺	∠左被切又切斜於 左	幺
							乡	∠左被切又切傾於 左	乡（鄉）
8	T	上下型		30	Ｉ	丁	下切合	T T 丁 币 于 下 干 平 兀 π 🔘 Ⅱ
				31	Ｊ	⊥	上切合	亠 业 上 土 士 里 坙 韭 生 ⊥ 丷
				32	Ｋ	工	工切合	工 王 玉 五 互 亙 巫 丕 正 疍
				33	Ｌ	╪	卡切合	÷ 卞 卡 辛，士 主 堂，═
				34	Ｍ	二	異離：上下相異離	呆 杏 杳 果
				35	Ｎ	吕	同離：上下相同離	吕同離：二圭昌畕爻戔炎哥 棗晶三。品同離：垚森焱淼 磊。品同離：叕
				36	Ｏ	⊥	背離：上下八向反 轉離	八離：）（ 、。口（向離）：羉。 ⊥（反離）：崗。⼕（轉離）： 夅
				37	Ｐ	三	夾 離	同夾離	吕：器囂鼺畾
							背夾離	⊟：崇嵩。⺶（益）兴。⊟
				38	Ｑ	三	傍 離	同傍離	三：辵，吕：策禁草莊嚴單 災，品：參壘桑，品：醫
							背傍離	合：谷台。⊥：背瞉。 ⊥。 ⊟
							夾傍離	刪：樊攀懋鬱。凸：肖。冂： 與興輿鸞學覺。⊥：燕。冂 叟兜。⊟ ⊟
9	H	左右型		39	Ｒ	⼘	右切合	卜 ⼘ ⼘ 片 非（右）
				40	Ｓ	┤	左切合	┤ ⼧ ⼙ 爿 非（左）

41	T	H	H切合	H
42	U	≢	≢切合	≢（懷）
43	V	▮▯	異離：相異離	法相外形
44	W	▯▯	同離：疊同離	林棘羽弱；
45	X	)[	背離：左右八向反轉離	行卯卵兆北儿；八；門鬥] [　[ ]
46	Y	)[(	夾離 同夾離	粥粼讎讖
			背夾離	小：小火。米：水氺承驫。冂：鬥（學）批（燕）。)[(：街衛卿鄉；[I]：印（叟），凵（兜）。
47	Z	][(	傍離 同傍離	▯▯：彬，夠；淋琳翻偏
			背傍離	八：扒趴趴。)[批邳孵。[]：
			夾傍離	▯▯▮　米▮　▯▯▮　▯▯▮

　　三）上述諸國名按鍵盤代號之阿拉伯數，「由左而右」每次取兩位數比大小，完成後「由小而大」排序為：ｎｇａｑｃｄｒｔｐｈｓｉｅｊｆｏｌｋｂｍｕ。

　　與上述樹系變式二十八：五）不定字數式排序，比較結果「大同小異」。總體而言，其作業亦簡單，免除數筆畫、歸部首之煩瑣和繁雜。

第四章　字型排檢

第一節　概　說

　　所謂排檢法，就是在某一文字系統下，將許多單字或複詞，按照該文字系統內建的組成單元或分類準據，加以編「排」，成為有層次、有理據、有次序、有通路、有位置，使人們能循固定路徑按按部就班「檢」索到目標字、詞的方「法」。如英文字母從 A 排序到 Z，字典也照此順序排檢。又稱為檢索或引得系統（Index system），本文中，排檢、檢索、引得三詞同一意義。

　　排檢法有三個支柱：一是根據某一準據把字排成有系統的一長列，二是建立縱橫層級和目錄，三是有一貫的組字單元。第一項屬排序系統已述於上一章，第三項則述於第肆篇第四章，本章則以第二項為重心。

　　由於電腦和資料庫系統（DBS, Database Systems）、資料庫管理系統（DBMS, Database Management Systems）的進步，關於電子資料的檢索已經不再是煩瑣或困難之事，但基本檢索法的精益求精仍值得努力；其次，非電子資料如漢字字典、電話薄、書目等的檢索，仍然有很大的改進空間，本章即以它為對象，提出新的排檢方法。

第二節　排檢法檢討

　　形音義是構成漢字的三要素，形以「目」治，音以「耳」治，義以「腦」

治；在歷史上，這三要素都曾被用來做排檢的根據，據文獻，現已有百來種之多。茲敘其原理要點：

一、義檢法

古代的《爾雅》《小爾雅》《方言》《釋名》《廣雅》，乃至近代的「分類事典」「分類詞典」等，都是以義作排檢根據的書。義檢法是「高難度」的排檢手法。

一）對編著者言，必須先明白每字的意義，然後才能做最適當的安排。所以，無長期而專注的努力是不易從事的。

二）對讀者言，識字是讀書的初步作業，正因為不知某字之義才來查字典的，怎好倒果為因，要先知某字之義，再來查字典呢？再者，字有本始、引伸、假借諸義，故一字動輒涵數義乃至一、二十義，就是專門究文字的學者，一時之間也無法一一分辨清楚，何況初學者？

綜合上述，可知依義檢法：

（一）學習時間甚長，

（二）查獲速度慢且命中率甚低。

基本上，它對已有根柢者較適用，對初學者則不宜。但若輔以音檢或形檢，則可改善。

二、音檢法

《切韻》《廣韻》《集韻》《中原音韻》《中華新韻》乃至今天的國語注音符號，漢語拉丁字母拼音方案所編字典，都是以「音」作排檢根據的書。

依韻排檢，在昔科舉未廢，識字曉韻者尚可檢索，若不識字，不知韻，則根本無從查起；其學習亦困難，以今天中文系學生論，沒有一年以上的摩挲，無法依韻檢字。幸有注音符號、漢語拼音方案所編字典代之而起，較以往便利，然亦有先天限制：

一）若不識該字，不知其聲韻調，則根本無從查起。

二）若辨聲不準，則錯誤率高，如ㄓㄔㄕ與ㄗㄘㄙ有些人分辨困難。

三）若辨韻不確，則錯誤率高，如ㄣ與ㄥ，ㄧ與ㄩ，ㄝ與ㄟ有人分辨困難。

四）若辨調不精，則錯誤率高，如四川人常把平、去聲字唸成上聲。

五）不論注音符號、漢語拼音方案，都是"外加／掛系統"，非字本身，它只是字的橋梁或渡河的筏，所以要經腦海，將音「轉換」成字，將字「轉換」成音，多二道手續。

六）注音符號在 37 個以上，查字時要記得ㄐ在ㄏ後，ㄗ在ㄓ後，ㄣ在ㄤ後等，亦甚煩擾；漢語拼音方案用 26 拉丁字母數目較少，然其順序與漢語聲韻結構不契合。

七）同音字多，若不輔以其他排序準則如"筆畫數"等，要找到所要字亦頗耗時。

另外，還有一種據諧聲系統將同聲符字排在一處的音檢法，值得一述。如從"甫"音者有：浦埔補舖敷溥薄等。清朝朱駿聲著《說文通訓定聲》，前香港中文大學校長李卓敏著《中文字典》，都是依聲符排列。

三、形檢法

一）部首法沿革

形音義中，形表於外，有目共睹，為顯性；音、義藏於內，無形，為隱性；形音義相比，知「義」最難，識「音」次之，只有辨形最易——由眼睛直接接受訊息，立即感應，毋需轉換思索，且不受時、空、語言、文化限制，所以「形檢法」是最好的排檢法，而以部首形檢法為代表，簡稱「部首法」。自許慎《說文》創 540 部，部勒 9353 小篆單字以來，晉朝呂忱編《字林》沿用之，惟後世苦於：①以小篆為標準字形，②540 部數繁多，③以義排序，始一終亥，檢索費事。由於小篆與通行字形漸行漸遠，人們對小篆也愈來愈陌生，直接導致 540 小篆部首系統的解組（Disintegration），《說文》隨之沒落，人們不得不以楷體撰新字書如梁朝顧野王（519～581A.D.）編《玉篇》，並調整部首之字形、次序，以及簡化部數來因應時代需求，唐朝張參編《五經文字》首先簡化為 160 部首，遼僧行均《龍龕手鑑》併為 242 部，宋朝鄭樵（1104～1162A.D.）編《六書略》分為 330 部，明朝趙撝謙（1351～1395A.D.）編《六書本義》分 360 部，至明朝梅膺祚編《字彙》分為 214 部，配以筆畫數，統字 33,179 字，從檢字法角度看，稱得上一大改革。其後《康熙字典》因之，以迄今日《辭源》《辭海》《國語大辭典》《漢和大辭典》《中文大辭典》《漢語大字典》等仍然通行，它們基本上仍以《說文》540 部爲底。但①調整爲楷書字形、②重排次序、③簡化部數、④配以筆畫數定次定序等變化，逐漸牽動「以意義排檢」「依小篆排形」的原始結構，侵蝕系統的單一性，最後產生質變——使本來尚稱單純而完整的「義符」形檢法，大量攙進了筆形、筆畫數、音符等爲排檢因子，使原系統受到混淆和干擾，最後變成雜揉形、音、義於一爐的 多變數 檢索法，這就是當前部首法缺失的淵藪和根本癥結。

二）部首法缺失

茲綜合其缺失如下：

（一）部首沒有特殊的形位：從 1×1 方塊單字平面中，部首沒有「鶴立雞群」的特殊形態，也沒有「居高建瓴」的位置優勢，人們很難一眼認出它，這是作爲"形"檢系統的部首法先天上第一缺點也是最大缺點。相較於字型檢索法，人們可以一眼就從單字本身所透顯的 IXEFSOPYTH 特徵，瞬間掌握形態訊息，加上固定以左、上、外部位爲"字首"的位置訊息，迅速而正確指示人們下一檢索步驟。

（二）部首位置不確定性高：部首出現在單字的位置固定，自然能發揮定位作用，但漢字部首位置不確定性較高，因而降低了查獲率：

  1. 部首位置固定者，有

   1）冫氵氵亻爿片亻衤忄扌豸犭，通常在左邊位置，

   2）八丷亠冖宀穴兩雨网彐艸竹爫覀髟互通常在上邊位置，

   3）厂广厃疒虍乀气乚廴辶勹几門勹匚匸凵囗尸戶通常爲外框或居邊角，

   4）儿內廾小氺灬皿通常在下。

以上扣除重復如忄小，計約 50 部。所謂"通常"就意味"不完全""有例外"，如冫居"寒多"之下邊位置。

  2. 位置比較不固定者，有 164（＝214－50）部首，約佔 77%。不固定即不確定，不確定居如此高的比率，是部首法的第二缺點。

（三）部首數目多排檢不易：許愼《說文》創 540 部部勒 9353 小篆單字，平均一部只 17 字，實際上，分部極不均勻，多者如水部 468 字、艸部 468 字、木部 421 字、糸部 248 字，言、人部各 245 字；少者僅 1 字，如三四五六七甲

丙丁庚壬癸寅卯未戌亥巫罕覓开冢乇凵屵才能燕率它久克易丙耑冉彔約 40
部。一般而言，因部數多而使排序、檢索均非容易，是部首法的第三缺點。

（四）以意義排序不易切入：許慎 540 部以"義"爲主軸，把同義符（相
當於形聲字之形符）的字勒爲一部，並將意義相近的部緊鄰比次，構成一個完
整的系統，從基本性質講，它是"義符檢字法"，但知「義」最難，何況要對
540 部按義尋字，所以北宋朝徐鉉（917～992A.D.）鼎臣有「尋求一字，往往
終卷」之嘆，是部首法的第四缺點。

（五）簡併部首帶來新問題：因部首多排檢困難，因此而生簡併需求，在
這目的導向下，儘量裁併部首，使數目壓低，爲理所當然，然而有些做得太過，
以致不管是不是義符，只要幾個單字間有一些相同點，都能被定義作爲「部首」，
因而導致部首「內涵」發生質變。許慎 540 部，一經這樣的簡化與調整，部數
是減少了，但也混亂原來以義檢索的單純性和整齊性，隔斷始一終亥系統的流
暢性，從而增加檢索時的不確定性和猜測性，降低檢獲率。其中，新部首既非
義符又非音符的問題最大。這些「新部首」主要是因各該字隸變而失形、義符
不明顯、形狀特徵近似、一字一部首林立等情況，予以合併，尤以併入一、二、
三畫部首者爲多。它們不以義合，也非以音聚，純粹以一筆之同、二畫之似而
聚合，其檢索幾乎變得沒有一定準則，需經過判斷和多次試驗，或逐查難檢字
表，[註1] 是部首法的第五缺點。例如：

1. 取上部筆畫特徵爲部首者：丁下丌万丐丙丏乇乏亍亓云丈七世壺壹壼南
   主亦交易巢今卣鹵另史晝鹵豳臾
2. 取下部筆畫特徵爲部首者：上六兀克兒象兔天丘且未羋兒个名合各古台
   亹君午千卞丫乞了予出卑卒卓華去去夭受叟叜夔
3. 取中間筆畫特徵爲部首者：中吏丰串屮屮丼之兆
4. 取內部筆畫特徵爲部首者：丸丹凡卂玄丽友反盾內兩分句叵向同周唐喪
   噩鬲鬲
5. 取左旁筆畫特徵爲部首者：乃韋加
6. 取右旁筆畫特徵爲部首者：丩鼎卯卵九化北廾敝叔
7. 取外部筆畫特徵爲部首者：鷹囟囪囚囝函凶勾

〔註 1〕《康熙字典》扉頁列難檢字約 5254 字。

8. 取上下筆畫特徵為部首者：互亘互五亞甌

9. 取中上筆畫特徵為部首者：率

10. 取左上筆畫特徵為部首者：么

11. 取右下筆畫特徵為部首者：夕后及叏叚

12. 取左下筆畫特徵為部首者：乜也乜司命

13. 取右上筆畫特徵為部首者：包匏

14. 取相接筆畫之一部分為部首者：凹凸辰禺

綜合其缺失為：

1）把許多部硬擠於一部首：如"丈七世且丘並丏丐"入"一"部。

2）只顧部分形而忽略全義：如為烏燕入火部。

3）把不相關的匯成一部首：如舄入臼部，它入宀部，廕入广部，必入心部，叕叕入又部，放入方部，朮入小部，兔入儿部，易入日部，臣入臣部，囪囟入囗部，壹壺壼壽入士部。

（六）判斷部首需文字知識：這是部首法對初學者的入門檻。從六書角度講，漢字除去假借用字外，可以大別為象形指事字、會意字、諧聲字、形聲字四大檢索類型，據此可以判斷部首範圍或所在。但辨六書又牽涉古文字暨聲韻學等，需具基本常識始可游刃有餘，此非吾人普遍擅長，是為部首法的第六缺點。分述如下：

1. 象形、指事字：為獨體文，但在簡併部首目標下，分成兩類：

1）一類因字數較多而保留獨體，如鹿為獨體象形，下轄 26 字，仍獨立為一部，不併到"广"部或"比部"；其他如魚鳥為獨體象形獨立一部，不併到"灬"部；龍為獨體象形，獨立一部，不併到"立"或"月"部，皆因所轄字多。

2）一類因字數較少而不再保留獨體，依部分特徵，改隸他部，如廕之入"广"部，它入"宀"部，燕入"火"部，率入"玄"部。

獨體文立部視字數多寡而別，固為求減少部數，但也使"廕它燕率"等獨體文的檢索變成沒有一定標準，需經過判斷和多次試驗。

2. 會意字：為形×形之合體字，即擁有兩個以上的義（形）符者，其困擾亦源於此，蓋義符若有甲乙兩個，歸甲部固宜，入乙部也未嘗不可。如天《說

文》：「顛也，至高無上。從一大。」一，大，意義相近，何者較重要實難以軒
輊，所以派入大部固宜，或入一部亦未嘗不可。又如兒《說文》：「頌儀也，從
儿，白，象面形。」儿，白，都是同樣重要的成分，難以青白眼，故入於儿部
可，歸白部亦可。這歸部的"兩可性"亦造就了前述部首位置不固定的性質。
茲將常見會意字臚列如下：〔註2〕

0　一元型：（無）

1　交叉型：屯央夷爽奭半內冉尤尨世必咸威或武威右左丈史束東丸

2　匣匡型：勻旬甸夙冃閻閃鬪閏匠亡幽

3　原厓型：命亼仝全舍亽余分公兼癹登祭及反雁厭仄庶席慶疢㡿斿
　　　　　族旄看直道巡迴建延处勉彪

4　迂迴型：吳

5　圜圍型：困因困囚圉

6　巴巳型：局屋屍尾尿屬孱启戻厈丘梟

7　傾斜型：（無）

8　上下型

　A、秉乖乘舀乏正百平丙兩再兀士壴兄乍占卓

　B、熏悉禿委季受爰采孚舀爵元霍需栗粟弄夒冗實寇宦宰牢宋宗宲
　　　宰牢寇寒甯𥦥穿竄章竟妾童音菩喜稟奇㪉奮奏秦古支憲眞吉
　　　毒賣壹嗇幸夌堯杏杳猋崇坒兩堇某圣桑帚尋畫畫甹豐名炙芻
　　　昏舁崔崟會益奠尊麀乇旨咎耳号㗊旮杲昊㠯㷠炅呆昜昌昆昊
　　　旻買冪罪羅罰詈蜀奭齒嚚異男嬰皇臭皋粵畀具兵告秣臽負各睿
　　　隼善羨前普羌姜夔繭省雀貟沓丞燊羞邑巢萉苗莫葬莽嚣敠瞿
　　　皆習翟雙燹簋樊䜌盥爨爨啓盜桀㙂

9　左右型：協折姓孔獄相桓枚料析厂料刺斬㐱彤般夗殄胖肜豚卬臥
　　　叩卜鳴吹吠明眇畋鞾頃舒㱃燁煩師帥尉卿耴取牧卸㑊休伐伏攸利
　　　泪次酒須後衍役衛御乳亂班砅肜致醌社次就此龇敖封執耀號猷則
　　　解鮮剢糴叡頻。

　　它們都具多個"部首"，所以一遇到它，就有很難確定該歸入 214 部中哪

〔註2〕以下會意字摘自陳飛龍先生著《說文無聲字考》第三節會意條例。

個部首的困擾。

3. 諧聲字：為聲×聲之合體字，即擁有兩個以上的聲（音）符者，其情況同於會意字具有"兩可性"。蓋聲符若有甲、乙兩個，歸甲部固宜，入乙部也未嘗不可。如魏本作巍，《說文・嵬部》：「高也。從嵬、委聲。」嵬《說文・嵬部》：「高不平也。從山、鬼聲。」據此，委、鬼"皆聲"，去"山"後的魏字，應可歸委或鬼部，但一般歸鬼部，因 214 部無委部故。

4. 形聲字：由義（形）符和音（聲）符構成，遇形聲字就把義符（形符）提出來做部首，其困難點就是要有聲韻知識或對該字音義有基本認識，才不致把聲符認做部首，但還是有以聲為部的事實，破壞部首法以義為部的系統。其特出情況有：

    1）義符變形：如表從衣毛聲，隸變成表，囊字亦同情形。

    2）義符隔斷：如裏衷哀衰襄衾裹褭褻裒裘從衣，被截為兩列；街衡衛術衝衢從行，被截為兩排。

    3）聲符兼義符：如庸衍傀彪。

    4）以聲為部：部首法起初可說是「義符法」，即以義符（形符）為部居字類之準據。但有許多字卻以聲符（音符）為部首，破壞規律。例如視祁錦欽應入見、邑（阝）、巾、欠部，但一般字書都列示、金部，這問題不始於今，遠在東漢許慎撰《說文解字》時即已存在。近人丁福保氏《說文解字詁林・通檢・緒言》中，舉許書以「聲」為部的字，達 203 字，佔 203÷9353＝2.17%。他說：

許氏《說文解字》始一終亥，部居自然，然其各字之分部，有非初學者所能知者。如：牧之不在「牛」部，齲之不在「齒」部，疏之不在「疋」部，翼之不在「羽」部，貌之不在「豸」部，馭之不在「馬」部，煮之不在「火」部，瓶之不在「瓦」部，畎之不在「田」部，目示目氏之不在「目」部，罌鱸之不在「缶」部，鞁鞐之不在「韋」部，秬穬之不在「禾」部，射躬之不在「身」部，覼規之不在「見」部，磔砥之不在「石」部，婿娩之不在「女」部，餌饡之不在「食」部，粱粘之不在「米」部，灾之不在「宀」部，阰隘之不在「阜」部，雱霈雲之不在「雨」部，𦥯弁彝之不在「廾」部，貝元貫賡之不在「貝」部，彤彬彫之不在「彡」部，岐齒之不在「山」部，犭臬犴之不在「犬」部，孩學孫之不在「子」部，琯璽珪之不在「玉」部，征徂役之不在「彳」部，衡衍衚之不在「行」部，竊窗窅窣之不在「穴」部，厲厱廩麻之不在「广」部，明星晨昊之不在「日」部，革因革合革菆革氏之不在「革」部，錦欽鉤釜鑲之不在「金」部，裳裙襌袟衻氏之不在「衣」部，耐封尋辱尌之不在「寸」部，蹟蹊蹯踞躁之不在「足」部，流涉游法潛酒之不在「水」部，折拘抑攟擷摯之不在「手」部，萍茯薦蕩芬茯之不在「艸」部，否叨叶嗜嗷口后之不在「口」部，退逡迕這迕達之不在「辵」部，言哥詞誘辯讀言今之不在「言」部，鳧雞鵂鵤鵬鵑之不在「鳥」部，胞脈臀膿育胖之不在「肉」部，刈別創劍刑刺之不在「刀」部，筆笓簮篤簎筐之不在「竹」部，朽桑棲槊杭之不在「木」部，信僕休化俛侑之不在「人」部，惠悖慾愷愧忄勰之不在「心」部，堅墾域址疆坰之不在「土」部，蜜蚊螫蚍蜉蜚蛇蠅蛾蚤蛛之不在「蟲」部，網糾緊緞索絕縶絞綽緩綦綴之不在「糸」部，不能僂指數。此即徐鼎臣所謂『偏旁奧密，不可意知，尋求一字往往終卷』者也。

（七）上述六類是根本的問題，以下則為衍生的缺點：

1. 因部首有 214 個，其中如《中文大辭典》水部有 1802 字，同筆畫數單字有些多達數百個，均需借助於筆畫數以定序定位，煩瑣費時。

2. 無部可歸：如「錦」應入帛，《說文解字》有帛部，今已無帛部而併巾部。又如「乖」從千聲從北，應入北部，《說文解字》有北部，但把乖列千部，今已無千部不得已而併「丿」部。

3. 歸部錯誤：烏焉舄燕，應入鳥部，今或歸火部，或舄焉分飛，歸入臼止部。舊薆薆從卄，今則入艸部。王從土從一，應入土部或一部，今則反歸筆畫較其為多之「玉」部。必從弋從八，今則入八竿子攀不上親戚的「心」部。

4. 難以歸部：如燕字，宜歸羽或非、飛、鳥部，但不論從小篆或楷書字形，都難以歸部，不得已《說文》獨立為燕部，楷書或入火部或匕部。

5. 部首難覓：如刁、丈、乊、丅、孛等，以及一般部首法字典所列「難檢字」均屬之。

6. 何者為「音符」？何者為「義符」？有時不易確定：如有些字書將寒、寨、賓、實、寧、寶列「宀」部，有些則入冫、木、貝、心部，都說得通，但也增加了部首的"不確定性"，所以整體看起來顯得凌亂──舉从「虍」之字為例，膚盧慮各歸入肉皿心部，一般人不會弄錯，但虔、豦、處、虛、虞、虒、虡、號、應、虜、唬、虎、虒、虘、虜、甗、虖、虘、虘、盧等，則見人見智，參差不齊。

7. 部首變形：如票僚尉之小為火，原之小為水，今水火相融而給初學者添困擾。水除刂（俞）、巛（粼）兩變形外，尚有冫、六（益）、氺（泰）、く（川）、丨（攸）、巛（災甾）、巛（昔）等形。又如從「手」之字有：右又寸拜看打弄弁共與舉匊卷奏樊等，所以部首實際數目遠高於214部，對學者言是一大負荷和困擾。

據上所述，部首形檢法有那麼多的缺失，為什麼還廣被運用呢？無他，因為它跟純粹義檢法、音檢法比較，還是效果較好──「雖不滿意，但可接受」。

第三節　新的排檢法

一、革除不確定缺失

審視排檢法的精神是：編者先"提綱挈領""層次井然"地把全部單字"排"好"列"出並建目錄，使後來讀者能夠"安步就班""循路邁進"目標，"檢"出"索"到所找的字。所以，"排"是從編者立場引導讀者迅速檢索，"檢"是從讀者立場重現編者原先編排理想，是雙向溝通。

前面透過對部首法的檢討與評述，知其缺失：主要在"不確定因素太多"，其次為"系統駁雜不一貫"，再次為"需用到的檢索知識不簡單"。由於這三項原因造成障礙和歧路太多，使得讀者沒法重現編者原先編排構想迅速達到目的地。所以懲其弊，提出「一切有定」的原則，以排除這些缺點。

「一切有定」基本上要擁有：固定對象、固定排序、固定構型、固定分類、固定層次和固定單元等品質指標：

一）固定對象：指目視辨形，由眼睛直接感應毋須轉換思索，且不受時空、語音、文化限制。亦即主張形檢法，以形爲唯一對象，而捨棄音檢法、義檢法。

二）固定排序：排序使字有次序和秩序，是排檢基礎。

三）固定構型：字形中以字的幾何圖形和組合方式最爲明顯，根據這兩者歸納出的 IXEFSOPYTH 十字型，具有普遍性和"明確""簡單"的優點，能具體表達整字的結構形狀。

四）固定分類：除極少數爲單筆字外其他大多數是複筆字，複筆字都可以依上下、左右、內外、中旁、虛實特徵不斷二分之，就可以成功地將漢字分類。如"盟"字爲 T 上下型字，其上部位"明"字爲 H 左右型字，下部位"皿"爲 P 巴巳型字；"明"左部位"日"爲 O 圓圍型字，右部位"月"爲 E 匣匡型字，以上分析一"盟"字而顯出 THPOE 五種字型，亦即完成了五種分類。位置、部位、字型都是固定的，所以是固定分類。

五）固定層次：排檢法基本上是一連串縮小尋找範圍的作業，所以在作業起點與目標字之間，層次要分明、路徑要簡短，具體辦法是每層製作一個目錄，以利檢索。

六）固定單元：愈往下分類、分層，則個別性、特殊性愈高，必須有較小的分析單元才能連繫到每一個單字。本文所提的字母和字元具有這種單元性。

綜合以上六個"固定"，我們提出符合它條件的定型、定層、定儀、定母、定元——擁有五個"定"，所以叫做"五定一貫排檢法："。又因它以 IXEFSOPYTH 十字型爲首亦爲主，所以叫做"十字型排檢法"。

二、定型定層定儀定母定元

十字型排檢法的內涵和建構程序就是：定型、定層、定儀、定母、定元。分釋如下：

一）定　型

所謂"定型"，包括確定單字的排序法以及建立 IXEFSOPYTH 十字型目錄：

（一）以第七式排序法將單字排成一連續的系列，使字有秩序，作爲檢索基礎。第七式由：字型樹×首尾儀字型×字母×字元構成，它含有"五定"的內涵而作業簡單。

（二）依 IXEFSOPYTH 十字型建構第一層目錄，亦是總目錄，這是外在的"定型"，通常印在字典扉頁。目錄如下：

0　I 一元型：252 頁（虛擬頁次，以下同）

1　X 交叉型：255 頁

2　E 匣匡型：269 頁

3　F 原匡型：276 頁

4　S 迂迴型：289 頁

5　O 圜圍型：294 頁

6　P 巴巳型：296 頁

7　Y 傾斜型：303 頁

8　T 上下型：309 頁

9）H 左右型：378 頁

二）定　層

所謂"定層"是根據本篇第一章十型字檔建構"中間層"目錄。所謂"中間層"是介於"定（十字）型"與"定（首尾）儀"之間的分類。又分字型樹、字型圖兩種分層法：

（一）字型樹分層法

0　I 一元型目錄

1）點狀：253 頁

2）線狀：253 頁

3）面狀：254 頁

1　X 交叉型目錄

1）平交狀：255 頁

（0）直交軑：255 頁

（1）匡交軑：256 頁

（2）匤交軑：257 頁

漢字科學化理論與應用系統

5　O 圓圍型目錄

6　P 巴巳型目錄

7　Y 傾斜型目錄

8　T 上下型目錄

（2）矛起軌：380 頁

　　① ⊣體：380 頁

　　② 十體：380 頁

2）分離狀：380 頁

（1）四駢軌：381 頁

　　① 一對體：381 頁

　　② 二同體：382 頁

　　③ 三夾體：384 頁

　　④ 四旁體：387 頁

（2）四散軌：399 頁

　　⓪ 第一排爲一元體：399 頁

　　① 第一排爲交叉體：400 頁

　　② 第一排爲匣匡體：408 頁

　　③ 第一排爲原厓體：412 頁

　　④ 第一排爲迂迴體：418 頁

　　⑤ 第一排爲圓圍體：420 頁

　　⑥ 第一排爲巴巳體：424 頁

　　⑦ 第一排爲傾斜體：426 頁

　　⑧ 第一排爲上下體：427 頁

　　⑨ 第一排爲左右體：459 頁

（二）字型圖分層法

0　I 一元型

1）圖──1 頁（頁次爲虛擬，下同）

1　X 交叉型

2）士圖──5 頁

3）巨圖──10 頁

4）匚圖──15 頁

5）＄圖──20 頁

6）Φ圖──25 頁

（8）▦分圖──375頁

（9）▦分圖──380頁

（10）▦分圖──385頁

64）▦圖──390頁

三）定　儀

這是繼"中間層"後建立目錄。所謂定儀就是"定首尾儀"，依形聲結構或組合方式將字分爲首、尾兩大部分，即兩大字根──在左、上、外部位的字根叫做"首儀"，建立第三層目錄。"首儀"的作用很像傳統檢字法的"部首"，例如：

在前述二）定層"（一）8丁上下型目錄 2）分離狀（2）四散軾⑥第一列爲圜圍體"下列出"口凹日曰田目因白自凶図艹由圍"作爲首儀，並逐"儀"標其頁次作小型目錄。

在右、下、內部位的字根叫做"尾儀"，仍依 IXEFSOPYTH 十字型分類，建立第四層目錄。例如在首儀爲艹（艸）、竹之下有一、二千字，若不分類，尋找極困難，此時，把下部位的尾儀依十字型分類，並標其頁次、欄次、位次、行次甚至字次，就容易找到。

四）定　母

所謂定母就是在"定儀"下以字母作爲排序準則，因爲漢字母有 188 個，其數目、形狀、次序暨讀音都固定不變，所以以它來排序及檢索，是很科學的。因數目較多難以記憶，所以在字典每頁的邊角應加列 188 字母形狀供參考，亦可視爲濃縮的目錄。

五）定　元

所謂定元是在"定母"下以字元作爲排序準則，因爲漢字元有 41 個（另有36、47、50 共四套），其數目、形狀、次序暨讀音都固定不變，所以以它來排序及檢索，可更加詳細分析字的結構。因有些字元形狀差異微小，所以在字典每頁的邊角應加列其形供參考也有必要。

三、小　結

綜合來說，作爲排序和檢索的準據，字母和字元的功能相近，只繁簡不同，

所以將兩者分開分隸兩系統亦可，且作業較簡化。故五定排檢法可以分成兩個
"四定排檢法"，可依字典規模和需要而選定一法：

　　1、定型、定層、定儀、定母排檢法，

　　2、定型、定層、定儀、定元排檢法。

　　經過以上定型、定層、定儀、定母、定元的程序，即完成十字型排檢法的
建構，它以「一切有定」「多建目錄」爲特點。

第五章　字型輸入

第一節　概　說

輸入法是實踐漢字電腦化的第一步，在第一部電腦 UNIVAC 發明後廿五年，大約 1970 年代，才伴同具備漢字處理能力的「中文系統」面世。目前海峽兩岸都已研發出許多套漢字輸入法，本文在第壹篇研究史部分擇要介紹並評論，認爲它們共同的缺失是缺乏一套完整的漢字構造理論暨相應的系統設計作基礎，所以有雜沓紛擾，不夠規律化、科學化的弊病。本文推演漢字構造，得出字型是漢字最普遍且最重要屬性的結論。因此，就運用它來發展許多應用系統——十字型輸入法是其中最實用的一種。

十字型輸入法包括有二個輸入項：①十字型，②字母系統。前者分 IXEFSOPYTH 十個型，後者包括字元、字母和字範，字元則包含筆尾向、筆首向、筆型。以下即以“十字型”爲中心，“鍵盤”爲經，“字母系統”爲緯，開發出兩系兩鍵兩制十法十八式，總名曰：“IXEFSOPYTH 十字型輸入法系統”，簡稱“十字型輸入法”。吾人可依電腦容量、內建字集大小暨作業規模、工作場所、個人習慣偏好等，選擇最適合的一式。其體系如下：

IXEFSOPYTH 十字型輸入法系統表

系	鍵	制	法	式	取碼步驟

(一)單字系

(一)九宮鍵

1 一貫制（一貫法）
- **(1)十字型法**
  - ①簡易式＝α＝全字型×首儀字型×尾儀字型（簡易式取三碼，下同）
  - ②完整式＝α×*首儀首部字型×尾儀尾部字型*（*完整式取五碼，下同*）

2 綜合制
- 字元-**(2)筆尾法**
  - ①簡易式＝β＝全字型×首筆尾向×尾筆尾向
  - ②完整式＝α×*首筆尾向×尾筆尾向*
- 字元-**(3)筆首法**
  - ①簡易式＝γ＝全字型×首筆首向×尾筆首向
  - ②完整式＝α×*首筆首向×尾筆首向*
- 字元-**(4)筆型法**
  - ①簡易式＝δ＝全字型×首筆筆型×尾筆筆型
  - ②完整式＝α×*首筆筆型 x尾筆筆型*

(二)標準鍵

1 綜合制
- **(5)字元法**
  - ①簡易式＝全字型 ×首元 ×尾元
  - ②完整式＝α×*首元 x尾元*
- **(6)字範法**
  - ①簡易式＝全字型×首範 ×尾範
  - ②完整式＝α×*首範 x尾範*
- **(7)字母法**
  - ①簡易式＝全字型×首母×尾母
  - ②完整式＝α×*首母 x尾母*

2 一貫制
- **(8)字式法**→簡易式＝全字式×首儀字式×尾儀字式

(二)複詞系

(一)九宮鍵 **1 一貫制**
- **(9)十字型法**
  - ①四碼式
    - i 兩字詞 ＝首字型×首字首儀型 ×尾字型×尾字尾儀型
    - ii 三字詞＝首中尾字型×尾字尾儀型
    - iii 四、五字詞 ＝ 取前四字字型
    （① ②合為一式）
  - ②六碼式(六字以上詞)＝取前六字字型

(二)標準鍵
- **(10)四十七字式法(標準鍵)**→均 一字取一字式。

第二節　單字輸入法

從輸入對象說，十字型輸入法 包括 單字輸入法 和 複詞輸入法，兩法都在同一鍵盤、同一模式下作業，僅取碼方式不同。依輸入鍵盤分爲 九宮鍵和標準鍵兩種。兩鍵盤連在一起，並不分開，九宮鍵在鍵盤右方，原供數字輸入；標準鍵在鍵盤左方，原供鍵入 ABCD～XYZ 字母和標點符號等，均拿來作漢字輸入。另外，47 字式用"一貫制"標準鍵盤輸入模式，其鍵位則請參閱第伍篇第一章，其輸入法見本篇本章第四節。

一、用九宮鍵盤輸入

九宮鍵在鍵盤右方，有 0～9 十個數字，結合＋－×÷. 等符號供鍵入數字和計算用，現在，本文也獨立設計成爲漢字輸入鍵，使鍵盤重量變輕，鍵盤體積變薄，鍵盤面積變小，運動位移變短，按鍵次數變少，符合現代人追求"輕薄短小少"之思維。

用九宮鍵盤輸入模式可分爲一貫制和綜合制，分述如下：

一）一貫制

（一）鍵盤佈置

自始至終只有一個輸入變數的叫"一貫制"。在十字型輸入法下，一貫制指的就是純字型輸入法——以"十字型"爲唯一變數。只要能將每個漢字分辨歸入十個字型即可從事輸入，可以說是最簡易的中文輸入法。

十字型輸入法要先在九宮 0～9 十個數字鍵上加印／貼 IXEFSOPYTH 十個拉丁字母，代表十個漢字字型，位置對照如下：

1 九宮十數字鍵　　　　　　　2 十字型符號

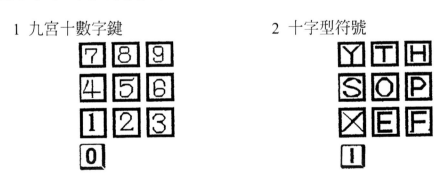

（二）取碼方式（簡易式）

取碼步驟：單字字型×首儀字型×尾儀字型

（1）第一碼：取整個單字的字型。

（2）第二碼：取單字的首儀，即左、上、外部字型。至於 0I 一元型如○
一乙，因爲沒有左、上、外部，所以只取第一碼，即 0I 鍵即可。

（3）第三碼：取單字的尾儀，即右、下、內部字型。

（三）舉　例

序字	=	首儀	×	尾儀	⇒	單字字型	×	首儀字型	×	尾儀字型	⇨	鍵盤代碼
（1）天	=	一	×	大	⇒	Ｔ	×	Ｉ	×	Ｘ	⇨	801
（2）行	=	彳	×	亍	⇒	Ｈ	×	Ｙ	×	Ｔ	⇨	978
（3）健	=	亻	×	建	⇒	Ｈ	×	Ｔ	×	Ｆ	⇨	983
（4）君	=	尹	×	口	⇒	Ｆ	×	Ｘ	×	Ｏ	⇨	315
（5）子	=	了	×	一	⇒	Ｘ	×	Ｉ	×	Ｉ	⇨	100
（6）以	=	丷	×	人	⇒	Ｈ	×	Ｆ	×	Ｙ	⇨	937
（7）自	=	白	×	二	⇒	Ｏ	×	Ｏ	×	Ｔ	⇨	558
（8）強	=	弓	×	虽	⇒	Ｈ	×	Ｓ	×	Ｔ	⇨	948
（9）不	=	一	×	个	⇒	Ｔ	×	Ｉ	×	Ｔ	⇨	808
（10）息	=	自	×	心	⇒	Ｔ	×	Ｏ	×	Ｙ	⇨	857

以上 Ｈ 型 4 字，Ｔ 型 4 字，Ｘ Ｏ 型各 1 字，一字一碼，無重碼。至於夾
雜著西洋字母、日本假名、注音符號、標點符號、數理化符號，亦可在九宮數
字鍵輸入，其分類參見本篇第一章第十二節。

（四）分　析

因爲通式是取三碼，0I 一元型只取一碼，最爲簡易。三碼理論上可容 10
×10×10＝1000 變化，如每個變化容納 10 個重碼字，則“一貫法”適用於內
建一萬字以下的小字集。在具體產品上，則微型或迷你型電腦，包括手提電腦、
掌上電腦、筆記型電腦、衛星定位接收器、全球定位系統、智慧型行動電話（大
哥大、手機）等都可使用，尤其此法具少小簡短——鍵位少、鍵盤小、取碼簡、
位移短特性，只要相關軟硬體〔註 1〕能配合，應該可以開發出“手錶型”甚至

〔註 1〕硬體方面，據 1999 年 6 月 29 日中央日報 6 版載法新社漢城訊：南韓三星集團已
研發出新世代電腦一千兆位元的晶片暨雙倍資料同步動態存取記憶體（DDR
SDRAM），分析家認爲這是電子業的重要里程碑和半導體生產上的重大突破。

"戒指型"超迷你中文電腦、手機來。

二）綜合制

輸入變數有二個以上的叫綜合制。有：①筆向法，②筆型法兩大類。

（一）筆向法

又分筆首向、筆尾向兩種。

1. 筆尾向法

1）鍵盤布置

在九宮十數字鍵上加印／貼十字型、十筆尾向兩種符號，建"十字型十筆尾向輸入法"。筆尾向指單筆尾段方向，如乚之尾段方向爲→，取碼時即按□→(6)鍵：

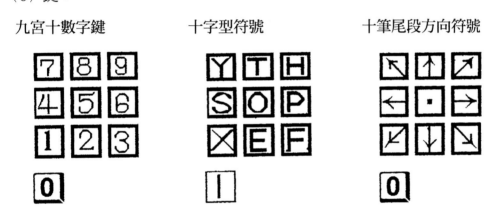

| 九宮十數字鍵 | 十字型符號 | 十筆尾段方向符號 |

本法以取碼多寡分爲：簡易、完整　兩式。

2）簡易式輸入

取碼步驟：全字型　×首筆尾向　×尾筆尾向。

第一碼：取整個單字的字型，

第二碼：取單字的首筆尾段方向，

第三碼：取單字的尾筆尾段方向。

舉例：

字	⇒	全字型	×	首筆尾向	×	尾筆尾向	⇒	鍵盤代碼
子	⇒	⊠	×	↘	×	→□	⇒	176
在	⇒	⊠	×	→□	×	→□	⇒	166
川	⇒	H	×	↙	×	↓□	⇒	912
上	⇒	T	×	↓□	×	→□	⇒	826

單字	⇒		×		×		⇒	代碼
日	⇒	O	×	↓	×	→	⇒	526
逝	⇒	F	×	⊙	×	↓	⇒	352
者	⇒	X	×	→	×	→	⇒	166
如	⇒	H	×	↘	×	→	⇒	936
斯	⇒	H	×	→	×	↓	⇒	962
夫	⇒	X	×	→	×	↘	⇒	163
不	⇒	T	×	→	×	↘	⇒	863
舍	⇒	F	×	↗	×	→	⇒	316
畫	⇒	T	×	↓	×	→	⇒	826
夜	⇒	T	×	⊙	×	↘	⇒	853

以上 166、826 重碼。

3）完整式輸入

取碼步驟 ：α × 首筆尾向 × 尾筆尾向

＝全字型 × 首儀字型 × 尾儀字型 × 首筆尾向 × 尾筆尾向。

α 表示：全字型 × 首儀字型 × 尾儀字型。完整式取五碼，理論上可容納 10 × 10 × 10 × 10 × 10 ＝ 100000 變化，即可涵蓋全部漢字，且一字一碼，適用於大小各種字集上。舉例如下：

單字	=	首儀	×	尾儀	⇒	單字字型	×	首儀字型	×	尾儀字型	×	首筆尾向	×	尾筆尾向	⇒	鍵盤代碼
子	=	了	×	一	⇒	X	×	I	×	I	×	↘	×	→	⇒	10076
在	=	才	×	土	⇒	X	×	X	×	T	×	→	×	→	⇒	11866
川	=	丿	×	川	⇒	H	×	I	×	H	×	↗	×	↓	⇒	90912
上	=	卜	×	一	⇒	T	×	H	×	I	×	↓	×	→	⇒	89026
日	=	口	×	一	⇒	O	×	O	×	I	×	↓	×	→	⇒	55026
逝	=	辶	×	折	⇒	F	×	T	×	H	×	⊙	×	↓	⇒	38952
者	=	耂	×	日	⇒	X	×	X	×	O	×	→	×	→	⇒	11566
如	=	女	×	口	⇒	H	×	X	×	O	×	↘	×	→	⇒	91536
斯	=	其	×	斤	⇒	H	×	T	×	F	×	→	×	↓	⇒	98362
夫	=	二	×	人	⇒	X	×	T	×	Y	×	→	×	↘	⇒	18763
不	=	一	×	个	⇒	T	×	I	×	T	×	→	×	→	⇒	80863
舍	=	𠆢	×	舌	⇒	F	×	F	×	T	×	↗	×	→	⇒	33816
畫	=	聿	×	旦	⇒	T	×	T	×	T	×	↓	×	→	⇒	88826
夜	=	亠	×	俊	⇒	T	×	T	×	H	×	⊙	×	↘	⇒	88953

2. 筆首法

1）鍵盤布置

九宮十數字鍵上加印／貼十字型、十筆首向兩種符號，建"十字型十筆首向輸入法"。筆首向指單筆／字元首段方向，如3之首段方向為乚，取碼時即按乚（3）鍵：

九宮十數字鍵　　　十字型符號　　　十筆首段方向符號

本法以取碼多寡分為：簡易、完整　兩式。

2）簡易式輸入

取碼步驟：全字型×首筆首向×尾筆首向。

字	⇒	全字型	×	首筆尾向	×	尾筆尾向	⇒	鍵盤代碼
天	⇒	T	×	→	×	↘	⇒	819
降	⇒	H	×	乚	×	↓	⇒	934
大	⇒	X	×	→	×	↘	⇒	119
任	⇒	H	×	↓	×	→	⇒	981
于	⇒	T	×	→	×	↓	⇒	814
斯	⇒	H	×	→	×	↓	⇒	914
人	⇒	Y	×	↙	×	↘	⇒	789
也	⇒	X	×	↗	×	↓	⇒	164
必	⇒	X	×	↙	×	↗	⇒	188
先	⇒	T	×	↙	×	↓	⇒	884
苦	⇒	T	×	→	×	→	⇒	811
其	⇒	T	×	→	×	↘	⇒	819
心	⇒	Y	×	↙	×	↘	⇒	789
志	⇒	T	×	→	×	↘	⇒	819

以上 789 重碼二字，819 重碼三字。

3）完整式輸入

取碼步驟：α×首筆首向×尾筆首向

＝全字型 ×首儀字型 ×尾儀字型 ×首筆首向 ×尾筆首向。

完整式取五碼，理論上可容納 $10×10×10×10×10＝100000$ 變化，即可涵蓋全部漢字，且一字一碼，適用於大小各種字集上。取碼舉例如下：

單字	=	首儀	×	尾儀	⇒	單字字型	×	首儀字型	×	尾儀字型	×	首筆尾向	×	尾筆尾向	⇒	鍵盤代碼
天	=	一	×	大	⇒	T	×	I	×	X	×	→	×	↘	⇒	80119
降	=	阝	×	夅	⇒	H	×	P	×	T	×	乙	×	↓	⇒	96834
大	=	一	×	人	⇒	X	×	I	×	Y	×	→	×	↘	⇒	10719
任	=	亻	×	壬	⇒	H	×	T	×	T	×	↗	×	→	⇒	98881
于	=	一	×	亍	⇒	T	×	I	×	X	×	→	×	↓	⇒	80114
斯	=	其	×	斤	⇒	H	×	T	×	F	×	→	×	↓	⇒	98314
人	=	ノ	×	乀	⇒	Y	×	I	×	I	×	↗	×	↘	⇒	70089
也	=	⺊	×	凵	⇒	X	×	I	×	F	×	↗	×	↓	⇒	13064
必	=	心	×	ノ	⇒	X	×	Y	×	I	×	↗	×	↗	⇒	17088
先	=	牛	×	儿	⇒	T	×	T	×	H	×	↗	×	↓	⇒	88984
苦	=	艹	×	古	⇒	T	×	H	×	T	×	→	×	→	⇒	89811
其	=	甚	×	八	⇒	T	×	T	×	H	×	→	×	↘	⇒	88919
心	=	丶	×	乚	⇒	Y	×	I	×	F	×	↗	×	↘	⇒	79789
志	=	士	×	心	⇒	T	×	T	×	Y	×	→	×	↘	⇒	88719

3. 筆型法

1）鍵盤布置

九宮十數字鍵上加印／貼十字型、十筆型兩符號，建"十字型十筆型輸入法"。筆型指單筆的整體型態，常略去尾鉤和微曲，如乚、乚之筆型相同：

九宮十數字鍵　　　　　十字型符號　　　　　十筆型符號

```
7 8 9            Y T H            < 凵 乙
4 5 6            S O P            」凵 乛
1 2 3            X E F            | / \

0                |                —
```

本法以取碼多寡分爲：簡易、完整　兩式。

2）簡易式輸入

取碼步驟：全字型　×首筆筆型　×尾筆筆型。

字	⇒	全字型	×	首筆筆型	×	尾筆筆型	⇒	鍵盤代碼
大	⇒	Ⓧ	×	一	×	╲	⇒	103
江	⇒	Ⓗ	×	╲	×	一	⇒	930
東	⇒	Ⓧ	×	一	×	╲	⇒	103
去	⇒	Ⓣ	×	一	×	╲	⇒	803
浪	⇒	Ⓗ	×	╲	×	╲	⇒	933
淘	⇒	Ⓗ	×	╲	×	∣	⇒	931
盡	⇒	Ⓣ	×	⊐	×	一	⇒	860
千	⇒	Ⓣ	×	╱	×	∣	⇒	821
古	⇒	Ⓣ	×	一	×	一	⇒	800
風	⇒	Ⓔ	×	╱	×	╲	⇒	223
流	⇒	Ⓗ	×	╲	×	∟	⇒	935
人	⇒	Ⓨ	×	╱	×	╲	⇒	723
物	⇒	Ⓗ	×	╱	×	╱	⇒	922

以上 103 重碼二字。

3）完整式輸入

取碼步驟：α　×首筆筆型　×尾筆筆型

$\qquad$＝全字型　×首儀字型　×尾儀字型　×首筆筆型　×尾筆筆型。

完整式取五碼，理論上可容納 10　×10　×10　×10　×10＝100000 變化，即可涵蓋全部漢字，且一字一碼，適用於大小各種字集上。舉例如下：

單字	=	首儀	×	尾儀	⇒	單字字型	×	首儀字型	×	尾儀字型	×	首筆筆型	×	尾筆筆型	⇒	鍵盤代碼
大	=	一	×	人	⇒	Ⓧ	×	Ⓘ	×	Ⓨ	×	一	×	╲	⇒	10703
江	=	氵	×	工	⇒	Ⓗ	×	Ⓨ	×	Ⓣ	×	╲	×	一	⇒	97830
東	=	曰	×	木	⇒	Ⓧ	×	Ⓣ	×	Ⓗ	×	一	×	╲	⇒	18903
去	=	土	×	厶	⇒	Ⓣ	×	Ⓣ	×	Ⓨ	×	一	×	╲	⇒	88703
浪	=	氵	×	良	⇒	Ⓗ	×	Ⓨ	×	Ⓟ	×	╲	×	╲	⇒	97633
淘	=	氵	×	匋	⇒	Ⓗ	×	Ⓨ	×	Ⓔ	×	╲	×	∣	⇒	97231

盡 ＝ 聿 × 皿 ⇒ Ｔ × Ｔ × Ｐ × ╗ × ━ ⇒ 88660

千 ＝ 一 × 十 ⇒ Ｔ × Ｉ × Ｘ × ╱ × ┃ ⇒ 80121

古 ＝ 十 × 口 ⇒ Ｔ × Ｘ × Ｏ × ━ × ━ ⇒ 81500

風 ＝ 凡 × 虫 ⇒ Ｅ × Ｅ × Ｔ × ╱ × ╲ ⇒ 22823

流 ＝ 氵 × 㐬 ⇒ Ｈ × Ｙ × Ｔ × ╲ × ┗ ⇒ 97835

人 ＝ 丿 × 乀 ⇒ Ｙ × Ｉ × Ｉ × ╱ × ╲ ⇒ 70023

物 ＝ 牛 × 勿 ⇒ Ｈ × Ｙ × Ｅ × ╱ × ╱ ⇒ 97222

二、用標準鍵盤輸入

　　用標準鍵盤輸入模式"綜合制"下分字元、字範、字母三法，均以十字型為基礎，十字型鍵設在鍵盤左方上排 ⓪ !1 @2 #3 $4 %5 ^6 &7 *8 (9 上。字元、字範、字母之鍵位請閱第肆篇第四章。另外，47 字式係用"一貫制"輸入模式，其鍵位則請參閱第伍篇第一章，其輸入法見本篇本章第四節。

一）字元法

　　字元有三種排序法，茲以"筆尾段方向"排序之字元為準敘述之。

（一）簡易式輸入

字	⇒	全字型	×	首字元	×	尾字元	⇒	鍵盤代碼
春	⇒	Ｔ	×	一	×	-	⇒	*8 Ｌ ┃
花	⇒	Ｔ	×	-	×	丿	⇒	*8 ┃ ☰
秋	⇒	Ｈ	×	◢	×	乀	⇒	(9 { Ａ
月	⇒	Ｅ	×	丿	×	-	⇒	@2 ━ ┃
何	⇒	Ｈ	×	丿	×	亅	⇒	(9 ☰ Ｆ
時	⇒	Ｈ	×	┃	×	╲	⇒	(9 < Ｈ
了	⇒	Ｉ	×	了			⇒	⓪ Ｑ （一元型僅需 2 碼）
往	⇒	Ｈ	×	◢	×	一	⇒	(9 { Ｌ
事	⇒	Ｘ	×	一	×	亅	⇒	!1 Ｌ Ｆ
知	⇒	Ｈ	×	丿	×	-	⇒	(9 ☰ ┃
多	⇒	Ｙ	×	丿	×	丿	⇒	&7 ☰ ☰
少	⇒	Ｔ	×	亅	×	丿	⇒	*8 Ｆ ☰

　　以上均一字一碼，無重複。

（二）完整式輸入

單字	=	首儀	×	尾儀	⇒	單字字型	×	首儀字型	×	尾儀字型	×	首字元	×	尾字元	⇒	鍵盤代碼
春	=	夫	×	日	⇒	T	×	X	×	O	×	一	×	-	⇒	*8 !1 %5 L I
花	=	艹	×	化	⇒	T	×	H	×	H	×	-	×	ノ	⇒	*8 (9 (9 I =
秋	=	禾	×	火	⇒	H	×	T	×	S	×	一	×	丶	⇒	(9 *8 $4 { A
月	=	几	×	二	⇒	E	×	E	×	T	×	ノ	×	-	⇒	@2 @2 *8 — I
何	=	亻	×	可	⇒	H	×	T	×	F	×	ノ	×	」	⇒	(9 *8 #3 = F
時	=	日	×	寺	⇒	H	×	O	×	T	×	丨	×	丶	⇒	(9 %5 *8 < H
了	=	了	×		⇒	I	×		×		×	了	×		⇒	)0 Q　（一元型僅需 2 碼）
往	=	彳	×	主	⇒	H	×	Y	×	T	×	丿	×	一	⇒	(9 &7 *8 { L
事	=	彐	×	亅	⇒	X	×	T	×	I	×	一	×	」	⇒	!1 *8)0 L F
知	=	矢	×	口	⇒	H	×	T	×	O	×	ノ	×	-	⇒	(9 *8 %5 = I
多	=	夕	×	夕	⇒	Y	×	E	×	E	×	ノ	×	ノ	⇒	&7 @2 @2 = =
少	=	小	×	丿	⇒	T	×	H	×	I	×	」	×	ノ	⇒	*8 (9)0 F =

二）字範法

字範之形狀暨鍵位安排請參閱第肆篇第四章。

（一）簡易式輸入

字	⇒	全字型	×	首字元	×	尾字元	⇒	鍵盤代碼
但	⇒	H	×	亻	×	一	⇒	(9 L ?
願	⇒	H	×	厂	×	八	⇒	(9 E W
人	⇒	Y	×	人	×		⇒	&7 L
長	⇒	T	×	工	×	㇏	⇒	*8 Alt P
久	⇒	Y	×	ク	×	丶	⇒	&7 Ctrl ?
千	⇒	T	×	丿	×	十	⇒	*8 ? >
里	⇒	T	×	甲		土	⇒	*8] T
共	⇒	T	×	艹	×	八	⇒	*8 ↑Shift W
嬋	⇒	H	×	女	×	十	⇒	(9 { >
娟	⇒	H	×	女	×	=	⇒	(9 { V

（二）完整式輸入

單字	=	首儀	×	尾儀	⇒	單字字型	×	首儀字型	×	尾儀字型	×	首字元	×	尾字元	⇒	鍵盤代碼
但	=	亻	×	旦	⇒	H	×	T	×	T	×	亻	×	一	⇒	9 8 8 L
願	=	原	×	頁	⇒	H	×	F	×	T	×	厂	×	八	⇒	9 3 8 E W
人	=	ノ	×	乀	⇒	Y	×	I	×	I	×	人	×		⇒	7 0 0 L
長	=	镸	×	比	⇒	T	×	E	×	Y	×	厶	×	乀	⇒	8 2 7 Alt P
久	=	勹	×	乀	⇒	Y	×	Y	×	I	×	勹	×	乀	⇒	7 7 0 Ctrl ↵
千	=	ノ	×	十	⇒	T	×	I	×	X	×	ノ	×	十	⇒	8 0 1 ↹ >
里	=	田	×	土	⇒	T	×	O	×	T	×	甲	×	土	⇒	8 5 8 } T
共	=	廿	×	八	⇒	T	×	T	×	H	×	艹	×	八	⇒	8 8 9 ⇧Shift W
嬋	=	女	×	單	⇒	H	×	X	×	T	×	女	×	十	⇒	9 1 8 { >
娟	=	女	×	冐	⇒	H	×	X	×	T	×	女	×	=	⇒	9 1 8 { V

三）字母法

（一）換檔設定

　　將 188 字母作換檔設計，分四檔配置，將方向鍵 ↑ → ↓ ← 設定為換檔鍵，從事輸入。茲將鍵盤檔位關係說明如下：

　　1. 設定 ↑ 為第一檔換檔鍵，將全部 41 字元（字元／母編號 1～41）置各鍵上方位置，以與 ↑ 對應。

　　2. 其中，0 1 2 3 4 5 6 7 8 9 十個‘數字鍵’供輸入 IXEFSOPYTH 十字型。0 亦兼輸入○。

　　3. 然後順時鐘方向，以 → 為第二檔換檔鍵，將第一輪 49 字素（字素編號 1～49，字母編號 42～90）置各鍵右方位置，以與 → 對應。

　　4. 以 ↓ 為第三檔換檔鍵，將第二輪 49 字素（字素編號 50～99，字母編號 91～143）置各鍵下方位置，以與 ↓ 對應。

　　5. 以 ← 為第四檔換檔鍵，將第三輪 49 字素（字素編號 99～147，字母編號 144～188）置各鍵左方位置，以與 ← 對應。

　　字母（包括字元、字素）之形狀、次序暨鍵位安排 請參閱第肆篇第四章第四節。

（二）簡易式輸入

單字	⇒	字型	×	字母	×	字母	⇒	鍵盤 型	檔	字母	檔	字母
月	⇒	E	×	刀	×	＝	⇒	@2	►	M	◄	⇧Shift
落	⇒	T	×	十	×	口	⇒	*8	►	) 0	▼	′
鳥	⇒	P	×	戶	×	灬	⇒	^6	▼	增	◄	T
啼	⇒	H	×	口	×	巾	⇒	(9	▼	′	►	＼
霜	⇒	T	×	一	×	□	⇒	*8	▲	L	▼	) 0
滿	⇒	H	×	氵	×	入	⇒	(9	◄	@2	▼	Z
天	⇒	T	×	一	×	大	⇒	*8	▲	L	▼	?
江	⇒	H	×	氵	×	工	⇒	(9	◄	@2	◄	A
楓	⇒	H	×	木	×	丄	⇒	(9	►	!1	◄	%5
漁	⇒	H	×	氵	×	灬	⇒	(9	◄	@2	◄	T
火	⇒	S	×	人	×	丶	⇒	$4	▼	Y	◄	H
對	⇒	H	×	⺌	×	寸	⇒	(9	◄	H	◄	增
愁	⇒	T	×	ノ	×	丷	⇒	*8	▲	｛	◄	(9
眠	⇒	H	×	□	×	弋	⇒	(9	▼	) 0	►	F

（三）完整式輸入

單字	＝	首儀	×	尾儀	⇒	單字字型	×	首儀字型	×	尾儀字型	×	首字母	×	尾字母	⇒	鍵盤 字型	檔	字母	檔	字母
月	＝	刀	×	＝	⇒	E	×	E	×	T	×	刀	×	＝	⇒	@2 *8	@2 ►	M	◄	⇧Shift
落	＝	＋＋	×	洛	⇒	T	×	H	×	H	×	十	×	口	⇒	*8 (9 (9	►	) 0	▼	′
鳥	＝	鳥	×	灬	⇒	P	×	P	×	H	×	白	×	灬	⇒	^6 ^6 (9	▼	增	◄	T
啼	＝	口	×	帝	⇒	H	×	O	×	T	×	口	×	巾	⇒	(9 %5 *8	▼	′	►	＼
霜	＝	雨	×	相	⇒	T	×	T	×	H	×	一	×	□	⇒	*8 *8 (9	▲	L	▼	) 0
滿	＝	氵	×	㒼	⇒	H	×	Y	×	T	×	氵	×	入	⇒	(9 &7 *8	◄	@2	▼	Z
天	＝	一	×	大	⇒	T	×	O	×	X	×	一	×	大	⇒	*8 %5 !1	▲	L	▼	?
江	＝	氵	×	工	⇒	H	×	Y	×	T	×	氵	×	工	⇒	(9 &7 *8	◄	@2	◄	A
楓	＝	木	×	風	⇒	H	×	X	×	E	×	木	×	丄	⇒	(9 !1 E	►	!1	◄	%5
漁	＝	氵	×	魚	⇒	H	×	Y	×	T	×	氵	×	灬	⇒	(9 &7 *8	◄	@2	◄	T

火 ＝ 人 × 丶 ⇒ Ⓢ × Ⓨ × Ⓗ × 人 × 丶 ⇒ ⁴₄⁷₇⁹₉ ⬇ Ⓨ ⬅ Ⓗ

對 ＝ 丵 × 寸 ⇒ Ⓗ × Ⓣ × Ⓧ × 丶 × 寸 ⇒ ⁹₉*⁸₈¹₁ ⬅ Ⓗ ➡ 封

愁 ＝ 秋 × 心 ⇒ Ⓣ × Ⓗ × Ⓨ × 丿 × 丷 ⇒ *⁸₈⁹₉*⁷₇ ⬆ ₍ ⬅ ⁹₉

眠 ＝ 目 × 民 ⇒ Ⓗ × Ⓞ × Ⓟ × 囗 × 七 ⇒ ⁹₉*⁵₅⁶₆ ⬇ ⁰₀ ➡ Ⓕ

第三節　複詞輸入法

　　複詞輸入法以複詞爲輸入單位。它在九宮鍵盤、標準鍵盤都通用，只有"一貫制十字型法"一種，以下分爲四碼、六碼 兩式。

一、四碼式

　　四碼式每次取四碼，依字數分爲兩字詞、三字詞、四五字詞三種。

一）兩字詞

　　輸入二字複詞，取首字全字型及首儀字型各一碼，復取末字全字型及尾儀字型各一碼，共四碼。

複詞	⇒	首字 字型	×	首字首 儀字型	×	末字 字型	×	末字尾 儀字型	⇒	鍵盤 代碼
民主	⇒	Ⓟ	×	Ⓟ	×	Ⓣ	×	Ⓣ	⇒	6688
政治	⇒	Ⓗ	×	Ⓣ	×	Ⓗ	×	Ⓣ	⇒	9898
科學	⇒	Ⓗ	×	Ⓣ	×	Ⓣ	×	Ⓧ	⇒	9881
自由	⇒	Ⓞ	×	Ⓞ	×	Ⓧ	×	Ⓘ	⇒	5510
平等	⇒	Ⓣ	×	Ⓘ	×	Ⓣ	×	Ⓣ	⇒	8088
博愛	⇒	Ⓗ	×	Ⓧ	×	Ⓣ	×	Ⓣ	⇒	9188
國家	⇒	Ⓞ	×	Ⓞ	×	Ⓣ	×	Ⓣ	⇒	5588
社會	⇒	Ⓗ	×	Ⓣ	×	Ⓣ	×	Ⓞ	⇒	9885
群眾	⇒	Ⓗ	×	Ⓣ	×	Ⓣ	×	Ⓣ	⇒	9888
普遍	⇒	Ⓣ	×	Ⓣ	×	Ⓕ	×	Ⓟ	⇒	8836
價值	⇒	Ⓗ	×	Ⓣ	×	Ⓗ	×	Ⓕ	⇒	9893

二）三字詞

　　輸入三字複詞或成語，取三字全字型各一碼，另加取末字尾儀字型一碼，共四碼。

三字複詞	⇒	首字字型	×	中字字型	×	末字字型	×	末字尾儀字型	⇒	鍵盤代碼
民主化	⇒	P	×	T	×	H	×	X	⇒	6891
聯合國	⇒	H	×	F	×	O	×	X	⇒	9351
藝術家	⇒	T	×	H	×	T	×	T	⇒	8988
交響樂	⇒	T	×	T	×	T	×	X	⇒	8881
委員會	⇒	T	×	T	×	T	×	O	⇒	8885
秘書長	⇒	H	×	T	×	T	×	Y	⇒	9887
地球村	⇒	H	×	H	×	H	×	X	⇒	9991
嘉年華	⇒	T	×	T	×	T	×	T	⇒	8888
千禧年	⇒	T	×	H	×	T	×	X	⇒	8981
念奴嬌	⇒	T	×	H	×	H	×	E	⇒	8992
揚子江	⇒	H	×	X	×	H	×	T	⇒	9198
圖門江	⇒	O	×	H	×	H	×	T	⇒	5998
鴨綠江	⇒	H	×	H	×	H	×	T	⇒	9998
洞庭湖	⇒	H	×	F	×	H	×	H	⇒	9399
長白山	⇒	T	×	O	×	E	×	I	⇒	8520
察哈爾	⇒	T	×	H	×	T	×	X	⇒	8981
德意志	⇒	H	×	T	×	T	×	Y	⇒	9887
墨西哥	⇒	T	×	T	×	T	×	F	⇒	8883
英吉利	⇒	T	×	T	×	H	×	H	⇒	8899
法蘭西	⇒	H	×	T	×	T	×	X	⇒	9881
西班牙	⇒	T	×	H	×	X	×	X	⇒	8911
巴拉圭	⇒	P	×	H	×	T	×	T	⇒	6988
阿根廷	⇒	H	×	H	×	F	×	T	⇒	9938
亞熱帶	⇒	P	×	T	×	T	×	T	⇒	6888
臭氧層	⇒	T	×	F	×	P	×	T	⇒	8368
龍捲風	⇒	H	×	H	×	E	×	T	⇒	9928
白堊紀	⇒	O	×	T	×	H	×	S	⇒	5894
冰河期	⇒	H	×	H	×	H	×	E	⇒	9992
半導體	⇒	X	×	T	×	H	×	T	⇒	1898
微電腦	⇒	E	×	T	×	H	×	T	⇒	2898
秦始皇	⇒	T	×	H	×	T	×	T	⇒	8988

漢武帝	⇒	H	×	X	×	T	×	H	⇒	9181
唐太宗	⇒	F	×	X	×	T	×	T	⇒	3188
艾森豪	⇒	T	×	T	×	T	×	T	⇒	8888
羅斯福	⇒	T	×	H	×	H	×	T	⇒	8998
莫扎特	⇒	T	×	H	×	H	×	T	⇒	8998
貝多芬	⇒	T	×	Y	×	T	×	F	⇒	8783
太空人	⇒	X	×	T	×	Y	×	I	⇒	1870

三）四五字詞

輸入四字或五字複詞或成語，取前四字全字型各一碼。

四字以上複詞	⇒	第一字型	×	第二字型	×	第三字型	×	第四字型	⇒	鍵盤代碼
中華民國	⇒	X	×	T	×	P	×	Q	⇒	1865
三民主義	⇒	T	×	P	×	T	×	T	⇒	8688
國父遺囑	⇒	O	×	F	×	F	×	H	⇒	5339
眾志成城	⇒	T	×	T	×	X	×	H	⇒	8819
大同世界	⇒	X	×	E	×	X	×	T	⇒	1218
萬里長城	⇒	T	×	T	×	T	×	H	⇒	8889
齊齊哈爾	⇒	H	×	T	×	H	×	T	⇒	8898
烏魯木齊	⇒	P	×	T	×	X	×	T	⇒	6818
波多黎各	⇒	H	×	Y	×	T	×	T	⇒	9788
波西米亞	⇒	H	×	T	×	X	×	P	⇒	9816
厄瓜多爾	⇒	F	×	E	×	Y	×	T	⇒	3278
委內瑞拉	⇒	T	×	X	×	H	×	H	⇒	8199
哥倫比亞	⇒	T	×	H	×	H	×	P	⇒	8996
南斯拉夫	⇒	T	×	H	×	H	×	X	⇒	8991
澳大利亞	⇒	H	×	X	×	H	×	P	⇒	9196
遺傳工程	⇒	F	×	H	×	T	×	H	⇒	3989
中山大學	⇒	X	×	E	×	X	×	T	⇒	1218
企業管理	⇒	F	×	T	×	T	×	H	⇒	3889
成本效益	⇒	X	×	X	×	H	×	T	⇒	1198
溫室效應	⇒	H	×	T	×	H	×	F	⇒	9893
四庫全書	⇒	O	×	F	×	F	×	T	⇒	5338
呂氏春秋	⇒	T	×	E	×	T	×	H	⇒	8289

冒頓單于	⇒	T	×	H	×	T	×	T	⇒	8988
努爾哈赤	⇒	T	×	T	×	H	×	T	⇒	8898
咆哮山莊	⇒	H	×	H	×	E	×	T	⇒	9928
鐵達尼號	⇒	H	×	F	×	P	×	H	⇒	9369
戰爭與和平	⇒	H	×	T	×	T	×	H	⇒	9889
山本五十六	⇒	E	×	X	×	T	×	X	⇒	2181
克拉克蓋博	⇒	T	×	H	×	T	×	T	⇒	8988
瑪麗蓮夢露	⇒	H	×	T	×	F	×	T	⇒	9838
仲夏夜之夢	⇒	H	×	T	×	T	×	S	⇒	9884
威尼斯商人	⇒	X	×	P	×	H	×	T	⇒	1698
拒絕往來戶	⇒	H	×	H	×	H	×	X	⇒	9991
台灣關係法	⇒	T	×	H	×	E	×	H	⇒	8929
凡爾賽和約	⇒	E	×	T	×	T	×	H	⇒	2889
波茨坦宣言	⇒	H	×	T	×	H	×	T	⇒	9898
四個現代化	⇒	O	×	H	×	H	×	H	⇒	5999
喜馬拉雅山	⇒	T	×	S	×	H	×	H	⇒	8499
雅魯藏布江	⇒	H	×	T	×	T	×	X	⇒	9881
塔克拉馬干	⇒	H	×	T	×	H	×	S	⇒	9894
克羅埃西亞	⇒	T	×	T	×	H	×	T	⇒	8898
煙酒公賣局	⇒	H	×	H	×	F	×	T	⇒	9938
圓山大飯店	⇒	O	×	E	×	X	×	H	⇒	5219
戶政事務所	⇒	P	×	H	×	X	×	H	⇒	6919
國父紀念館	⇒	O	×	F	×	H	×	T	⇒	5398
故宮博物院	⇒	H	×	T	×	H	×	H	⇒	9899
中央研究院	⇒	X	×	X	×	H	×	T	⇒	1198
中文大辭典	⇒	X	×	T	×	X	×	H	⇒	1819
漢書藝文志	⇒	H	×	T	×	T	×	T	⇒	9888

二、六碼式

　　六碼式適用於六個字以上的人、地、書名，專有名詞，成語、諺語、格言、詩詞名句等。一字一碼，每次取六字共六碼。依字數舉例如下。

一）六字詞

六字複詞	⇒	第一字型	×	第二字型	×	第三字型	×	第四字型	×	第五字型	×	第六字型	⇒	鍵盤代碼
中正國際機場	⇒	X	×	T	×	O	×	H	×	H	×	H	⇒	185999
凱達格蘭大道	⇒	H	×	F	×	H	×	T	×	H	×	T	⇒	939813
阿爾卑斯山脈	⇒	H	×	T	×	T	×	H	×	H	×	T	⇒	988929
波羅的海艦隊	⇒	H	×	T	×	H	×	H	×	H	×	T	⇒	989999
伊莉莎白泰勒	⇒	H	×	T	×	T	×	O	×	H	×	T	⇒	988589

二）七字詞

七字複詞	⇒	第一字型	×	第二字型	×	第三字型	×	第四字型	×	第五字型	×	第六字型	⇒	鍵盤代碼
人生長恨水長　東	⇒	Y	×	T	×	T	×	H	×	H	×	T	⇒	788998
楊柳岸曉風殘　月	⇒	H	×	H	×	T	×	H	×	E	×	H	⇒	998929
智慧型運輸系　統	⇒	T	×	T	×	T	×	F	×	H	×	T	⇒	888398
海峽交流基金　會	⇒	H	×	H	×	T	×	H	×	T	×	F	⇒	998983

三）八字詞

八字複詞	⇒	第一字型	×	第二字型	×	第三字型	×	第四字型	×	第五字型	×	第六字型	⇒	鍵盤代碼
更那堪冷落清　秋節	⇒	T	×	H	×	H	×	H	×	T	×	H	⇒	899989
北大西洋公約　組織	⇒	H	×	X	×	T	×	H	×	F	×	H	⇒	918939
戰區飛彈防禦　系統	⇒	H	×	E	×	F	×	H	×	H	×	T	⇒	923998
原住民事務委　員會	⇒	F	×	H	×	P	×	X	×	H	×	T	⇒	396198

四）九字以上複詞

九字以上複詞	⇒	第一字型	×	第二字型	×	第三字型	×	第四字型	×	第五字型	×	第六字型	⇒	鍵盤代碼
故國不堪回首　月明中	⇒	H	×	O	×	T	×	H	×	O	×	T	⇒	958958
恰似一江春水　向東流	⇒	H	×	H	×	I	×	H	×	T	×	H	⇒	990989

國家安全會議　秘書長　⇒　[O] × [T] × [T] × [F] × [T] × [H]　⇒　588389

國軍退除役官　兵輔導會　⇒　[O] × [T] × [F] × [H] × [H] × [T]　⇒　583998

這次第怎一個　愁字了得　⇒　[F] × [H] × [T] × [T] × [I] × [H]　⇒　398809

第四節　47 字式輸入法

47 字式是十字型的細分。因其「式數」與標準鍵盤「鍵數」相同，所以用以輸入漢字，47 字式法相當便捷。爲便於對照，茲將 47 字式表列於下：

十字型			47 字式				
號	符	名	序	鍵	式	形 狀 說 明	例　　字
0	I	一元型	01	[0]	一	一單筆畫	一乙㇉乀㇏㇗く乚乙○
1	X	交叉型	02	[1]	十	十字交框	十七九又※叉尤左右丹身
2	E	匣匡型	03	[2]	⌐	ケ三邊涵框	夕勿匃句
			04	[3]	⊓	ㄇ三邊涵框	月周同用
			05	[4]	⊐	ㄱ三邊涵框	㋥ㄱ
			06	[5]	⊏	ㄷ三邊涵框	ㄷ�巨匠臣匝匣，匸�巨
			07	[6]	⊔	ㄩ三邊涵框	凵山幽𦥑
3	F	原厓型	08	[7]	⌐	ㄱ二邊涵框	刀刃司可
			09	[8]	∧	ㅅ二邊涵框	仝介合，公分
			10	[9]	⌐	厂二邊涵框	厂仄反后，庚疾虎，皮及
			11	[.]	⌐	ㄴ二邊涵框	乚(北)，㇗(兆)，𧰼(躪)，
			12	[−]	⌐	ㄴ二邊涵框	匕㇗(兆)，𢆶(繼)
4	S	迂迴型	13	[=]	㇅	㇟多厓迴涵框	与乁丿乛㇉乚𠃌𠃌
			14	[\]	ㄹ	㇅單匡厓迴涵框	馬風颺，㇄㇉乙𠃊乜几，丩㇋⺄
			15	[[]	己	己多匡迴涵框	己，弓㋡巛巛弓，弓㇊㇊㋡㇉皀舄
5	O	圜圍型	16	[]]	■	口圍涵框	口日田目回國，凹凸
			17	[:]	⬓	白圍涵框	白自
6	P	巴巳型	18	[,]	𠃌	ㅌ圍框	尸尸(眉)尸(倉)尸(民)戶(殷)㇉㇉(門)㇉㇋㇊
			19	[9]	◇	◇兩邊互圍框	匚(互)，卯(卯)，卯(卯)，反(派)，匕(齊)，
			20	[.]	屮	屮多邊互圍框	屮(丙)，屮(辰)，瓦(瓦)，
			21	[/]	且	且單切圍框	且(縣)皿且(眞)𡆨，屯且(縣)㇄𠃊㋡卯，血，耳

					編號	代碼	符	說明	例字
					22	**A**	Ⅱ	Ⅱ雙切圍框	Ⅱ（並嚴）亞，月（齊），夕（豸）
					23	**B**	巳	巳圍框	巳巴，卪
					24	**C**	弓	弓圍框	鳥弓（鳥島梟裊）弓（以）弓弓弓
					25	**D**	呂	呂圍框	呂（官耜），皀皀
					26	**E**	黽	黽圍框	黽龜
7	Y	傾斜型	傾撇被切分	27	**F**	𠂉	傾撇右被一切	𠂉（年午矢乍無缶），𠂆丆
							牛	傾撇右被十切	牛失
							丷	傾撇左上被切	丷丬（班辨）夕（亥）丷丫
							人	傾撇右下被切	人（疋是捷亥以），𠂤（矛）
							亻	傾撇下被切	亻千手𠂊（豕）工（衣）毛，㒼
							丄	傾撇上被切	丄（以）
							夊	傾撇左右被切	夊
							⁄⁄	傾撇分離	勹（勿）彡（須）𠆢（沈）多么，%
				斜捺被切分	28	**G**	厶	斜捺左被橫切	厶𠃌（風禺惠專）
							入	斜捺左被撇切	入𠆢（即）
							マ	斜捺右被撇切	マ（甬）乀（氏衣）癶（發）又（祭）
							ン	斜傾分離	冫シン
							丶丶	斜分離	丶丶川ミ
				互切	29	**H**	幺	㇄左被切又切斜於左	幺
							乡	㇄左被切又切傾於左	乡（鄉）
8	T	上下型		30	**I**	丅	下切合	丁丅丁市于下干平兀π𠂇丌
				31	**J**	丄	上切合	亠业上土士里坙畫牛屮丷
				32	**K**	工	工切合	工王玉五互亙巫丕正噩
				33	**L**	十	卡切合	÷卞卡辛，圭主坴，丰龶
				34	**M**	二	異離：上下相異離	呆杏杳杲
				35	**N**	吕	同離：上下相同離。	吕同離：二圭昌畾爻戔炎哥棗多三。品同離：垚森焱淼磊。品同離：叒
				36	**O**	亠	背離：上下八向反轉離	八離：丫。囗（向離）：𨂡。亠（反離）：崗。𠃍（轉離）：𠦄
				37		夾	同夾離	吕：器囂囂置

9	H	左右型	38	Ⓟ	瓜	離	背夾離	瓜：崇嵩。光（益）興。目
				Ⓠ	川	傍離	同傍離	昌：走，叩：策禁草莊嚴單災，品：參疉桑，器：醫
							背傍離	台：谷台。正：背皷。正。目。
							夾傍離	器：樊攀棥鬱。谷：肖。屵：與興輿鸞學覺。㣋：燕。臼：叟兜。臼　正
			39	Ⓡ	卜		右切合	卜卝爿片非（右）
			40	Ⓢ	卝		左切合	卝丬屮爿非（左）
			41	Ⓣ	H		H切合	H
			42	Ⓤ	丰		丰切合	丰（懷）
			43	Ⓥ	刂		異離：相異離	法相外形
			44	Ⓦ	刂刂		同離：疉同離	林棘羽弱；
			45	Ⓧ	刂匸		背離：左右八向反轉離	行卵卯兆北儿；八；門鬥］〔　〔〕
			46	Ⓨ	刂匸	夾離	同夾離	粥棥儺讟
							背夾離	小：小火。米：水氷承黽。門：鬥（學）批（燕）。刂匸：街衞卿鄉；〔刂〕：臼（叟），卣（兜）。
			47	Ⓩ	匸刂	傍離	同傍離	刂刂：彬，夠；淋琳翻儡
							背傍離	八：扒趴趴。匸刂邞孵。〕刂：
							夾傍離	刂刂：米刂：臼刂：卧刂：

一、單字輸入法

標準鍵盤→　取碼法＝單字字式　×首儀字式　×尾儀字式

以下所舉例，字式均直接以標準鍵盤上鍵子代替。

序	字	=	首儀	×	尾儀	⇒	單字字式	×	首儀字式	×	尾儀字式
①	天	=	一	×	大	⇒	Ⓜ	×	Ⓞ	×	❶
②	行	=	彳	×	亍	⇒	Ⓧ	×	Ⓕ	×	Ⓠ
③	健	=	亻	×	建	⇒	Ⓥ	×	Ⓕ	×	⊟
④	君	=	尹	×	口	⇒	Ⓜ	×	❶	×	Ⓞ
⑤	子	=	了	×	一	⇒	❶	×	Ⓞ	×	Ⓞ

⑥	以	=	乚	人	⇒	Ⓥ	×	⊟	× Ⓕ
⑦	自	=	白	=	⇒	[:]	×	[:]	× Ⓝ
⑧	強	=	弓	虽	⇒	Ⓥ	×	[	× Ⓜ
⑨	不	=	一	个	⇒	Ⓘ	×	Ⓞ	× Ⓕ
⑩	息	=	自	心	⇒	Ⓜ	×	[:]	× Ⓥ

二、複詞輸入法

輸入二字以上複詞或成語，均可使用。一字取一字式，超過四字時，取前四字全字式各一碼。為節約篇幅，以下只舉四字詞為例：

四字以上複詞	⇒	第一字式	×	第二字式	×	第三字式	×	第四字式
中華民國	⇒	1	×	Q	×	.:	×	]
三民主義	⇒	N	×	.:	×	L	×	M
國父遺囑	⇒	]	×	8	×	━	×	V
眾志成城	⇒	M	×	M	×	1	×	V
大同世界	⇒	1	×	3	×	1	×	M
萬里長城	⇒	Q	×	J	×	L	×	V
齊齊哈爾	⇒	M	×	M	×	V	×	I
烏魯木齊	⇒	C	×	M	×	1	×	M
波多黎各	⇒	V	×	F	×	M	×	M
波西米亞	⇒	V	×	I	×	1	×	A
厄瓜多爾	⇒	9	×	3	×	F	×	I
委內瑞拉	⇒	M	×	1	×	V	×	V
哥倫比亞	⇒	N	×	V	×	W	×	A
南斯拉夫	⇒	M	×	V	×	V	×	X
澳大利亞	⇒	V	×	1	×	V	×	A
遺傳工程	⇒	━	×	V	×	T	×	V
中山大學	⇒	1	×	6	×	1	×	M
企業管理	⇒	8	×	L	×	Q	×	V
成本效益	⇒	1	×	1	×	V	×	M
溫室效應	⇒	V	×	M	×	V	×	9
四庫全書	⇒	]	×	9	×	8	×	M
呂氏春秋	⇒	O	×	5	×	M	×	V

冒頓單于　⇒　**M**　×　**V**　×　**Q**　×　**I**

努爾哈赤　⇒　**M**　×　**I**　×　**V**　×　**M**

咆哮山莊　⇒　**V**　×　**V**　×　**6**　×　**Q**

鐵達尼號　⇒　**V**　×　**—**　×　**.**　×　**V**

第六章　製字新法

所謂製字，即一般個人電腦中的「造字程式」，製出電腦未存放的字。這是由於電腦上所配備的漢字集太小或爲罕用字、古文等特殊字形，由使用者自行補充字集的作業系統。目前“造字程式”提供以「抹黑」方式，在畫有 64×64＝4096 個小方格的大矩陣上，一筆一畫「上墨」填實，製出單字的軟體。不過這方法太費事，以筆者撰寫本文來說，前後約計造 10000 字，若一字以 10 分鐘計算，一天工作 8 小時，則全部需（10000 字×10 分）÷（60 分×8）＝208 天，佔一年的 57%，可見相當耗時，很不經濟。本文提出三個輕鬆的製字構想解決問題。這構想經請教幾位資訊專家初步檢核認爲只要軟硬體能配合應可實現。

第一節　模型法

模型法是以十字型圖暨形聲型圖爲模型（Prototype, Pattern），將字母或形聲符當作塑材，投入其中，透過“造字程式”的運作範塑出單字來。例如：

（一）欲製造表示漢字爲形音意三位一體的“意彡”字，據字型圖，找出“⿰模型”，將“亠丷日儿丶彡”六個字母依序投入，製出“意彡”字來。

（二）欲製造罕用形聲字“𪇗”字，據形聲型圖，屬於內形外聲型－原匡狀－右下方向開口⿸式，找出疒、次兩聲符，投進『白框內；非形符投進■黑框內，製出"爐"字。

實際作業，是先把型圖暨字母、形聲符存在「程式集－附屬應用程式－造字程式」內備用。

第二節　組合法

組合法是以線排式為模型，透過"造字程式"的運作組合成字。例如：

彰＝H〈一二丄二日二（儿 A丶）〉丨丨彡

上式 H 為字型符號，二丨丨A 為組合符號，〈〉（）為層次符號，一丄日儿丶彡為字母。＝表轉換成或變化成，彰為所製字。

實際作業時，是利用第四章的"字母輸入法"在標準鍵盤上直接製字。其中：

1、層次符號免輸入，上式可簡化成：彰＝H一二丄二日二儿 A丶丨丨彡

2、把組合符號定義在鍵盤最上排的 12 功能鍵（Function Key）上，不足四個，則借 Caps Lock、Print Screen、Scroll Lock、Pause 鍵，共 16 個，稱為"16 拼寫鍵"。其對應關係為：Caps Lock ＝ J 直接，F8＝λ 斜切，F1＝Φ 交插，F9＝Π 橫切，F2＝A 開涵，F10＝K 縱切，F3＝Γ 角觸，F11＝∥ 傾離，F4＝G 互切，F12＝丶 斜離，F5＝Θ 關涵，Print Screen ＝二 橫離，F6＝Б 切接，Scroll Lock ＝丨丨縱離，F7＝У 傾切，Pause ＝ロ|ロ 縱夾。

第三節　加減法

加減法是先拷貝（Copy）電腦上所配備的漢字集或行政院主計處電子資料處理中心《CNS11643 中文全字庫》內的字，予以「加減改變」成所需新字。

一、加：例如要製「㮤」字，就先拷貝「林」、「矛」字，然後把「矛」加入「林」中間。

二、減：例如要製「㮤」字，就先拷貝「懋」字，然後把「心」減去。

三、改：例如要製「㮤」字，承接上一步驟，把「懋」字之「心」減去後，還必須把「懋」上面的的「㮤」予以垂直拉長至與原「懋」字的長、寬相同。

四、變：例如要製「象」「免」中間的「ㅂ」字根，就先拷貝「日」字，然後「旋轉」90°即成。

第四節　強軟體

以上不論是模型法、組合法還是加減法製新字，均需要電腦內備有強大軟體，否則不能成功。

目前電腦中的「造字程式」已開發出：

1. 鉛筆、刷子、橡皮擦等工具，

2. 直線、中空矩形、中空橢圓形、實心矩形、實心橢圓形等圖形，

3. 以及矩形選取、自由圖形選取、旋轉（包括垂直、水平、90°、180°、270°）等功能。

但是，離「隨心所欲」製新字還有一大段距離——例如想在 64×64＝4096 個小方格上，先拷貝「林」字，繼想拷貝「矛」字入內，就不成——「林」字會被「矛」字掩蓋掉。

因此，寄望電腦軟體業界能開發出上述模型法、組合法、加減法製新字所需的各種功能和工具、圖形、模型……來。

撮要而言，「理想的」製字軟體：

一、要具有：縮小、放大、壓扁、壓窄、拉長、翻面、傾斜（各種角度）、旋轉（各種角度）、彎曲（各種弧度）……等功能。

二、要具有：16 拼寫組合鍵與多字連續拷貝於一方格上之功能，暨十大字型、47 字式、12 形聲……等模型。

三、要具有：各種書法字體的轉換功能。例如將「楷書」轉換成「明楷」「隸書」「草書」「行書」「小篆」「甲骨文」……等。

第五節　全字庫

我們寄望行政院主計處電子資料處理中心《CNS11643 中文全字庫》能升格成為「世界中文永久管理中心」，負責漢字的維護、管理、發佈、支援、連絡等職能。個人或團體所製造的單字、字根、偏旁、古字、符號、簽名、商標、logo……，均彙集於此，然後分類、編號、注音、定義……，並回復原製作者。如此，一則節約全球造字資源，二則可以強固漢字的品質、力量，讓全世界共享。

第七章　漢字排行

第一節　概　說

本章目的在探討一行或一頁漢字最佳排行法。

排行（page arrangement），亦可名"排向"，即以‘行’爲單位，對一行或一頁字，或向左、或向右、或向下行文排序的方法，傳統名詞叫做"行款"。〔註1〕

從上面各字型比率統計可知十型中以左右型最多，佔64%；上下型次之，佔25%；前者爲後者的2·5倍，但兩型合佔近90%。根據這資訊來檢討漢字書寫行文或排向，有一定意義和價值。

第肆篇第七章第四節五「漢英韓字型比較」第五項「排行（行款）」，提到漢字原則上各種排向皆可，惟水平橫排和垂直縱排較常用，第二字又可左行、右行、上行、下行，第二行又可左移、右移、上移、下移，故至少有8種排向。相較於英文只一種，漢字的排向是太豐富了，一方面表示漢字透過排向展現的科學性、靈活性和藝術性——筆者以前曾陪來華學中文的外國朋友去故宮博物院參觀，路經中山北路中山橋，見路中漆著約一平方公尺白色大字三列：「林士

〔註　1〕見司琦著《中文排列方式析論》台北東大圖書，民國81年初版，頁107。

往＼」「店飯大山圓往↑」「／往大直」，箭號都寫在「往」字下，「士」「圓」「大」
在「往」字上，「林」「山」「直」在「士」「圓」「大」上……，開車者一目瞭然，
瞬間即選出所欲往路線，這位外國朋友大爲讚賞漢字排行的靈活性。但他可能
不知道也因它的靈活性帶來困擾，如民國 79 年 10 月 16 日立法委員朱鳳芝在質
詢時，準備了一幅海報，由右而左寫著「本日大賣出」，要求教育部長毛高文當
場唸出「本日大賣出？出賣大日本？」另外，國民黨祕書長章孝嚴，倒唸即是
前榮工處長嚴孝章；名作家王大空，倒唸即是炒作股市的空大王；中正國中倒
唸即成中國正中。

　　排行，指一行一頁文字在紙面、螢幕等書寫介質上展現頁面屬性的形態。
世界現行文字有四種排行方式：

　　　　一）橫排右行下移左起式：拉丁、斯拉夫、印度文字系統屬此，今亦漸
　　　　　　成爲漢字排行主流。

　　　　二）橫排左行下移右起式：阿拉伯文字系統屬此。

　　　　三）直排下行右移左起式：老蒙文、滿文、錫伯文字系統屬此。

　　　　四）直排下行左移右起式：傳統漢、和文字屬此。

第二節　問　題

　　漢字的排行方式其實不止（一）（四）兩類型，由於漢字的方塊單位性，可
以作四面八方的排行，是世界現行文字中最靈活的。整體而言，這種靈活性是
優點，但如不加規範，反成缺點，如前舉「本日大賣出？出賣大日本？」例。

　　司琦教授研究漢字行款，撰《中文排列方式析論》，[註2] 指出多年來中文
排行問題，廣受國家元首、民意代表、學者專家、社會人士的關注，發表談話
或撰述論著。教育部因而多次公布中文排行的辦法，然未見顯著效果。他歸納
成三個問題，並加解答：

　　　　一）中文既可直排，又可橫排，直排方式與橫排方式何者爲優？他的解
　　　　　　答是：從學術研究結果，也是從閱讀心理看來，中文橫寫（排）略
　　　　　　優於直寫（排）。

　　　　二）中文如採直排方式，自第二行起宜左行，即傳統方式？抑自第二行

────────────

〔註 2〕「排列方式」一詞在此爲排行、行款之意。

起右行，與左行相反？他的解答是：直排左行是中國文字的特色，不成為問題。

　　三）中文如採直排方式，自第二行起宜左行，其標題採橫排方式；標題宜左行與行次的方向一致？抑標題宜右行，堅守凡橫排均一律由左而右？他的解答是：

本問題爭論最多，涉及中英文字配合應用上許多排列方式，特擬出：「中則中，西則西；中西對照，採用西式。主為主，輔為輔；二者並重，由左而右」的口訣。〔註3〕

第三節　建　議

　　我們認為司琦教授的意見很實際，大體可接納，惟更積極主張統一為：

橫向排列、次字右移、次行左起、右轉次頁

　　共四句 16 字，總括：中西、文符、字詞、行列、版頁〔註4〕等五大界面，簡稱 "橫排右移左起順次" 排行方式，其他皆應割愛。其中：

　　一 "次字右移" 指「第一字寫完，水平右移第二列寫第二字」，

　　二 "次行左起" 指「第一行寫完，下移第二行從左首寫起」，

　　三 "右轉次頁" 指「第一頁寫完，順次右移第二頁首行左起繼續」。〔註5〕

　　萬一捨不得割愛還想保留「直排下行」，則「右移」較「左移」為佳，這是與司琦教授相異之處。總的理由是：漢字從左而右排列的左右型字佔 64%，其他才佔 36%。它有下列效益：

　　一）「橫排右移」與大多數的單字內部字根書寫運動方向一致，形成對應與和諧美。尤其佔多數的左右型字末筆與後字首筆間形成～～橫波形筆跡，較為美觀，草書的橫波尤其連貫而明顯，宛如自然水波。據眼科醫師言：方向一致

〔註3〕同註1，頁 127～128。

〔註4〕①中指漢字，西指西洋拼音文字；②文指文字，符指文字以外的符號、圖案；③字指單字；詞指複詞，排行時應注意斷詞以預示詞性豁顯詞義，如 "孫中山" 不可斷為 "孫中　山"，包大人、花老師之 "包" "花" 如為專名宜加私名號；④橫曰列，直曰行；⑤版頁，指整本書的頁面安排。

〔註5〕古人視左為違、逆，如蘇軾〈論書詩〉：「此語與時左」；而《正字通》：「右，左之對也」，所以將 "右" 解為 "順"。

感加上書寫時所形成較多的～～自然水波形，對人眼較有益，不容易效勞。

二）不論橫排、直排，只要「右移」，則書籍封面及第一頁一律在左面，便於印刷和圖書管理。愛書人到書店翻書時，也不必看封面，就可知道首頁、目次必在左邊，節省時間。

三）「橫排右移」書寫時前字末筆與後字首筆間的"間隔"和"位移"，相較於「橫排左移」者爲短：

（一）譬如右移寫「距離」兩字時，"距"字末筆"一"之終點與"離"字首筆"、"之起點，相距約 0.5 公分；

（二）若左移作「離距」排列時，從右先寫"距"字，末筆"一"之終點與"離"字首筆"、"之起點時，則兩點相距約 1 公分；

（三）上述兩式比較：第二式比第一式之位移多出 1－0.5＝0.5 公分，即一倍距離。

從上可知「橫排右移」較「橫排左移」書寫省時、省力。其他方式如「直排下移」書寫，亦不如「橫排右移」順暢。

綜合上述，我們積極提倡：："橫排右移左起順次"方式，因它使字、列、行、頁四單元的安排趨於最科學、最美觀境界。

第陸篇　結　論

　　筆者服役空軍時曾多次親聆名聞中外的「雷虎小組」飛將軍言：民國 43 年代空軍官校、飛校招生，專挑身高 165cm 體重 60kg 以下「輕薄短小」型健兒，而如 NBA 灌籃高手的大漢則摒諸門外，蓋當時 F－86 等系列之噴射軍機駕座皆極狹小容不下大個子也。

　　這個故事似可借來說明：自鴉片戰爭（1840~1842A.D.）中西密切交會迄今百六十年來，甚至自十五世紀德國人谷騰堡（Johannes Gensfleisch zum Gutenberg？~1468A.D.）發明鉛活字印刷術，迅速普及、累積、提昇歐洲拼音文字系民族的知識以來，[註1] 國人就豔羨 ABCD 拼音文字之簡易輕巧，[註2] 而漢字就像民國 43 年代雷虎小組招考新隊員時，那些天生高頭大馬的壯漢，開始處於歷史的尷尬期，屢瀕於被摒棄的邊緣。

　　本文從漢字的屬性分析、結構鑑定，到六書的新詮釋和新發現，最後做成漢字優缺點分析暨強弱診斷，深切體認漢字本質優良，遠超出其他文字，只是

〔註 1〕筆者以為近代歐西文明發軔於文藝復興，文藝復興則肇基於知識的普及，知識的普及又奠基於活字印刷。故谷騰堡之功勞甚大。

〔註 2〕遠在明朝的方以智（1611~1671A.D.）就知：「遠西因事乃合音，因音而成字，不重不共，不尤愈乎？」因而提出了漢字應當實行拼音化的主張。見任道斌編著《方以智年譜》，頁 90。

位階太高、內涵太富、塊頭太大、數量太多、涉足太廣、變形太大〔註3〕——當"流年"運行到一切講究「輕薄短小」「少巧敏捷」的時代，因鑽不進科技化的機艙，只好下機走路，國人對漢字的信心也跟著動搖。因此，自第肆篇楷書理論——構位、構貌、構材、構法、構型、構媒起，就專從漢字體質、身材著眼，規劃如何建立「線性化漢字」，尋求如何而可以"減肥"，如何而可以"瘦身"，引領漢字鑽進「輕薄短小」「少巧敏捷」的科技化機座。

透過中西文字的比較，確定"字母"是以簡馭繁、以小搏大、以少治多的關鍵，所以要為漢字建立一套像拼音文字那樣簡易小巧的字母。首先研究剖解法，從全部約五萬字中找出筆畫最少、數量最少、組合最少，但成字最多的最佳平衡點的集合，這就是「漢字母系統」。

漢字母建立後就逆向操作，把孤立、散裝的字母集合起來，裝配成字，這叫做組合（Connecting/Matching）。

組合有交插、接觸、內涵、距切、分離五大方式，他們具有方向性、距離性、位置性等，使同一字母出現在不同位置，顯現在不同方向，映現不同角度，呈現不同緊密度，這樣就引出了"字型"。

筆者復從五萬字中歸納出漢字結構有 IXEFSOPYTH 十大字型，涵蓋點、線、面三種幾何圖形，比只有線性排列的拼音文字如英文複雜得多，漢字就是利用字型的複雜性來經營方塊內的字根（含字元、字素、形聲符等），做到一字一形，所以它是一個強大的結構機制（Mechanism），它安排字母的位置、面積、長寬、大小、數目甚至形狀，也管理組合的運作。所以，必須整合字型、字母、組合三者，才能創造一個良好的漢字結構系統（Structure system）。

經過完善的溝通與有效的統合，這個 字型、組合、字母 三合一的線性結構系統，已經準備好為精進漢字的科技化、電腦化使命服務，俾再度負起承挑中華文化和傳承人類文明的重任，而筆者數十年來念茲在茲的心願得以圓成，以下補充幾點，也作為全文的總結：

一、本文將漢字科學化理論與應用系統擘劃為古今兩系共三篇：古，所以尋根覓源，包括「一般理論」和「六書理論」兩篇；今，所以開闢將來，以「線性理論」為核心，規劃「殷字剖組排式系統」。三篇分立之中仍相連屬，

〔註3〕這是對漢字之為高階、綜合、大塊、超重、積木、營力文字的消極面描述。

但重點則放在今，以它爲基礎開發「應用系統」。

二、現代六書（6M）的建構，可使楷書的意義、淵源、統系、分類、性質、結構、功能、地位 等，有堅實的立足點和完整的理論體系。

三、透過六構及七造，積極保留漢字優點，補強結構，澄清誤會，掃除缺失和轉化弱點，使他可以完全科技化、電腦化，相信在第三波（Third Wave）洶湧澎湃的衝擊下仍能昂然前進。所以，籲請國人恢復對漢字的信心，並儘早打消不合理的簡化和不智的拉丁化暨另創新文字運動。

四、通過對字型、字母、組合法暨線性拼寫法、輸入法、排序法、檢索法的了解，可以加深對漢字的認識和肯定。

五、前四篇屬於理論，第伍篇爲實用課題，所提六個應用系統都是從理論體系開發出來。惟實踐是檢驗眞理的最佳法門，所以，敬請電腦、電訊、圖書管理、字典編纂、對外華語教學業界，提供檢驗意見，更歡迎共同開發應用產品。

附　錄

附錄一　林語堂先生書翰

明道同學：

　　眞高興看到您的信，一個高一的學生就會想到去研究一種簡易的檢字法，造福人群，這是很了不起的，更難得的，是您對這件事眞有興趣，而且眞用了功夫，並有收穫，您應該感到高興和驕傲。

　　從您的長信中，我了解了您發現的檢字法，在我的印象中，日本漢文字典，以及意大利人 Poletti 編的一本字典，似乎都採用了類似的檢字法，我覺得這個方法仍不夠理想，也不夠徹底，如果您還有興趣，可繼續研究，創出一種簡易的檢字法，但必須作到統一而沒有任何例外。預祝您成功。

祝

健康

弟

（1967 年）　十一月十六日　　　林 語 堂

附錄二　41字元／字範歌

F調　　2/4　　　　用〈茉莉花〉曲

第一行

```
3  35 | 61  16 | 5  56 | 5  0 | 3  35 | 61  1 6 |
好 一朵  美 麗的  茉 莉  花      好 一朵  美 麗的
○ 態形  變 建壹  音 辭  迤      ○ 態形  變 建壹
圜 北冥  深 冷之  海 鯤  御      圜 北冥  深 冷之
昨 夜東  風 掃落  梨 花  無      昨 夜東  風 掃落
○ 一直  撇 捺甲  契 總  冊      ○ 一直  撇 捺甲
```

第二行

```
5  56 | 5  0 | 5  5 | 5  35 | 6  6 | 5  0 |
茉 莉  花      芬 芳  美 麗  滿 枝  椏
音 辭  迤  御  詠 厌  平 與  倉 頡  文 學
海 鯤  花 無  風 九  亿 擊  乃 頡  學 子
梨 花  無 冊  數 隨  處 客  棧 建  燕 彐
契 總  冊 化  十 字  型 夕  匚
```

第三行

```
3  23 | 5  32 | 1  12 | 1  0 | 32  13 | 2 · 3 |
又 香  又 白  人 人  誇      讓 我  來 將 五
健 妙  道 兩  儀 凸  三龍  體 四  凹 厌奧
宮 山  道 頂  尊 蚪  抒    與 驂  馬 宙人
來 此  將 偕  長 詠  刀    寫 字  宙 巳
山 門      厂  厶      弓      四
```

第四行

```
5  61 | 5  — | 2  35 | 23  16 | 5  — | 6  1 |
你 摘  下      送 給  別 人  家      茉 莉
組 設  陸  艻 承  考 八  代    七 風
地 潛  玄  妙 誠  悟 慧  見    義 廷
妙 也  能  厌 與  鼎 鼎  建    設 九
彐 貌  竈  入 鄉  勇 丁  主      攻 三
```

第五行（①②結尾）

```
2 · 3 | 12  16 | 5  — | 5  — ‖  1  — | 1  0 ‖
花      茉 莉  花。       花。（茉莉花 歌詞）
九      艺 以  拾。       拾。（筆尾向 字元歌詞）
迎      來 傳  猶。       猶。（筆首向 字元歌詞）
艺      凡 陸  ◎。       ◎。（筆型 字元歌詞）
川      卜 收  齊。       齊。（字範歌 詞）
```

附錄三　36字元歌

G調　　4／4　　　　　　用〈蒙古牧歌〉曲

6 6 65 35	6 · 1 6 -	5 5 16 53
從軍長城　外，		塞上好風
昨夜地搖　震		落千廈愁

2 · 3 2 -	1 · 6 56 53	2 53 2 1 6
光，　　草兒長		馬兒壯，
遍　　　全台(蜀)殘		黎眾能

16 13 2 2 1 6	5 · 65 -	1 · 6 56 53
蒙古兒女牧牛羊，		黃　河岸
昂起繼戰努力改		命　運興

| 2 53 2 1 6 | 16 13 2 2 1 6 | 5 · 65 - |
| 陰山旁，　英雄騎馬過橋　樑。(蒙古牧歌 歌詞) |
| 鄉參与　鼎鼐猛建設迅　訖。(36筆型字元歌詞) |

附錄四　47字元／字式歌

F　　4／4　　　用新疆民謠〈掀起妳的蓋頭來〉曲。47字式圖如第五篇第五章第四節

5 11	1·3	2 3 4	3	5 11	1 3	2 3 4	3	3 3 2	3 3 2	3 5 3 2	1 1
掀起.了	妳的	蓋頭	來	讓我	看看	妳的	眼，	妳的	眼兒	黑又	亮啊
昨夜地	搖震	落萬	千	家大	廈心	憂愁	遍	爪全	台黎	眾繼(繼)	昂起
										(蜀)	

2 2 4	3 3 2	1 5	5	3 3 2	3 3 2	3 5 3 2	1 1	2 2	4 3 2	1 1	1 : ‖
好像那	珍珠	一模	樣	我的	眼兒	黑又	亮啊	好像	那珍珠	一模	樣
豈能認	栽於	命運	含	淚水	興返	鄉參	与鼎	鼐 乃	猛 建設	迅之	訖 (47字元歌詞)

附錄五　50 字元歌

F調　　4/4　　　　用　黎錦暉　作〈國父紀念歌〉曲

5̲ 6̲ 1̲ 2̲ 1- ｜3̲ 5̲ 2̲ 3̲ 1-｜2•3 1 2•7 6•7 ｜5 − − 0 ｜

我們　國父　首倡革　命革　命血　如　花

昨夜　地　動！震落萬　千家　大廈，　心　悲

6̲ 1̲ 1̲ 6̲ 5̲ 1̲ 2̲ 2̲ ｜5̲ 3̲ 3̲ 1̲ 6̲ 1̲ 2̲ 2̲ ｜2 5 3̲ 2̲ 1•2 6 ｜1̲ 2̲ 5−0 ｜

推　翻了　專制建　設了共　和　產　生了民　主　中　華，

爪　遍全　台(蜀)黎眾　繼昂　起！豈　能　認栽　於　命　運　也？

3̲ 5̲ 2•1̲ 6 0 ｜1̲ 2̲ 5•6̲ 2̲ 0 ｜3•2 3 5̲•6̲ 5 ｜2̲ 1̲ 1−0 ｜

民　國新成　　國　事如麻，　國　父詳　　加　計　劃

含　淚水興，　　返　鄉，參與　鼎　弆大　　与　迅　猛

3•2 3̲ 5̲•6̲ 5̲ ｜2̲ 3̲ 1− 0 ｜

重　新改　造中　華。

凸　建設，乃　之　訖。　　（50 筆型字元歌詞）

附錄六　147字素歌

F調　　4/4　　　（曲據　賴孫德芳 原作 〈海上進行曲〉　改作）

```
f              >              >              >    >
000 5·3 | 5 - - 3·1 | 3 - - 6·3 | 6 - 5 4 3 |
  余 致 力    中 文 研    究,積 肆    十 年 在

>              >              >  >  >  >  >    >    >
2 - - 5·3 | 5 - - 3 2 1 | 3 5 2 3 | 4 - 6 7 |
求    電 訊 快,    漢 字 美,總 述 構 理, 始    講 殷

              ▼ ▼ ▼ ▼ ▼ ▼              >    >    >    >
1 - - 0 | 6 3 2 3 2 3 6 | 5 3 2 3 6 1 2 | 5·6 3·5 2·3 1·2 |
契,           統 貫 淺 出 獲 匯 通 定 典 範 望 即 掃 革 舊 飆, 長 興!

>    >    >    ▼ ▼ ▼ ▼ ▼ ▼ > > >  >    ▼ ▼ ▼ ▼ ▼ >
3·5 2·3 5 - | 6 6 5 5 3 3 2 2 | 1 ·6 1 2 | 6 3 2 3 2 3 6 |
返 原 乑, 廢    除 越 庖 聲 化 寫 罵 已 弛·改 考 萬 名·明 百 史·惡 閻 鬥,

▼ ▼ ▼ ▼ >        >        f        >              >
5 3 2 3 2 16 | 1 - - 5·3 | 5 - - 3·1 | 3 - - 6·3 |
陳 絕 創·根 留 植 民    間,暇 歸    呂 耜·依    班 次,

>    >    >        >              >        >  >  >  >
6 - 5 4 3 | 2 - - 5·3 | 5 - - 3 2 1 | 3 5 2 3 |
齊 幼 孩,眾 均    优 行, 先    生 貌 飛 揚,授 玖 筆

>    >    >        ▼ ▼ > ▼ ▼ >        ▼ ▼ >
4 - 6 7 | 1 - - 1 3 | 4 6 1 2 5 3 | 2 3 6 1 2 - |
形 輸 入 良    法·既 發·風 雲 湧,疾 罔 於 國際,爲

▼ ▼ ▼ ▼ >    >    ▼ ▼ ▼ ▼ ▼    >    >  >  >
5 3 2 3 2 16 | 1 - 5 3 2 3 | 4 - 6 7 | 1
道 術 兮正 熙彝, 長 張 峯夏 彡 經    到 三 洋.

▼ ▼ ▼ ▼ ▼ ▼                  >    >  >  >
| 6 3 2 3 2 3 6 | 5 3 2 3 6 1 2 | 5·6 3·5 2·3 1·2 |
關 懷 兄弟 姊 妹 普    齋 歡 愛 送 世界,聯 成 無 上    利    至.
```

附錄七　64 字圖歌

♭E(c)調　2／4　　　用〈台灣好〉曲，對應 羅家倫 詞，一字一圖，圖如第伍篇第一章第十四節

0　666 |6 · 3|356　532|122　321 |6 11 2 · |2 － |2 －|
　　台灣　好　　台灣　好　台灣　真是　復興島，

53 5　6 |532　12 |3 21　66　| 165　56| 6 － | 6－ |
愛國 英雄　英勇　志士 都投到　他的　　懷　抱，

335　532|　335　6|653 3 | 3 － |223　321 |2 23　5 |
我們　受　溫暖的 和 風，　　　我們　聽　雄壯的　海

532 2|2 － |6 · 3| 532　1 2| 321　6　6　　|
濤，　　　我　們　愛國的　情 緒　比那　巍　峨

1 65　6　<66>| 1 65　56 · | 6 －: ‖
阿里山 高　比　阿里 山 高。

附錄八　教育部公告常用國字表 中華民國 74 年 9 月 1 日

依行政院文建會資訊應用國字整理小組 83 年 6 月第二次重印本順序排列

1 畫：〔一部〕一丁七三下上丈丑丐不且丙世丕丘丟丞並〔丨部〕丫中串〔丶部〕凡丸丹主〔丿部〕乃久么之尹乏乎乍乒乓乖乘〔乙部〕乙九也乞乩乳乾亂〔亅部〕了予事

2 畫：〔二部〕二于井五互云亙亞些亟〔亠部〕亡亦亥交亨享京亭亮〔人部〕人今仁什仃仄仆仍仇介令付仕他仞代仔仗仙以仿伉伙伍任伊佚休伐伏仲企仳件仰份住位伴佇佗伺佞余佛何估佐佑伽佈但伸佃佔似佣作你伯低佝伶依佯併侍佳使供來佬例侖佰侃佻侈佩侏佾信俑侵侯便俞俠俏侶俚保促俘俟俊悔俐俄係俎俗倉傲倍俯倦倌倥們俸倨倔倖倩倆借倒值倚俺倘俱倡個候俁修俳倭傛俾倪倫停偏健假做偉偓側偶偎偵偌偕候偷傍傢傅備傑傀傖傘傭傳債傲僅傾催傷傯僧僮偓僥僖僭僚僕僞像僑儀億僻僵價儂傻僧儉儐儘儒儔優償儡儲儷儼〔儿部〕兀元允充兄兆光兇先兌克免兒兔兒兗兜兢〔入部〕入內全兩〔八部〕八六兮公共兵其具典兼冀〔冂部〕冉冊再冒冑冕最〔冖部〕冗冠冢冥冤〔冫部〕冬冰冶冷冽凍凌凋准凜凝〔几部〕几凰凱凳〔凵部〕凶出凹凸函〔刀部〕刀刁刃切分刈刊刑列划刎判別刪刨利券刻刷到刺制刮剎刹剃前剌剋削則剜剖剛剔剎剪副割剮剩創剷剽剿劃劈劇劍劉劑〔力部〕力功加劣劫助劬努劾勇勃勁勉勘勒務動勞勛勝勢勤募勦勵勸〔勹部〕勻勾勿包匆匈匍匐匏〔匕部〕匕化北匙〔匚部〕匝匜匡匠匣匪匯匱〔匸部〕匹匾區匿〔十部〕十千卅午升半卉仟卒協卓卑南博〔卜部〕卜卞卡占卦〔卩部〕卯卮印危即卵卷卸卹卻卿〔厂部〕厄厚厝原厥厭厲〔厶部〕去參〔又部〕又叉友及反取叔受叛叟曼叢

3 畫：〔口部〕口司古叮可叩右叼叨另召叫台句叱叭只史吁吋吉吐吏同吊名各吃吒向吆合后吭吝吞君呎吾吧呀吱呆吼呃否吠吶吳吵吮告呈吻吸吹呂含吟昐味呢呵咕哇咖呷呻咀咒咄呼周咆咋和咐命咴呱咚咎咩咪咨咬哀咳咦咝哇哉哄唒咸品咽哎咱咻咯哈唁哼唐哪唔哺哥哮哲哨員哩哭唆唉哦唻唳商唷問啞啦啪啊啄啜唱啃唬啡唾啁啕唯售啤唸喧喀嗇啼唧喔喇喜喋喪喳

喊喃喱單喂喟喝喘喚啾喬喉喲喻嗨嗟嗑嗜嗦嗇嗓嗎嗣噁嗤嗅嗚嗆嗡嘀嘛嗾噴嗷嘈嘟嗽嘆嘉嘔嘎嘗嘍嘮嘯噎嘶嘲嘻嘹噗嘩噓嘿嘴噪噲嘰噫噤噩噸噴噹噥噪器噱噯噢噬噏噪嚅嚇噹嚓嚕嚮嚨嚕嚥嚷嚴嚶嚦囁囈囂嚼囊囉囍囌囑〔口部〕四囚因回囤困囱固囿圈國圍園圓團圖〔土部〕土圬圭圮地在圳坑坊坏址均坍圾坎坐垃坪坩坷坡坤坦垂坼垠型垣垮垢埔埂城埋埃培執基域堊堅堂堆埤埠報堯堵堪堰堤場堡塞塗塘塑填塌塚塭塔塢塊境墊塵墊塹墅墓增墀墳墜墮墟壇壅壁墾壕壓壑壙疊壟壞壢壤壩〔士部〕士壬壯壹壺壽〔夊部〕夏夔〔夕部〕夕外夙多夜夠夤夥夢〔大部〕大太夫天夭央失夷夸夾奔奉奈奇奄奕契奎奏奐套奘奚奠奢奧奩奪奮〔女部〕女奴奶妄妃奸好她如妁妨妒妍妤姒妓妞妝妙妥妊妖妾妻妮姑妹姆姐姍妯姒姓姊妳始委姣姜姿姘娃姨姥姪威姻姦姚娑娘娣娜娓姬娠娟娛娌娩娥婆娩婪娶婊婀婦婁娼婢婚婷媚媒婿媼媛嫌嫁嫉媾媽媲嫂媳嫡嫗嫖嫣嫩螺嬋嫻嬉嬋嬌嬈嬴嬝嬪嬤嬰嬸孀〔子部〕子孑孓孔孕字存孝孜孚孟季孤孩孫孰孳孱孵學孺孼孿〔宀部〕它宇守安宅完宋宏宗定宜官宙宛宥宣宦室客宰宸家宵宴宮容害密寇寅寄寂宿富寒寐寓寡寥寨寢寤寞實寧察寮寬審寫寵寶〔寸部〕寸寺封射尉專將尊尋對導〔小部〕小少尖尚〔尢部〕尤尬就尷〔尸部〕尸尺尼局屁尿尾屆居屈屎屋屍展屑屐屏屠屣屢層履屬〔屮部〕屯〔山部〕山屹岐岌岑岔岷岸岩岡岫岳岱峙崁峽峭峻峨峰島峪崇崆崛崖崎崑崢崩崔崙嵌嵐嵩嶄嶇嶝嶼嶽嶺巍巒巔巖〔巛部〕川州巢〔工部〕工巨巧左巫差〔己部〕己已巳巴巷巽〔巾部〕巾市布帆希帘帚帖帕帛帑帝帥席師帳帶常帷幅帽幀幌幛幔幗幕幣幢幟幫〔干部〕干平并年幸幹〔幺部〕幻幼幽幾〔广部〕序庇床庚店庖底府庠度庫座庭康庸庶庵廂廁庚廊廉廈廓廖廢廚廝廣廟廠龐盧廳〔廴部〕廷廸延建〔廾部〕廿弁弄弈弊〔弋部〕式弒〔弓部〕弓引弔弘弗弛弟弦弧弩弭弱張強弼彆彈彌彎〔彐部〕彗彙彝〔彡部〕形彤彥彬彩彫彭彰影〔彳部〕彷役往征彿彼待很律徊徇後徒徑徐徘得徙從御徨復徧循徬微徹德徵徽

4畫：〔心部〕心必忙忘忌忖志忍快忠忱忽忝念忿怔恍怪怯怖思怏怡怠怨急性怎怕怒恙忝恨恃恥恐恭恢恆恍恫恩恬息恪恤恰恕悌悅惠悟悚悖悄悍患悉悔悠您悴惦惋悽情悶惑悵悻惠惡惜惘惕悼悲惆悸惚惟意愜想感惰

惻惺愚愕惹愣惴愛愎愀愁惶愉愈惱慈慨慄慎愿慌慍態愬愧愴憨慷慶慧
慰慚慝憂感慢慮慕慘慣慟慫慾憧憲憑憎憫憤憬憚憩憔憶憶懷應憐憾懂
懇懈懊懑懦懲懷懶懸懵懺儡懿懼戀〔戈部〕戈戊戎戍戌成戒我或戕戛戚
戟戢戡截戮戰戲戴戳〔戶部〕戶房戾所扁扇扈扉〔手部〕手才扎打扔扒
扛扣托抖抗抒扶抉承批技把扭扼找扯抄投抑折扮扳抓拉拄拌抨拜抿拂
抹拒拓招披抛拔抽押拐拈拙拚抬拇抱拖拘拍抵拎拗拆按挖拼拳挈拭持
拮拯拷指拱拽挑括拴拿拾捂挪捕挾振捎捏捐捉捆挫挨挺接捩掠披控捲
捷掃捫捧掘掛措捱掩掌掉探掙探授掏挽排掣捶掏推捻捨掄掀揆揉揍握
揀揩提揚揖揭揮描揣援換插揪搞搪搾搓搏搔損搭搽搖搗搜搶搬摘摩摔
摒摯摸摹摺摟摑摧撞撤撇撈撥撰撓撕撒撩撐撮撲播撚撫撬擅擁擘擊撻
擂撼擋操據擄擇擎擔擒撿擠擰擦擬擱擴擲撣攀擾擻擺攏攘攔攙攝攜攣
攤攫攬攢〔支部〕支〔攴部〕收改攻放政故效教敖救敗敝敘敏敦敢散敞
啓敬敲敵敷數整斂斃〔文部〕文斑斐〔斗部〕斗料斜斟斡〔斤部〕斤斥
斧斬斯新斷〔方部〕方於施旁旅旎旋旌族旗旖〔无部〕既〔日部〕日旦
早旬旭旨旱旺昆昔昌昀明易昂昏春昧是昭映星昨晏時晒晉晃晌晝晤晨
晦晚景普晴暑晰晶智暗暇暉暈暖暢暫暴暮暨曉曆暹曖曙曠曝曦〔曰部〕
曰曲曳更曷書曹曼曾替會〔月部〕月有服朋朗朕朔望朝期朦朧〔木部〕
木朮本末未札朽朴朱朵杞村李杜材杖束杏杉杰杭枋枕枉枇杷枝林杯東
杳果杵枚析板松染柱柿柔柄枯某柑柯樞架柬查枴柚柵柞枸柏柳案校核
桓框桂桔栗栽桑栩桐根桌柴桃桀株桅格栓梁梓梯桶械梧梗梵梳梢桿栯
條梭梆梅梨梟梔梃棕棺棄棲棒棣棟棋森植椅棧棠棵棍棗棘椒棹棚椎棉
楔椰楷極楚楠楫楊楨楞業楹楓榆榨榕榜榔槁權榮榛構槓榻樺槌榭槐槍
榴樟槨樣槪椿標槽樞樓模槳樊樂樅樽橘橙橢橄樹橫樺樸橇橡橋樵機檀
檔橄檢檜檸檳櫃檻權檬櫥橱檟櫛櫓欄櫻權欖〔欠部〕欠次欣欲款欺欽歇
歎歌歐歙歟歡〔止部〕止正此步歧武歪歲歷歸〔歹部〕歹死歿殃殆殊殉
殘殖殤殮殯殲〔殳部〕段殷殺殼毀殿毅毆〔毋部〕毋母每毒毓〔比部〕
比毗〔毛部〕毛毫毯毽〔氏部〕氏民氐氓〔气部〕氖氙氟氧氦氣氨氬氫
氮氳氯〔水部〕水永汁氾汀求汞汗江汙池汕汐汝沛沁沅決汪沌沐汲汰汩
沖沈沉沙汾汽沒沃沱注泳泣泰沸泓沫泥沽河泄法波沼沮油泱況沾洇泗

治泛泡沿泊泌泉流洋洲津洱洪洌洞洗活洛洶洽派浪涕浸浦浙涇消浬涓
涉浮浴浚浩海淙淚淳涼淤液淡淒涮清淇淋淅淞涯涵淺淹淌混涸淑深淨
淫淘添淮淵涎淆淪淄湔渡游渲湧渠湛渚湖港湮湘渣渤減渥湊渺湯渭渴
測渦湍渾湃渙渝滓溶滂漓溯溢溝溺溥溢源滅滇涇溫滑滋滄滔溪準溜漳
滴滬滾漩演漾漬漲漏漢滿漣漸漕漱漂漆滯漫潔漠漿滲漁漑滌漪潼澈澄
潑潤澗潔潺澆澎潭潛潮濟潦潰潘濂澱濃澧澡澤濁澹激澳濟濘濱濠濯濫
濡濤澀濬濛潘瀉瀆濺瀑濾瀏瀛瀚瀨瀝瀕瀟瀰瀾灌灑灘灣灤〔火部〕火灰
灶灼灸災炕炎炒炙炊炫爲炬炳炯炭炮炸烊烤烘烈烙烏烹焉焊烽焙煮焚
然無焰焦煎煉煙煤煩煜煬煦照煞煥煌煽熔熙熊熄熟熨熬熱燙熾燉燐燈
燜燒熹燕燎燃燄燮燧營燥燭燦燧燴燻爆爍爐爛爨〔爪部〕爪爭爬爰爵〔父
部〕父爸爹爺〔爻部〕爻爽爾〔爿部〕牆〔片部〕片版牌牒牖牘〔牙部〕
牙〔牛部〕牛牟牝牢牡牠牧物牯牲牴特牽犁犀犄犖犒犛犢犧〔犬部〕犬
犯狄狂狙狀狎狗狐狡狩狠狼狹狸狽狷猜猛猓猖猙猶猷猩猥猴獄猿猾獅
獐獎獗獨獰獲獷獸獵獺獻玀

5 畫：〔玄部〕玄率〔玉部〕玉王玖玟珏玩玫玻珊玷珀玳玲珍班珮珠琅琉球
琊現理琍琺琵琶琴琪琳琢琥瑯瑕瑟瑚瑁琿瑛瑞瑜瑙璃瑩瑪瑣瑤瑰璋璜
璣璧璩環璦璽瓊瓏〔瓜部〕瓜瓠瓢瓣〔瓦部〕瓦瓶瓷甄甌甕〔甘部〕甘
甚甜〔生部〕生產甦甥〔用部〕用甩甬甫甯〔田部〕田甲由申男甸甽畏
界畝畜畔畚留畦畢異略畫番畸當疆疇疊〔疋部〕疋疏疑〔疒部〕疝疙疚
疤疫疥症病疳疲疽疾疼疹痕痔疵痊痛痣痘痞痙痢瘁瘀痰麻痱痴痿痺瘍
瘧瘓瘋痛瘠瘩瘟瘤瘦瘡瘴瘸瘵療癌癖癘癒癢癥癩癮癬癱癲〔癶部〕癸發
登〔白部〕白百皂的皇皆皈皎皖皓皚〔皮部〕皮皰皴皺〔皿部〕皿盂盃
盈盆益盍盎盒盜盛盞盟盡監盤盧盥盪〔目部〕目盯盲直眉盹相省看盼
盾眩眠真眨眷眼眶眸眺眾睏睫睛罩睦睹睞督睜睬睨睥睽暇睿瞄睡瞇瞌
瞎瞑瞟瞞瞠瞥瞳瞪瞰瞭瞬瞧瞽瞿瞻矇矓矗矚〔矛部〕矛矜〔矢部〕矢矣
知矩短矮矯〔石部〕石矽砂砍砌斫砰砝砩破砸砷砧砭砥硫研硃硬硝硯碰碗
碎碘碉碑硼碌碧碩碟碳磋碓磁磅碼磕碾磊磐磨磬磚磷磴磺礁碳礎礙礦
礬礪礫〔示部〕示祀社祁祆祉祈祇祕祠祐祖神祝崇祚祇祥票祭祺禁祿福
禍禎禦禧禪禮禱〔禸部〕禹禽萬〔禾部〕禾秀私禿秉科秋秒秤秦秣租秧

秩移稅稍稈程稀稟稜稠稚稔稱種稿稼穀稽稷稻積穎穌穆穗穡穢穫穩〔穴部〕穴究穹空穿突窄窈室窕窘窖窗窟窠窪窩窯窮窺竅竄竇竊〔立部〕立站童竣竭端競

6畫：〔竹部〕竹竺竿笄笆笑笠第笨笛笞笙符筆等筐策筒筋筍筏答筠筷筵管箔箕箝箋算箏篇箭範箱箴節篆篁篋篙翁篤築篡篩簇簍篾篷簡簫簪簧簞簣簿簾簸簷簽籃籌籍籐籠籟籤籬籮籲〔米部〕米粉粒粗粟粥粵粱粳粽粹精糊糖糕糠糜糟糞糢糙糧糯〔糸部〕糸系糾紀紂紅紉約紇紡紋紊素紜索紕純紐紗納級紙紛絆絃紼紮紹組細紳累絀終統絞絨結紫絢絕絡給絮絲經綑絹綏綁綜綻綰緊綾綴綺網綱綽綵綠綢維綿綸緇締緯練緒緘緬絹緩緣編線緦緞縑縊縈縛緻縣縮績繆縷繅繃繁縫總縱縲繕織繡繞繚繫繩繭繹繪辮績纂繼纏續纓纖纜〔缶部〕缶缸缺缽罄罈罐〔网部〕罕罔罟署置罩罪罰罵罷罹羅羈〔羊部〕羊芉羌美羔羞羚善羨群義羯羲羶羸羹〔羽部〕羽羿翅翁翌習翎翔翕翠翡翟翩翰翳翼翹翻翾耀〔老部〕老考耆耇〔而部〕而耐耍〔耒部〕耒耕耘耙耗耡〔耳部〕耳耶耿耽聊聆聖聘聞聚聱聲聳聰聯職聶聾聽〔聿部〕聿肆肄肅肇〔肉部〕肉肋肌肓肝肘肛肚肖育肪肺肥肢肫肱肯股肩肴胖背胥胚胡胃胛胄胎胞胤胰脂脅胱胴胭能脆胳胸脊脈脫脯脖脣脩腕腔腋腑腐腎脹腆脾腱腰腸腥腮腳腫腹腺腦膀膏腿膊膈膝膠膛膚膜膳膩膨臆膺臃臀臂膿膽臉膾臍臏臘臚臟〔臣部〕臣臥臨〔自部〕自臬臭〔至部〕至致臺臻〔臼部〕臼舁舀舂舅與興舉舊〔舌部〕舌舍舐舒舔〔舛部〕舛舜舞〔舟部〕舟舢航舫般舨舷舵船舶艇艘艙艦〔艮部〕艮良艱〔色部〕色〔艸部〕艾芒芋芍芳芝芙芽芭芬芥茇芻花芹范苧茅茉苣苛苦茄若茂苜苗英 茁苓苔苑苞苟范荒荊茸荐草茵茴茶茱茴茗茲荏茹莎莘莞荸莢莖莧莫莒莊莓蓁莉荷茶荻萍菠菩菸萃菅菁萋華菰菱蕎菴萊萌菌苿菊菲萎萄落蒂萱葵葦著葉葬葫葛菫萼蒿葡董葩茰蒲菠蒿蓆蓄蓉蒜蓋蒸蒜蒙蓓蔸蒼蔽蓿蔗蔚蓮蔬蔭蔓蔑蔣蔡蔔蓬蔥蕩蕊蕙蕈蕨蕃蕪蕉薄薪蕭薛薑蕾薔薜薇藍薩藏薯藐藉薰藩藝藪藤藕藥藻藹蘑蘭蘆蘋蘇蘊蘭蘗蘚蘸蘿〔虍部〕虎虐虔彪處虜虛號虞虧〔虫部〕虫虱虹蚩蚪蚊蚓蚤蚌蚣蚶蛇蚵蛋蚶蛄蛆蚱蚯蛟蛙蛭蛔蛛蛤蛻蛹蜇蜑蜈蜀蛾蜒蜂蜜蜿蜻蜢蜥蜴蜘蝕蝠蝶蝴蝦蝸蟲蜊蝗蝙螃螂螢螞融螟蟑蟀螫螳螻蟈蟒螺蟆蟋

蟯蟲蟬蟻蠅蠍蟹蠔蠕蠢蠣蠡蠟蠱蠹蠶蠻〔血部〕血〔行部〕行衍術街衕
衛衝衡衢〔衣部〕衣初表衫袂袁衰衷袈被袒袖袍袋衰裁裂袱裟裙裘補裡
裔裝裕裲裳裸裹裴製裨褚褐複褓褒褲褪褥褫褻褶褸襄襟襠襖襤襪襯襲
〔襾部〕西要覃覆

7畫：〔見部〕見規覓視親覬覦觀覺覽觀角解觴觸〔言部〕言計訂訃訐記討
訌訕訊訖託訓訪訣訝訥許設訛訟註詠評詞証詁詔詛詐詆訴診詫該詳試
詩詰詣詼誠誇誅詭詹詢話詮訴說誦誠語誌誓誣認誤誨誥誘誑誼諄諒談
請諸課調諉詔誰誕論諦諺諫諱諧諜謀謁謂諾諷諭謗謙謎講謊謠謄謝謹
謬謨識譜譎證譚譁譏議譬警譯讁護譽讀變讓讖讒讚〔谷部〕谷豁谿〔豆
部〕豆豈豉豌豎豐豔〔豕部〕豚象豢豪豫豬〔豸部〕豺豹貂貊貉狸貌貓
〔貝部〕貝貞負貢財責貫貨貪貧販貯貳費貰賀貴貼買貶貽貸貿賅資賊賈
賄貲賃賂賓賑賒賠賦賑賣賢賤賞賜質賭賴賽賺贅購贈贋贊贏贍贓贖贛
〔赤部〕赤赧赦赫赭〔走部〕走赴赳起超越趁趙趕趣趟趨〔足部〕足趴
趾跎距跋跌跚跆跑跌跡跟跨跳踩跪路踽踪踐踢踝踏踩踟蹄踱踝踴踹踵
蹉蹋蹈蹊蹣蹙蹦蹤蹲蹬蹺蹶蹼蹺躁躇蹇躅躊躍躑躡躪〔身部〕身躬躲躺
軀〔車部〕車軋軍軌軒軔軟軛軻軸軼較軾載輊輔輒輕輓輦輛輟輝輩輪輻
輻輯輸轄輾轅轂輿轍轉轔轎轟轡〔辛部〕辛辜辟辣辨辦辭辯〔辰部〕辰
辱農〔辵／辶部〕迂迆迅迄巡迎近返述迦迢迪迥迭迫送逆迷退酒迴逃追
逅這連速逗逝逐逕逍逞通造透逢逖逛途逮逴週逸進運遊道逐遐達違逼
遇遏過遍遑遁逾邁遠遜遣遙遞適遮遨遭遵遴選遲遷遼遺避遽邁還邂邀
邇邊邐邏〔邑部〕邑邑那邢邪邦邵邱邸郎郊郁郡部郭郵都鄂鄉鄒鄙鄭鄰
鄧都鄴〔酉部〕酉酋酊酒配酌酗酣酥酬酩酪酵酸酷醇醉醋醃醒醣醞醜醫
醬醮釀釁〔采部〕釆釉釋〔里部〕里重野量釐

8畫：〔金部〕金針釘釗釜釵鈕釣釧鈣鈍鈕鈉鈔鈞鈴鉗鈷鈸鉓鈾鉀鉋鉛鉤鉑
鈴鉸銀銬銅銘銖鉻銓銜鋅銻銳鋪銷鋁鋤銼鋒錠錶鋸錳錯錢鋼錫錚錄錐
錦鍍鎂鍵鍥鍊鍋錨鍰鍾錘鍬鍛鎊鎔鎮鎖鎢鎳鏡鏑鎦鏃鏟鏗鏈鏢鏜鏤鏝
鏢鏘鐘鐃鐮鏽鐳鐵鐺鐸鐲鑒鑑鑄鑣鑠鑲鑰鑾鑼鑽鑿〔長部〕長〔門部〕
門閂閃閉閔閏開閑間閒閘閡閨閩閣閥閣閱閻閭閣闊闈闌闔闐闕闖闡關闢
闡〔阜部〕阜阡防阱阮阪陀阿阻附限陌陋降院陣陛陡陝除陪陳陸陵陲陶

陷陣陰隊階隋陽隅隆隍隘隔隙隕障際隧隨險隱隴〔隶部〕隸〔隹部〕隻雀雇集雄雁雅雍雋雉雌鵰雖雜雞雛雙離難〔雨部〕雨雪雯雲電雷雹零需震霄霉霆霑霎霖霏霍霓霜霞霪霧霸霹露霽霾靄靂靈〔青部〕青靖靛靜〔非部〕非靠靡

9 畫：〔面部〕面靦靨〔革部〕革靶靴靼鞅鞍鞋鞏鞘鞠鞣鞦鞭韃韁韉〔韋部〕韋韌韓韜〔韭部〕韭〔音部〕音章竟韶韻響〔頁部〕頁頂頃項順須預頊頑頓頒頌頗領頡頭頰頸頻頹頷頤顆顏額題顎顓類顛願顧顫顯顱顳〔風部〕風颯颱颳颶颺颼飄〔飛部〕飛〔食部〕食飢飧飩飫飪飲飯飼飴飽飾餃養餌餉餐餡餘餓餅館餞餛餡餵餾餿餽饅饒饑饜饞〔首部〕首〔香部〕香馥馨

10 畫以上：〔馬部〕馬馮馭馳馱馴駁駐駝駕馴駛駒駙駕駭駱騁駿駢騎騙騖騫騰騷驃驅驀驟驕驚驛驗驟驢驥驪〔骨部〕骨骯骰骷骸骼髏髓體髒〔高部〕高〔髟部〕髻髦髮髻髭鬃鬆鬍鬚鬢〔鬥部〕鬥鬧鬩〔鬯部〕鬱〔鬲部〕鬲〔鬼部〕鬼魁魂魅魄魏魔魘〔魚部〕魚魷魯鮑鮫鮮鮪鯊鯉鯨鯧鰓鰍鯽鰭鰥鰱鰾鰻鱔鱗鱖鱉鱘鱸〔鳥部〕鳥鳩鳶鳴鳳鳩鴉鴕鴣鴨鴦鴛鴿鴻鴿鵡鵑鵲鵝鵪鵲鶘鵬鶴鶯鶴鷗鷗鶯鷹鷺鸚鸞〔鹵部〕鹹鹽鹼〔鹿部〕鹿麂麋麗麒麓麝麟〔麥部〕麥麩麴麵〔麻部〕麻麼麾〔黃部〕黃〔黍部〕黍黎黏〔黑部〕黑墨默黔點黜黛黝點黨黯黴黷〔黽部〕鼇〔鼎部〕鼎〔鼓部〕鼓鼙鼕〔鼠部〕鼠鼬鼴〔鼻部〕鼻鼾〔齊部〕齊齋〔齒部〕齒齟齣齡齦齪齬齲齷齶齵齾〔龍部〕龍龔〔龜部〕龜。

筆者按：1 "芈"字原列於最末，茲歸入羊部，2 以上合計 4808 字。

附錄九　現代漢語通用字表

　　——全部 6721 字，扣除與附錄（八）相同字，餘 2200 字，依 IXEFSOPYTH 十字型排列。其中，簡化字均改作正體。

0I 一元型：（無）。

1X 交叉型：〔一部〕毌〔乙部〕乜〔屮部〕屮丰〔隶部〕隶〔内部〕禺〔弋部〕弋〔心部〕忒〔甘部〕甙〔臣部〕臧〔田部〕畿。

2E 匚匡型：

（1）左下開口——〔勹部〕勻〔言部〕訇

（2）下方開口——〔門部〕閆閌閎閛闇闋閾閆閶閽閧闕闈闞〔鬥部〕鬨鬮

（6）右開口——〔匚部〕匜甌〔匚部〕医

（8）上開口——〔凵部〕凼凶

3F 原厓型：

（1）左下開口——〔水部〕潁〔心部〕愨〔弓部〕彀〔角部〕觳〔气部〕气氕氘氖氡氢氩氦氰

（2）下方開口——〔人部〕个僉佘〔入部〕仝氽〔侖部〕侖

（3）右下開口——〔貝部〕賡〔糸部〕縻〔鹿部〕麈〔厂部〕厂庫厓厭厴〔广部〕庀庋麻庹廄廒廑廛廝廩廨〔疒部〕疔疢疣痐疢疴痂疸疱痄痒痍痧痦痤痓瘃痹痼瘕瘌瘐瘊瘥瘛瘙瘗瘢瘭瘳瘺瘰瘼瘵癇癱癉癥癤癗癭癯癰瘢癔癀〔方部〕斾旆旎旒〔女部〕嫠

（9）右上開口——〔鬼部〕魃魈魊魍魎〔鼠部〕鼢鼴鼯〔日部〕昶暨〔首部〕馗〔尢部〕尥〔毛部〕毡毦氈氍〔走部〕趄趑趔趲〔辶部〕迕迨迤迮迕迹迸逢述逋逡逭逑逶遒遄邐邀遛遢邃

4S 迂迴型：〔瓜部〕瓞〔風部〕颮颼颸

5O 圓圍型：〔口部〕囝囡囫囵囿圄圊圉圇圜凶。

6P 巴巳型：〔口部〕咼〔尸部〕屄屝屣屬〔戶部〕扃〔斗部〕戽〔衣部〕裒〔鳥部〕鳧〔電部〕電

7Y 傾斜型：（1）切合狀——幺豸（2）分離狀——厶彳

8T 上下型：

（1）切合狀——乇万丌无豕攴卣鹵

（2）分離狀——〔二部〕丁亓亘〔亠部〕亢亳〔人部〕众〔几部〕凭〔己部〕巼〔口部〕唇哿礐〔土部〕堇坔坖垈塈墼〔大部〕夯奃耷〔女部〕娑嫠孌〔子部〕孛孥孨〔宀部〕宄宓宕甯寰〔小部〕尒尜〔山部〕岜岢峁崧崮崗崽嵬崴嶷歸嶨〔巾部〕冪〔彐部〕彖彘〔心部〕志忈恝恚恧恩惎惢慇憝懇戀懟戇惢〔戈部〕戔戛〔手部〕挲搴〔日部〕旮兒昊戻杲昱旮昂晟晃晳暃曇曩曇〔木部〕柰奈枀棽梦槊槧檗橐槃欒欒欒欒〔殳部〕殳〔毛部〕毳氅〔水部〕沓泵淼渠〔火部〕灾熏熹炅炱炎燚熒煲燓〔牛部〕牮犇〔犬部〕獒〔玉部〕璺〔瓦部〕甍甏甓〔田部〕界甾畬〔白部〕皋〔皿部〕盅〔目部〕督瞢着瞀睪瞢〔石部〕砉砦礐〔穴部〕窆窨窸窓窳窶窿〔肉部〕臀臠胬〔竹部〕箅笏笈筚笨笥笪筶笿笳筐筍笮第笻笟筑笝筌笆筮笞筧筊笀笠箐箸箍筭箬篌篝筞筐篦篼麓篤簧簌簞篼箞簟籀籜籫籪〔米部〕粢粲〔糸部〕縈綦縶纛〔缶部〕罌〔彡部〕罘罡罱罾罨羅〔羽部〕翥翦〔老部〕耆耇〔臼部〕毇舂〔艸部〕舁舄〔艸部〕芀芄芎芏芃芉芯苄芸芫芰芘芤苇芷芮芑芩芨芴茺茋莘茛苷苯荛苤茗苴苒苦苡茌苻茆汪茨荍莄茜菟荏茈茼荃茯荇莨莆莰苧荽莛莪茳莜菏菹萏菡菀蓁菝萁菘薪荼菇菖菽菔菟莒萑荜菇漭葶荮葚栢葳葭茸蒽蓻葱葆紅荮葯漭蒡蓑蒺蒴蓁蓍蒋蒔蒽蒐蒓蓊蓠蔟蔻蔽薍蓼蕈蕣蓶蔟蓰葉蕁蒸蔵蓣蕞蕡蕎蕕蕲蕙薙蕷薛薤蔵薨薊薅薈薟蔾蔱蓋薵薹藜蘢藿藶蘄衝蓬蘩薮蘼〔虫部〕蜚蛩蟊孟蟄螯蠃蠡〔衣部〕袞袤哀褰褻〔角部〕觺〔言部〕觜〔貝部〕罾訾謇謦〔貝部〕貫賫賚贄〔足部〕趸趿蹇蹩〔車部〕曹〔金部〕鋈鋈鍪鏊鎣鏊鏨鑫〔隹部〕隼〔雨部〕雩霈霰〔食部〕飧饕饗〔馬部〕騺驁〔髟部〕髡髻髹髭鬈鬕鬢鬟〔鬯部〕鬯〔鬲部〕鬻〔魚部〕鱟〔鳥部〕鴍鰲鷖鶿〔鹿部〕鷙鷟鷲鶩〔鹿部〕麋〔黃部〕麑〔黑部〕黌〔黹部〕黻〔黽部〕黹〔鼎部〕鼂鼆〔鼓部〕鼕〔韭部〕韱〔龍部〕龐〔龍部〕龕

9H 左右型：

（1）切合狀——〔爿部〕爿〔隹部〕隹

（2）分離狀——〔人部〕仫　仂仉从仁仡伎伢仵价伲伍体伜佚佟佼俚佶佴

侑侉侗侔俅偋俁倮個倬偋偲傣倸僂儫儆傺償僬傲儇儋儺儻儿〔冫部〕
冱决冼淞〔刀部〕刖剞剄剻剞剮剟厥剒劂劊劗劖劋〔力部〕劢劻勖勰
勷〔口部〕叶叻吖呋吲呲呔吣听咏哐咔呦呤哚咣哌咴哐咤咭哏唎哗
咿哆哽哧哳唄唏唑唖唸啐嗤啈啉唰唨喁啥啽喈喱喁喵嗒嗉嗌嗍嗦嗪
喹嗝嗔嘎嗔嗒嗖嗲嗑皺嘭嘞嘌嘁嗶噌嗥嘵噘噔喭嘸噍嚏嘰嘬噻嚯嚕嚓
嚌嚆嚙嚦鼉卟哐咆嗮嘣嗵嚇噼〔土部〕圮圩圪坎圻坂坨坭坫坶坯坻
坳垓垤垌垛垌垸埕垙埭堀埡埴埯埽場堋埏埝塊堙堞饒擾塥堼塙塬墑
塡墷墒墉墁墩墙墂爐塍墱塄墚〔女部〕妗妲姹姝娉婭婕媧嫣媵嬙嫜
媟嬈嬗孀嬡孈〔子部〕孢〔山部〕屺岈岵岬岣峒岣峴崞崠峽嶠嶁嵋
嵆崳嵯嶵嶵嶂嶁嶙嶗嶠嶧嶸嶙〔巛部〕巛巰〔巾部〕帔帙幄幃幘幞
幡幬〔弓部〕弪〔彡部〕肜〔彳部〕徂徉徠徜徭徼〔心部〕忉忔悝
悒悃悛忭忮忸忡忻松忏怦怩怫怙怊怛怍怜恂惊惆悱愩慊愫慵愷慪慳
慣懰懌憮憪〔戈部〕戥戧戩餞〔手部〕扑扦担抻拊挂挎拶捅捃捍挹
捌挦掂掇捺掎掰捐掐捵捭揞揎揠揶揲揸掾揄搯搛搠搦摁摷摮摁掰摭
搏搞摺摽摻攬撐撟撖撣撳撅撖擗擀撾攔擯擢�擷攄擼攉攖攛攢攘攮
〔支部〕攸攽敹敕〔文部〕斌斕〔斗部〕斛〔日部〕昕昵晡晗晾旰
暄暌暝暾曄曛曜〔木部〕杆杠机杈杼杓枘杪极柂枰柘枷枰枵枳柢柃
柝桉栳栖栲桎桃栝柏桁杪枧桴梱桔椋椐椁椏根楮棱椑楦楗榛椿楣楝
椹楂椽榀椴楸槎榿榪槔楷楬棒槐槭楎橈樾樫槲楯橛檁檣檣櫧櫓檪檫檜
檣櫪櫳欅櫟櫬欄櫺櫨〔欠部〕欹歃歆歍〔歹部〕殂殄殍殛殞殨殫〔毛
部〕毷毹毻毿〔水部〕汉氾汎汔汗沆汶洒汩泅沂泫泮泖泯泔沭泪沱
沲泖泠洹洼洁洒洧咽洄洮洵洙洎洚洫洌洳浣涌浯涑浹湦浼浠浼涂
淀涫涪淬淶涿淠淖淝涤淦潙湄渫湎湞溢潚湫湟滎溏溟溱溧潯滁潟潿
潏滕溴溲滸漉窪漚潶潯淋澇瀞澍澈澌潢潿潷潲瀦澶灘潞瀧澮濕濞濮
瀨瀅瀹瀠瀧瀘瀲瀚瀹瀲灃瀊灝灠灔濼〔火部〕灯炔炖炻炷烷焐熧烩
烯焯煊煒煨煅煸熗熵熠熳燁燔爖燠爝烊煳熘煨〔牛部〕牦牾牿犋犍
犏〔犬部〕犰犴狙狁狒狂狍狨猖猚猄猁狳猝猱猸猊猞猗猢獮獁猻獸獷
獠獬玀獪獮獫猹〔玉部〕玎玢珏玟珂珈玞珙珧珥珩珞琬琼琮琚琰琦
琨琛瑋瑭瑗璇璉璀瑾璁璐璨璞瓔瓚〔瓜部〕瓤〔瓦部〕瓿瓺甋〔田

部〕町眣敀畈畛畹疃〔白部〕皤皺〔皮部〕皸〔目部〕盱眄眇眙眯眭眦眵睇睃睚睢瞅瞘瞍瞵瞼〔矢部〕矧矬〔石部〕矻砑砒砣砩砬砎硅硇硒硐硌碑硭硤硪碚碇碱碓碡碲碸碥碴碭碣磉磔磧磣磝磲磽磹礓礞礤礴砘砼砟砭碹磙〔示部〕祛祜祓祧禊禚禰禳〔禾部〕秕秘秭秸稂稃稞稗稹穰禾呂〔米部〕籽籼粑粘粕粞糍糈糅糌糗糇糨糝糲糴糶糶〔糸部〕紆紈紓紺紲紱紿絎絝絳綆綈綃綣緋緄綬綳綹緡緯緹緗緲緦緱緶縞縋縝縉縟縧縐縭縵縹繇繒繢繮繰繯繳繾纊纘纈絢〔缶部〕罅〔羊部〕羝羥羧羰〔羽部〕翊翮〔耒部〕耔耖耦耪耩耨耬耮耒合耒磨耒尚〔耳部〕耵聃聒聵聹〔肉部〕肟肮肭胂朐胙胝胍胗胲胺胼胯脘脛脬脞腈腌腓腠腩腼膠腴腧膃膣膘臍膦膻臌臊朊肽胼肷胩脒腙腺腚腖臁〔舟部〕舡舭舯舳舸舴艉艄艋艏艚艟艤艨艫舾〔色部〕艴〔虍部〕虢〔虫部〕虬虻虺虼蚨蚜蚍蚋蚝蚧蚺蛉蚴蛘蚰蛑蛞蛺蛸蜆蜉蜊蜍蛲蜷蜮蜞蜡虫奎蜾蜩蜱蜓蝣蝤蝳蝻蝎蝮蝓螗蠔螈螅螄螋螭螬螵蟢蟪蟛蟥蟠蟓蟣蠊蟶蟾蠐蠂蠓蠖蟻蠲蠼〔血部〕衄〔衣部〕衩衲衽衿袢裉袼袷裎裱裾裰裼裥褊褡襁褳襉襝襦襻〔見部〕覘覯覷覿〔角部〕觖觚觫觶〔言部〕詎訶詘詒詿誆詡誄詵誚誒誶諏諑諍誹諛諗諳諢諮諶諤謔諼諞謐謖謚謅謫謾謳譖譙譫讕讎讕讜讞〔豆部〕豇〔豸部〕貅貔貘〔貝部〕貺賕賧賻賾贐〔足部〕趵趼趺跂跏跖跗跤跬跣跟跽踪踣踮踞踔蹁蹀踽蹌蹕蹴躕蹭蹯躋躔躚躒躓躐躞躘躦躂〔車部〕軲軺軹軛軫輅輇輞輥輳轆轢轤軤〔邑部〕邙邛邡邴邯邳邶邰郅郏郇郄郝郟郢郗郜郤郯郴郫郾鄄鄆鄍鄔鄗鄢鄞鄯鄲鄴鄶鄺酃酆酈〔酉部〕酐酞酏酚酡酤酢酎酯酲酻酶酴醅醌醑醐醍醢醛醪醯醭醮醴醵釃〔金部〕釔釓釕釙釷釩鈦釤釷鈧鈁鈥鈀鈦鈑鈰鉉鉍鉈鈺鈮鉅鈳鉅鉦鉞鉢鈹鉏鉬鈿鉚銃鉉銨鋮鉺銠銪鉳銦銚鉋銛銑鉿鉫銀銃鉽鋟鍋鋏鋥鋇鋰鋙鋯錈錟錆鍺銅錸鋅錁錕鍆鍁鎦鍇沒瘏鎂鍶鍔鍩鍤鎬鎵鎰鎘鎧鎦鎪鏞鏇鏌鐓鐠鐩鐒鐨鐙鐧鐨鐔鐐鏵鏷鐿鐶鑌鑔鑊鑥鑭鑷鑹鎯鍚鋗鋥鋒鐦钁鐴钀〔阜部〕阢陂阽阼陔陘陟陬隈隍隗隰〔隹部〕雎雒〔見部〕靚〔革部〕靳鞔鞫鞴鞲鞽韉〔韋部〕韞〔頁部〕頊頎頏頦頜頹顢顒顳顬顴〔食部〕飫饋餳餼饈饉饃饌餷饊饢〔首部〕馘〔馬

部〕駔駘騏騍騅騙騶騮驊驤〔骨部〕骱骶骨后骱髁骼髀髑髕髖〔髟部〕髟〔魚部〕鮃鮎鮐鮒鮭鮚鮞鯇鯀鯖鯫鯁鯪鯤鯡鯛鯢鯰鯔鯿鰈鰒鰉鰣鰨鰩鱅鱈鰹鰳鰷鱒鱘鱝鱧鱭鱺鮁鰮鯝鰠〔鳥部〕鳺鴝鴟鴯鴰鵂鵜鵝鵒鶇鵫鶥鶘鶚鶼鶻鷚鷊鷳鷲鷦鸕鸛鸝鶓鸌〔鹵部〕鹺〔黑部〕黟黥黲黢〔黹部〕黻黼〔鼻部〕鼽齇〔齒部〕齔齞齙。

附：常用國字表有而通用字表不列者——並么伕佈佔併係倣倖偺傢傭傯僕儘兇兒冑剋剷劃勦卹吋呎咄啣唸喱噙噹嚐嚰囉囌塗塚塭妳姦媿崁崑崙嶽巖幹幾廠廸彎彫彿從徧徬悽慄慇慼慾憑捲採捨搾撚曆枴梱槓櫂氾浬濬濛瀰無煙燉燐燄燬燻牆牠牴犛珮琍珐瑯甦甽癒瘉癥皰盪盃眾睏罣目叚朦硃確礙磯礎礬祐祇祕萬禦稜穀穫窪筍範築簷籐籤籲糢糸絃紮綑綵線綳緻繫缽罈羶聽脣脩臺莊菴葉蒞蓆蒐蔔薑藥蘗蝨蠔蠟衝衺裡製複襪襯託註誇誌譁讚谿豐貍貓跡跼躂軛輓迆迺迴週遊醃醫釐釦鉋錶鍊鎔鑑閒閤闆闢隻雙霑靦鞦韆韁颱颳颺餵饑餽骯體髮鬆鬍鬚鬥鬨鬱鴿鹹鹼麵黴鼇鼕齣羋。

附錄十　重要名詞解釋

依首字的 IXEFSOPYTH 字型排列，首字相同時依次字字型排列。

0I 一元型：十字型之一，從起到訖只一筆者。依詞義，英譯作 Initiative or Independence，依字形，取其首字母 I 爲代符，0 爲代號。例如：○一乙。

　1　一首：許慎對轉注的釋義，本文闡釋有廣、狹兩義，狹義指爲詞綴構詞法；廣義部分指政府的語文政策，講求字形統一，即「書同文」。

1X 交叉型：十字型之一，兩筆相交於一點有四個交角者；從組合觀點來說，交叉型就是 IEFSOPYTH 九字型被交插者。依詞義，英譯作 X-Cross，依字形，取其首字母 X 爲代符，1 爲代號。例如：十九弗中甲　巾七申由曲弔丰卅井字。

　1　七造：漢字線性規劃的七要素和方法，即：①造建字型、②造建字族、③造建字母、④造剖解法、⑤造組合法、⑥造排列式、⑦造單位元組碼系統，又稱〝殷字剖組排式系統〞（IXEFSOPYTH system）。

　2　九宮坐標：四個具有向量性質的軸兩兩平行相交於四點，其形如〝井〞字，故又名井字坐標；井字中央有〝口〞稱爲中宮或稱宮限，四周有四個 ⌐ 形 90°直角的象限或稱〝厓限〞，和四個匸形的〝匡〞限，合爲九限或稱九宮。它對於位置、角度、方向、角框形狀的標示具重大價值，又可作爲九宮數字鍵盤的模型，本文提出用於手機、遙控器、電腦的「十字型輸入法」，即以「九宮數字鍵盤」爲舞台、月台、港口。

　3　大塊文字：指漢字位階高、內涵富，僅可切割爲形、聲符外，不論從形或從音或從義的介面，都不能再往下分析爲如音節或音素等較輕薄短小少的組字單元的文字。

　4　幾何排型：字根佈置於方塊空間內所呈現的線條型態。有點、線、面共三大型。

2E 匣匡型：十字型之一，口字缺一邊呈ㄇㄈㄩㄱ✓形如篋筐者，筐內通常
包涵另一字根。依詞義，英譯作 Encasement，依字形，取其首
字母 E 為代符，2 為代號。例如：鬮山周匝風月幽夕勿匿。

　　1 同意：許慎對轉注的釋義，本文闡釋有廣狹兩義，狹義指為平等式，
或稱：聯合、衡分、並列構詞法；廣義部分指就漢語文內部，
疏通文字形音義，即訓詁、聲韻的功夫。

3F 原厓型：十字型之一，口字缺兩邊呈┐┌┘└〜形如懸厓者，厓內通
常包涵另一字根。依詞義，英譯作 Field，依字形，取首字母 F
為代符，3 為代號。例如：介鹿司合金匕匙。

　　1 超重文字：指漢字是以一體成形的象形文為基礎，不能分割為較小
的單位，在單字下又沒有字母這一層級；如拿形、聲符來充
任，其數目相當龐大，不論組字或排序、檢索、製作打字機，
運作起來都不靈活，宛如超重者。

　　2 造型："幾何排列模型"或"幾何排型"的簡稱。是從組織單字
（word）的分子，如字母、字根之出現次序、關係、位置所
映現之幾何圖形概括出來，有點、線、面三種造型。點、線
是一維造型，面是二維造型。

　　3 建類：許慎對轉注的釋義詞。本文予以闡釋為造合體字的前置作
業，又名轉類，即將獨體文或意符轉化其職能為形、聲兩符，
然後組合／相益成 形聲、會意、諧聲 合體字。

4S 迂迴型：十字型之一，三邊連續呈ㄅㄣㄋㄕ己弓形迴旋梯，框內通常包
涵另一字根。依詞義，英譯作 Screw / Steps /Stairs，依字形，
取其首字母 S 為代符，4 為代號。例如：己弓馬爬飆砲。

5O 圓圍型：十字型之一，具整齊外緣的包圍形者，圍內通常包涵另一字根。
依詞義，英譯作 Orb；依字形取其首字母 O 為代符，5 為代號。
例如：四日回。

　　1 四象坐標：兩個具有向量性質的軸相交於一點，其形如"十"字，
故又名十字坐標；它有四個 90°直角，「象限」或「厓限」，
故名「四象坐標」，又名「四角坐標」。它對於位置、角度、

方向、角框形狀的標示具重大價值。

6P 巴巳型：十字型之一，包圍形一邊突出成巴蛇形者，圍內通常包涵另一字根。依詞義，英譯作 python，依字形，取其首字母 P 爲代符，6 爲代號。例如：烏鳥島梟裊尸屍屋居局屌屬戶房扇扁肩。

1 尾儀：把一字分爲兩部分，居右、下、內部位之字根／偏旁，如好之「子」；或在交叉結構中，居後書寫之單筆，如十之丨。首儀之相對。

7Y 傾斜型：十字型之一，字根從右上角向左下角排列，或由從左上角向右下角排列，整體呈傾斜者。依詞義，英譯作 Yaw，依字形，取其首字母 Y 爲代符，7 爲代號。例如：人多彡入厶。

8T 上下型：十字型之一，兩個字根上下分佈者，其排列方向與水準線平行，位置爲一上一下。依詞義，英譯作 Top-bottom，依字形，取其首字母 T 爲代符，8 爲代號。例如：雲想衣裳花想容　名豈文章著　夜茫茫重尋無處　香霧著雲鬟　碧雲天　去年天氣舊亭臺翠葉藏鶯　各雙雙　忍更思量　與寫宜男雙帶　元嘉草草　只恐舞衣寒易落　盡薺麥青青　尋尋覓覓　上窮碧落下黃泉。

1 字式：把 IXEFSOPYTH 十字型細分，例如把 E 型細分爲 ⊡ ⊡ ⊡ ⊡ ◇ 五式，F 型細分爲 ⊏ ⊔ ⊐ ⊐ ⌂ 五式；共制訂 47 字式。

2 字母：漢字最小結構單位，著重線條意義。包括字元 41 個（另制訂有 36，47，50 系統，共四套，以應各行各業需要）。其中，"41 字元" 加 "147 字素"，"36 字元" 加 "152 字素"，"47 字元" 加 "141 字素"，"50 字元" 加 "138 字素"；均合爲 "188 字母"。它有「五大固定」：①固定的形狀、②固定的次序、③固定的讀音、④固定的單位元組編碼、⑤固定的上下左右前後分類歸屬和連繫。

3 字母鏈：將單字剖解爲許多字母，依書寫順序排成水準直線，字母與字母之間綴上組合符號和層次，例如 "鬱" 字的字母鏈作：〈木丨丨（宀几十几凵）丨丨木〉二一二｛[〈凵A（乂A乀A乚〉〉

二七]││彡｝

　　　上列　木乀十凵木一凵乂ゝゝ˚七彡爲字母，││兀二Ａ 爲組合

　　　符號，（）〈〉[]｛｝爲層次符號。

4　字元：漢字最小書寫單位。自始至終僅一筆，又稱筆形，簡稱筆，
　　　是漢字最小書寫單位，本文選出 41 個（另制訂有 36，47，
　　　50 系統，共四套，以應各行各業需要）。字元與字素合稱字
　　　母。它有固定形狀、固定次序、固定讀音和固定單位元組編
　　　碼。其中"固定次序"係依筆型排序，並各編有一首字元歌
　　　以助記憶。

5　字元鏈：將單字剖解爲許多字元，依書寫順序排成水平線即成。例
　　　如：鬱字元鏈作：一│╱╲╱一一│凵│一│╱╲◢→凵
　　　╱╲ゝゝゝゝ凵╱╱╱╱

另一方式是將截取字元尾段方向，依書寫順序排成水準直線即成。例
如："鬱"字的字元尾段方向鏈作

→↓╱╲╱──→↓→↓→↓╱╲╲╱→↓╱╲。。↑╱╱╱╱

6　字素：複筆，又稱畫，是筆畫多於字元的最小書寫單位，本文選出
　　　147 個（另制訂有 152，141，138 個系統，共四套，以應各
　　　行各業需要），與字元（41 個）合稱字母（188 個）。編有一
　　　首字素歌以助記憶。

7　字集：又名字庫，漢字資訊處理系統輸出字形的發生器，內儲點陣
　　　漢字。

8　字型（Pattern）：單字外在形象的型態也，又名爲字像（Image），是
　　　漢字最重要屬性。係將點、線、面三種排列模型，依十六組
　　　合的分類成 IXEFS OPYTH 型，共十字型。除十字型外另建
　　　41 字範、47 字式與 64 字圖，合成「字型系統」。字型在漢字
　　　教學、輸入、排序、索引法上極具價值。

9　字範：將形狀類似的「字母」（188 個）歸納於一鍵，以減少鍵位，
　　　本文有 41 字範。它與‘字型’‘字式’‘字圖’「殊途同
　　　歸」，可應用在輸入法、線拼式上。

10 字級：依具音義、能否獨立等條件將漢字分爲單字、字根、字母三
　　　級。

11 字根：單字的任何一部分，但不能獨立運用者。依是否具音、義或
　　　獨立運用等屬性，分爲組合、部位、音義、獨庸字根。

12 字格（Gestalt）：或音譯作"格式道"，本文指「形聲排型」，即形
　　　聲符在方塊字中聯袂出現的位置結構，如辦辯辨辮爲「中形
　　　旁聲」，裏裹褒衷爲「旁形中聲」，莊崇霜髮爲「上形下聲」，
　　　吾黨賢哲爲「下形上聲」等合計有 12 格，以 BCD
　　　LMNQRUVWZ 爲代符。

13 字族：漢字各種分類、分級的總集合，包括單字、字根、字元、字
　　　母、字型等。

14 字儀：即首尾儀。將字剖解爲兩部分，居左、上、外部位者叫做「首
　　　儀」，居右、下、內部位者叫做「尾儀」。是排序及十型輸入
　　　法的基礎。

15 字體：不同的書寫形式，如篆、隸、行、草、楷書；又指書法風格，
　　　如顏、歐、柳字體。

16 字樣：資訊處理系統中字形的表現樣貌，依解析度呈現不同筆鋒、
　　　粗細、曲度。

17 字碼：爲適應資訊處理對漢字編製代碼，又名碼式（Code System）。
　　　本文對 188 字母採單位元組碼式（SBCS），然後結合字型或
　　　字式編成。即單字的字碼＝（10）字型×字母（188），或字
　　　式（47）　×字母（188）。

18 寫詞法：造字法的一個層面，把詞的音義透顯出來，或者說定義成
　　　意符或形、聲符。

19 單字：具音義且能獨立運用之方塊形漢語書面詞素。除聯綿詞外，
　　　單字（one character）等於單詞（one word）。

20 單碼系統：單位元組碼系統（SBCS, Single Byte Code System）的簡
　　　稱，又音譯作"單筆柢碼系統"。188 漢字母係以單位元組編
　　　碼。

21 音根：依形聲相益法所造合體字，其字可分形聲符，聲符表義及讀音等，又名「音符」，本文稱爲「音根」。

22 義根：依形聲相益法所造合體字，其字可分形、聲符，形符表義類、範圍等，又名「義符」，本文稱爲「義根」。

23 首尾儀：又稱「字儀」。把字剖解爲兩部分，居左、上、外部位的叫做「首儀」，居右、下、內部位的叫做「尾儀」。

24 意根：依類象形法所造獨體之象形、指事文，其字完整一體，不能分割出音義符或形、聲符，可獨立使用。又名意符。

25 意符：即意根。

26 表式：漢字母橫列右行線性拼寫表示方式，簡稱：線排式、線拼式或拼寫式、拼式。其通式爲：漢字↔字型樹×字儀×字格×字母鏈×字元鏈。

27 筆向：截取單筆某一直線段，辨其八個方向。依截取線段位置之不同，分爲「筆首向」和「筆尾向」兩種。用於輸入、排序法等。

28 筆首向：指單筆首段直線方向，如乚之首段直線方向爲╱。有：無向（0）→（1），⅂（2），⅃（3），↓（4），└（5），╱（6），∠（7），╱（8），╲（9）計十向；常用於輸入法、排序法等。括號內編號與九宮鍵不同，取碼時遇「筆首段」直線方向爲╱即按"8"鍵，遇筆首段爲╲向即按"9"鍵等。

29 筆尾向：指單筆尾段直線方向，例如：乚之尾段直線方向爲→。有：外（0），╱（1），↓（2），╲（3），←（4），。（5），→（6），╲（7），↑（8），╱（9）計十向。常用於輸入、排序法等，括號內編號與九宮鍵一致，取碼時遇尾端直線方向爲╱即按 1 鍵，遇↓即按 2 鍵等。

30 筆型：指單筆的輪廓型態，有：—（0），│（1），╱（2），╲（3），⌐（4），∟（5），¬（6），〈（7），乚（8），乚（9）計十型，其編號與筆向不同。筆型爲一概略形，常略去尾鉤，如乚、∟之筆型相同。常用於輸入、排序法等。

31 高階文字：指漢字能超越語言和時空阻隔，與思維概念直接聯繫的文字。

32 三才文字：指漢字以「詞」爲單位，將其語音程式、語義訊息和圖畫形象三者一起「燒」入"詞"的 IC 板中，是典型的「形音義三合一詞文字」。

33 營力文字：指漢字爲了維護 1×1 方塊文字的體制和機制，對於方塊內部字根必須搨扁、壓縮、扭曲甚至變形，這情形就像地球爲了維持內外力的平衡，就發動內營力擠壓地殼一樣。

9H 左右型：十字型之一，兩個字根左右分佈，其排列方向與垂地線平行，位置爲一左一右。依詞義，英譯作 Hands，依字形，取首字母 H 爲代符，9 爲代號。例如：鐵騎繞龍城　徙倚欲何依　深竹暗浮煙　何以拜姑嫜　餘杭州門外　斷續殘陽裡　繡閣輕拋　楊柳堆煙　淚眼倚樓頻獨語　侯館梅殘　溪橋柳細　殘鐙明滅枕頭敧　凝恨對殘暉　初識謝娘時　滿樓紅袖招　銷魂　此際　小徑紅稀　斜陽外　鴉數點　流水繞孤村　此情誰得知　亂點桃蹊　輕翻柳陌　冶葉倡條俱相識　脈脈此情誰訴。

1 相受：許愼對轉注的釋義，本文闡釋有廣狹兩義，狹義指爲不等式，或稱偏正、主從構詞法。廣義部分指著重漢語言文化與異國異族異語異俗的翻譯、交流和溝通。

2 構形法：同一個詞，經過形態變化，而表示不同語法意義的方法。漢字本身沒有「外形」上的形態變化，但基於漢字是「形音義三位一體」的特質，只要音、義改變了，就完成形態變化的實質。如體重、重疊之重，其聲與調變更，義亦隨之不同。

3 構詞法：指①研究詞的內部結構規律的學問；②指按照一定的規則構造新詞的方法。

4 構字法：針對楷書字形現狀著眼，尋求構形條例，而不涉及音、義、詞的內在領域。計有六構：構位（make coordinate）、構貌（manner）、構材（material）、構法（method）、構型（ model）、構媒（medium），簡稱 6M。狹義的構字法單指六構中的構法（method），包括剖解、組合、排列等法。

5 剖解法：將單字分解爲字根或字母等較細小單元的作業，是組合的逆向操作，其法有十種。

6 繪形法：造字法的一個層面，是把詞的形象繪出來，亦即造字者依具體之物或抽象之事，以簡單線條描繪成字形。

7 線性規劃：把面性排列的漢字推平攤開，使裡頭字根立足於同一水平線上的一套作業。例如把"盟"改寫成"日月皿"。

8 組 合：包括數學上的組合（Combination）和構字法上的組合（Composing）。前者用於六書轉注建構「形聲相益」合體字；後者用於構字法，指用字根合成單字。

9 組合法：將字根或字母等較細小單元加以組織合成爲單字的作業。是剖解的逆向操作，依用途劃分爲①五組合②十組合③十六組合計三種。

10 組合排型：字根佈置於方塊空間內所呈現的組合型態。有 IXEFSOP YTH 共十大型，簡稱十字型。

11 排列（Place）：包括排目（Permutation）和排列法（Placing）。前者爲數學上的排列，本文譯作「排目」，用於六書轉注建構「形聲相益」合體字，例如：①形（位置在左）＋聲（位置在右）②聲（位置在左）＋形（位置在右），對形聲字而言，兩式無異，所以「排目」等同於組合（Combination）。

排列法分爲：（1）排根法，（2）排碼法，（3）排字法。排根法包括：①排線、②排型。排碼法即編碼。排字法包括：①排行、②排序、③排檢。所以排列法包括：排目、排序、排檢、排型、排行、排線、排碼七名稱。

12 排 目：數學名詞 Permutation 本文譯爲「排目」，自 n 個事物排列中選出 r 項目而爲種種次序；本文採用於六書轉注，謂自形、聲符兩個運算元中，每次選出 2 個而有形聲、聲形、形形、聲聲等之排列。由於形聲、聲形排列自聲韻學言並無差異，故排列即等同於組合（Combination）.

13 排列法（Placing）：排目、排序、排檢、排型、排行、排線、排碼七排的總稱。

14 排型（Pattern）：依循組合法及筆順將字根佈置於方塊空間內所呈現的連結排列型態。依所著重屬性分類為幾何、形聲、組合排型三種。

15 排根法：對字根排列成字的型態分類。分為排線和排型兩種。

16 排線（Place alphabets in line）：又稱線排、線性排列，將單字拆成 n 個字母，依循組合法及筆順，「由左而右一字排列」（Place the alphbets on the horizon from left to right）。所排之字，名曰「線性漢字」。

17 排碼法（Pair Code）：即編碼法，或稱 "碼式"（Code System）。對組字單元（包括字型、字母、組合法）暨單字編碼。組字單元配賦（Pair）單位元組（Single Byte）碼；單字碼則以字型及字母聯合編成。

18 排字法：對漢字次序安排法，又分為：（1）排行，（2）排序，（3）排檢。

19 排行（page arrangement）：以行為單位，對一段或一頁文字之行進 "方向" 加以定位和分類，傳統名詞叫做 "行款"，用於印刷及版面安排。

20 排序（Put word in order）：依一定的準據將單字排成連續次序。如英文字典依字母序從 A～Z，漢字注音音節依ㄅㄆㄇㄈㄉㄊㄋㄌㄍㄎㄏㄐㄑㄒㄓㄔㄕㄖㄗㄘㄙㄧㄨㄩㄚㄛㄜㄝㄞㄟㄠㄡㄢㄣㄤㄥㄦ符號次序排列。本文著重給單字一個科學化、系統化、固定化的位置或戶籍。建議政府據線排式，以 "字型－字式－字素－字元"，或 "字式－字母" 等為依據，依其固定秩序排列「漢字永久字序」（Chinese characters' eternal order）。這是「漢字科學化」的第一道大工程。

21 排檢（Put & Research word）：在排序系統的基礎上，對眾多單字加以分類、分級並建目錄，使字字有垂直的層次和水準的位址（Address）、位置（Location），形成樹狀結構，讓我們可直接找到它的系統。如英文字母從 A 排序到 Z，字典也照此順序排定，而在頁首標出總目錄，形成樹狀結構。又稱為"引得系統"（Index system）。本文著重人工檢索方面，例如：編者以 IXEFSOPYTH 十字型－47 字式－41 字元，將單字、複詞、成語、專有名詞，排序完成著於篇末，讓讀者輕鬆找到目標並悅讀。

22 八卦坐標：四軸相交於一點，其形如"米"字，故又名米字坐標；它有八個 45°銳角，稱為「卦限」，故又名「八角坐標」。它對於位置、角度、方向、形狀的標示具重大價值。

23 殷字剖組排式系統（IXEFSOPYTH system）：即漢字線性規劃的七要素和方法，又稱「七造」：①造建字型、②造建字族、③造建字母、④造剖解法、⑤造組合法、⑥造排列式、⑦造單位元組碼系統。

24 形聲排型：形聲符佈置於方塊空間內所呈現的相對位置關係型態，又稱「字格」（Gestalt）。有左形右聲、右形左聲等共十二大型，以 BCDLMNQRUVWZ 代表。

25 碼式（Code System）：即編碼法，或稱排碼法，見上。

26 積木文字：指漢字組字單元（字根）的長寬及面積大小不一，且不一定放在同一水準線上，各有立足點，相互疊合在方塊的各個角落，宛如積木；它們或以點的方式獨立出現，或以線的方式一個挨一個同立一水準線上，更有許多以面的方式疊成不同層次，分佈在 1×1 方塊內的各個位置。

27 科學化：漢字本質極優良，只因缺字母暨統一的剖解組合排列公法而不利發展。深望政府暨公益團體關心漢字，讓字母暨線化漢字及早上線，完成漢字基本科學化。

28 附庸根：偏旁一種，有音義，在脫離偏旁後可獨立運用，如秋好之禾女，具獨立資格。與「準庸根」相對。

引用書目

（依文中出現順序排列。出版年一律換成西元）

1. 許慎著《說文解字》，段玉裁注，黎明文化，台北，1975 再版。
2. 周何、邱德修、莊錦津、沈秋雄、周聰俊著，《中文字根孳乳表稿》，文建會資訊應用國字整理小組，台北，1994 年 6 月印。
3. 朱駿聲著，《說文通訓定聲》，藝文印書館，台北，1975 年三版。
4. 陳新雄著，《古音學發微》，文史哲出版社，台北，1996 年初版 4 刷。
5. 余迺永著，《上古音系研究》，中文大學，中文大學出版社，香港，1985 年初版。
6. 竺家寧著，《聲韻學》，五南出版社，台北，1993 年 2 版 2 刷。
7. 杜學知編，《古音大辭典》，商務印書館，台北，1982 年初版。
8. 李敏生、李濤著，《昭雪漢字百年冤案》，社會科學文獻，北京，1994 年初版。
9. 黃德寬、陳秉新著，《漢語文字學史》，安徽教育出版社，合肥，1994 年初版 2 印。
10. 黃建中、胡培俊著，《漢字學通論》，華中師大，武昌，1990 年初版。
11. 姚榮松編，《中國文字的未來》，海基會，台北，1992 年初版 1 印。
12. 張蔭民著，《中國文字改革研究》，作者發行，苗栗，1986 年再版。
13. 林尹著，《文字學概說》，正中書局，台北，1993 年初版 19 刷。
14. 趙友培著，《定位分部檢字法》，中國語文月刊社，台北，1973 年初版。
15. 《第六屆中國文字學全國學術研討會論文集》，台北，1995 年。
16. 國家圖書館出版，《珍藏文獻整理與資訊科技應用研討會論文集》，台北 1997 年 4 月 21 日。
17. 蘇培成著，《現代漢字學綱要》，北京大學，北京，1994 年初版。
18. 李孝定著，《漢字的起源演變論叢》，聯經出版社，台北，1992 年初版 2 印。
19. 謝雲飛著，《中國文字學通論》，學生書局，台北，1994 年初版 10 刷。

20. 杜定友著，《漢字形位排檢法》，中華書局，上海，1931 年。

21. 葛本儀主編，《實用中國語言學詞典》，青島出版社，青島，1993 年初版。

22. 傅永和著，《漢字七題》，河南教育出版社，開封，1993 年初版。

23. 何九盈、胡雙寶、張猛主編，《中國漢字文化大觀》，北京大學出版社，北京，1995 年初版。

24. 李豔林撰，《中國文字現代化之研究》，著者發行，台北，1973 年初版。

25. 曾麗明撰，《實體筆形字母碼檢字法》，著者發行，台北，1974 年初版。

26. 劉達人編著，《漢字綜合索引字典》，華英出版社，台北，1979 年初版。

27. 王竹溪編纂，《新部首大字典》，翻譯出版公司電子工業出版社聯合出版，上海，1988 年初版。

28. 趙子明撰，《筆順字形中文資訊排檢法》，全華科技圖書公司，台北，1983 年初版。

29. 蔣文欽主編，《表形碼編排漢語字典》，電子工業出版社，北京，1993 年 2 版。

30. 杜學知著，《漢字首尾二部排檢法》，學林出版社，台南，1962 年初版。

31. 傅丘平著，《五級檢字法》，作者發行，台北 1988 年初版。

32. 杜學知著，《中文電腦百部輸入法研究報告》，商務印書館，台北，1984 年初版。

33. 杜學知著，《中文電腦百部輸入法初稿》，商務印書館，台北，1987 年初版。

34. 陳愛文、陳尚農、周靜梓著，《新編電腦打字七日通》，電子工業出版社，北京。

35. 《中文／英文文書處理》瑩圃電腦出版社，台北，1989 年版。

36. 《慧星一號與大易輸入法》立威出版社，台北，1990 年二版。

37. 《倚天中文系統使用手冊》倚天資訊公司，台北，1990 年十六版。

38. 高衡緒，《輕鬆輸入法》，青海電腦事業公司，台北，1990 年三版。

39. 高衡緒，《一指神功的輕鬆 95 輸入法》，碁峰資訊公司，台北，1996 年初版。

40. 中國社科院編，《漢字問題學術討論會論文集》，語文出版社，北京，1988 年初版。

41. 杜學知著，《漢字世界語發凡》，藝文印書館，台北，1976 年初版。

42. 甘玉龍、秦克霞編著，《新訂現代漢語語法》，天津科技翻譯出版公司，天津，1993 年 1 版。

43. 陳高春主編，《實用漢語語法大辭典》，中國勞動出版社，北京，1995 年初版。

44. 上海辭書出版社編暨出版，《辭海》，上海，1989 年版縮印本，1996 年 13 刷。

45. 程湘清主編，《先秦漢語研究》，山東教育出版社，濟南，1994 年 2 刷。

46. 趙元任著，《語言問題》，商務印書館，北京，1980 年版。

47. 左少興譯 В.А.И С Т Р И Н 著，《文字的產生和發展》，北京大學，北京，1989 年初版 2 刷。

48. 高明著，《中國古文字學通論》，北京大學，北京 1996 年初版。

49. 胡樸安著，《中國文字學史》，商務印書館，台北 1992 年台 1 版 11 印。

50. 尹斌庸、蘇培成選編，《科學地評價漢語漢字》，華語教學出版社，北京 1994 年初版。

51. 《語言學百科詞典》，上海辭書出版社，上海 1994 年 2 刷。

52. 杜學知著，《文字學綱目》，商務印書館，台北 1972 年 2 版。

53. 杜松柏著，《國學治學方法》，洙泗出版社，台北 1991 年增訂版 2 印。

54. 李零著，《長沙子彈庫戰國楚帛書研究》，中華書局，北京 1982 年。

55. 陳必祥主編，《古代漢語三百題》，建宏出版社，台北，1994 年初版 1 刷。

56. 林朝榮主編，《中山自然科學大辭典》，第六冊，《地球科學》，商務印書館，台北，1986 年 4 版。

57. 趙安平著，《隸變研究》，河北大學，保定，1993 年初版。

58. 方文惠主編，《英漢對比語言學》，福建人民出版社，福州，1991 年初版。

59. 潘文國著，《漢英語對比綱要》，北京語言文化大學，北京，1997 年初版。

60. 楊伯峻著，《古漢語語法及其發展》，語文出版社，北京，1992 年初版。

61. 許壽椿主編，《文字比較研究散論》，中央民族學院，北京，1993 年初版。

62. 柳眉、金必先編著，《世界常用語言入門知識》，中國人民大學出版社，北京，1993 年初版。

63. 班弨著，《中國的語言和文字》，廣西教育出版社，南寧，1995 年初版。

64. 黃侃著，《黃侃手批白文十三經》，理藝出版社，新竹，1998 年初版。

65. 朱謙之、洪誠、金景芳著，《經書淺談》，中華書局，北京，1984 年版。

66. 李珍華、周長楫編撰，《漢字古今音表》，中華書局，北京，1993 年 1 版。

67. 《第九屆中國文字學全國學術研討會論文集》，國立台灣師範大學與中國文字學會主辦，台北，1998 年。

68. 王筠著，《說文釋例》，世界書局，台北 1984 年 3 版。

69. 王力著，《王力文集》，山東教育出版社，濟南，1989 年 1 版。

70. 錢乃榮著，《現代漢語》，高等教育出版社，北京，1990 年版。

71. 魏朝宏著，《文字造形》，眾文圖書公司，台北，1987 年改訂 3 版。

72. 傅溥著，《中國數學攬勝》，幼獅文化事業公司，台北，1978 年 1 版。

73. 陳梅香著，《章太炎語言文字學研究》，中山大學博士論文，高雄，1997 年。

74. 左秀靈主編，《韓華辭典》，名山出版社，台北，1983 年版。

75. 韓國國語研究會編，《最新國語辭典》，漢城理想社，漢城，1970 年 11 月 3 版。

76. Sarat Chandra Das 主編 Tibetan-English Dictionary，孟加拉，1902 年版。

77. 丁福保編，《說文解字詁林》，鼎文書局，台北，1994 年 3 版。

78. 施光亨主編，《對外漢語教學是一門新型的學科》，北京語言學院出版社，北京，1994 年 1 版。

79. 任道斌編著，《方以智年譜》，安徽教育出版社，合肥，1983 年 1 版。

80. 《第一屆國際暨第三屆全國訓詁學學術研討會論文集》，國立中山大學，高雄，1997 年。

81. 陳飛龍著，《說文無聲字考》，文史哲出版社，台北，1991 年 5 版。

82. 行政院文化建設委員會資訊應用國字整理小組編，《中國文字資料庫》，一、二集，台北，1994 年修訂 2 印。